澄澈

偷马头 著

下 册

第十二章
我才是她的丈夫

"嗯?"

与霍修的眼神相对的瞬间,怀澈澈忽然觉得有些不自在。听着他简单到只有一个音节的反问,她捧着杯子低下头,将自己的目光藏进杯底。

杯子里剩下的糖水还是温热的,她呼出的微凉的鼻息,换来的是带着甜味和暖意的水汽。

"我是想问,如果你在工作中遇到这种情况,你会怎么做啊?"小姑娘一直维持着现在的动作,像一只鸵鸟,一边把头埋进沙土中,一边发挥充分的求知精神:"我准备去和我的经纪人商量一下,修改节目录制的方针,要不然我肯定会进医院。你觉得我怎么说才能让她感觉到,她也能从中得到好处?"

"你们本来就是一条绳上的蚂蚱,"听她要问的是正事,霍修坐到旁边的单人沙发上,开始认真地帮她分析,"所以用不着上次对那个老家亲戚的办法。你能继续配合她的工作，对她来说就已经是好处了。"

"那你觉得我应该提什么样的条件？"怀澈澈想了想，觉得这个问题问得不是很准确，又换了一个问法，"我的意思是，你觉得我应该要求这个节目怎么改？"

"你可以给她两个选择。"霍修听完怀澈澈的说明后，很快给出答案，"第一，减少吃的环节，增加逛的环节；第二，不要找一线、二线的艺人当嘉宾，经费宽裕后，把拍摄周期拉长。"

霍修在三言两语间，已令怀澈澈豁然开朗。她忘了刚才还在躲着霍修的眼神，抬起头来，把剩下的糖水一口干掉，朝霍修咧嘴笑开："好了，明天我就按照你说的和方姐去谈。"

霍修略微颔首："有必要的话，你可以叫上我。"

不怪霍修信不过蘅舟传媒，MCN 公司的合约纠纷，他不是头回见。"网红"经济兴起的表象之下，几乎年年都有一堆被 MCN 公司坑着签了合同，跑来霍修的律所做法律咨询的自媒体人。但把他们带来的合同看完，霍修发现，作为甲方的 MCN 公司把合同设计得滴水不漏，条条框框全是针对乙方的限制。这些自媒体人签了合同，就等于签了"卖身契"，连自己这张脸的使用权都不再属于自己，除了转行，别无他法。所以他们即使找律师帮忙，最后也只能交了法律咨询费，被前台接待员客客气气地送到电梯口。

"干吗，你不相信我能自己解决？"怀澈澈小小地努了努嘴，"我虽然确实是有点儿不会说话，也不会办事……"

"而且情绪激动起来，说着说着就开始哭……"霍修把话说到一半儿，在怀澈澈的瞪视下，笑着改口，"我是觉得，有个律师跟着你，他们的心眼儿会少一点儿。"

"你最好是想说这个。"怀澈澈将信将疑地把一次性水杯扔进垃圾桶，脑子里想着她什么时候在霍修面前因情绪激动而哭过，嘴上却问，"我待会儿去洗个澡，然后吃个饭，再然后……我们去商场买珍珠？"

"洗澡、吃饭可以，买珍珠就等明天再说吧。"霍修看了一眼时间，正好是晚饭时间，"你想吃什么？"

"……"怀澈澈刚吐完，现在谈"吃"色变。

霍修见她面露难色，理解地说："你先去洗澡吧，不急。"

怀澈澈拿好换洗的衣服进了浴室，浴室里很快传出水声。

霍修拿起手机，准备查一下附近的粥铺和药店。他刚在网络地图上选好要搜索的店铺类型，就听到敲门声响起。他走过去打开门，看见门外的人，好似对此感到意外地说："萧先生？"

怀澈澈的房间在酒店的十七楼，萧经瑜应该是从步梯那边硬跑上来的。他的额头上全是汗珠，喘息间胸口剧烈地起伏着。在看见开门的人是霍修的一刹那，萧经瑜顿时觉得一盆凉水当头浇下，跳动着火焰的双眸当下凝住，有如冰封。

"霍先生，她怎么样了？"还带着少年气息的年轻人，攻击性更像是刚开过锋的刃，寒光乍起，尖锐锋利，令人生畏。而他面对的人，则是一座山、一片海、一阵无迹可循的风。

"她刚吐完，已经没什么事儿了。"霍修朝萧经瑜客气地点了点头，"谢谢萧先生关心。"

霍修的压迫感，更来自那种主人般的从容，令萧经瑜使不上劲儿，只能在对比中显出窘迫与局促，不战而败。

"那她人呢？"

"她在洗澡。"霍修虽然平静地回答了萧经瑜的问题，却完全没有要让开路而让萧经瑜进去的意思，"所以不太方便让你进来，不好意思。"

239

萧经瑜后知后觉地听到水声，更觉得"洗澡"二字从霍修的口中说出来无比刺耳。萧经瑜越过霍修的肩往房间里看了一眼，却在下一秒被霍修宽厚的肩挡住了目光。

"我说过了，不方便。"萧经瑜听到霍修重复了一次，咬字清晰，四平八稳。

如果霍修不是以"怀澈澈的丈夫"的身份被萧经瑜认识，萧经瑜应该会很欣赏这样处变不惊的人。但此时此刻，霍修越是泰然自若，萧经瑜越觉得刺眼和嘲讽。

霍修凭什么这么镇定？是因为他知道怀澈澈对他无条件地维护，知道那天在海边她看着他发来的微信消息笑得很开心，还是因为知道她提到他的身材就不自觉地因羞涩而表现出慌乱来？

女孩子红着耳朵跑开的画面，再次在萧经瑜的脑海中重现。这几天因霍修而起的情绪，犹如山崩海啸般袭来，萧经瑜几乎能听见头脑中那根弦绷断的声音。

"你凭什么替她决定？"萧经瑜抬手攥住霍修的衣领往旁边推搡，蛮力爆发，小臂处的肌肉线条顿时清晰起来，青筋暴起。

霍修受到突如其来的蛮力的冲撞，即便承接得住，但受惯性驱使，还是后退一步，后腰顶着门把手将厚实的金属门推到了墙上，发出结结实实的一声响。

恰逢此刻，浴室里的水声中断，怀澈澈的声音从里面传出来："霍修，什么东西掉了啊？"

两个男人的身形皆是一顿。手里还死死地攥着霍修的衣领，萧经瑜却没有了下一步动作。

"是我的行李箱。我刚才把它拿起来，没拎住。"霍修平静地回答。

听见怀澈澈"哦"了一声，霍修才不紧不慢地对上萧经瑜已然在嫉妒中失控的脸，抬手握住萧经瑜的手腕将其控制住，同时压低声音道："凭我才是她的丈夫。"

明明霍修才是那个被推了一把撞上门的人，是那个连衣领都已经被拉扯到变形的人，即便如此，萧经瑜仍然从霍修眼底的那一片深沉的冷漠中，窥见自信与从容。

"要让她看到你现在的这副样子吗？"目光微微下垂，霍修向萧经瑜的身上扫了一眼，眼里带着冷淡的嘲讽，"疯子。"

从浴室里传来女孩子踩着拖鞋向外走的声音，萧经瑜如梦初醒。他不能让她看见自己现在这副德行。

霍修顺利地关门送客，正整理衣领的时候，怀潋潋已经用浴巾包着头发，打开浴室的门走了出来。

"你就来一天，带那么多行李干吗啊？刚才那一声，感觉东西好沉啊，连我在浴室里面都听到了。"小姑娘看了一眼依旧立在墙角的行李箱，想过去试试重量，行李箱就被霍修先拖了过去。

"我带了笔记本电脑。这几天庆城降温降得很厉害，所以我还带了一点儿秋冬的衣服。"霍修说着，把行李箱放到房间角落处，"下了飞机，我发现是自己多虑了。"

房间里有地毯，没什么重量的行李箱落地也发不出什么声音。霍修安置好箱子，回头就看见怀潋潋正盯着他的背影端详着："你的腰怎么了？"

"嗯？"

霍修摸了摸自己的后腰："怎么了？"

"这里好像被撞到了，有点儿红。"怀潋潋走过去，伸出手指，绕着腰上的某个位置画圈圈，"就这一块。"

刚才霍修被萧经瑜揉了一把，腰部撞到了门把手。霍修放行李箱时，一弯腰，腰部露出了一点儿，正好撞伤的地方被怀潋潋看到了。

之前霍修还没注意,现在被怀澈澈指着,才发现腰部这一块隐隐作痛。只是他才不会在怀澈澈的面前提起萧经瑜的名字呢,于是解释道:"我今天出门有点儿急,在办公室的门上撞了一下。没关系,撞得不严重。"

霍修这么说,本意只是不想让怀澈澈再就这么一点儿伤深究下去。怀澈澈吹干头发,两个人去附近打包了两份粥,在回来的路上,霍修提出去药店给她买点儿消食片带在身上。他刚从货架上找到消食片,扭头就见怀澈澈正在向店员要跌打药。

他不敢自作多情,一路上也没问她跌打药是不是给他买的。直到进了房间,怀澈澈把跌打药递给他的时候,他才故作意外地问:"给我的?"

"嗯,你不是为了来陪我才受伤的吗?"怀澈澈振振有词,"你如果不来,就不用赶飞机,就不会急着出门,然后被门撞啦。"

听听她这话说的。被门撞,全世界可能真的只有怀澈澈会信这种鬼话。霍修道了一声谢谢,接过药瓶,作势看瓶身上的成分表,实际上根本没看上面写了什么。

"外面好像要下雨了。"怀澈澈等他确认药品成分的工夫,回头往窗外看了一眼,"天色好沉啊,我们刚回来的时候风也好大。"

"是啊。"

"你喜欢雨天吗?"

"喜欢。"

其实他不喜欢,因为南方的雨天一般都伴随着大风。哪怕他出行时可以开车,但阳台上的衣服和植物也难免遭殃。只是此刻,他以余光瞥着窗外的阴云,却一反常态地觉得这样很好。晴天很好,雨天也很好,不好的只是身边缺了一个人。

心下蠢蠢欲动,他抿了抿唇,感觉很难抑制,半晌,终于决定赌一把。他得寸进尺地道:"药挺好的,等一下你帮我看看应该涂哪里。"

怀澈澈总算后知后觉地意识到:"对啊,伤在背后,你不好涂。早知道我应该买跌打药膏的,直接贴上就行。可恶,失策了!"

"没关系,心意重要。"他的语速偏慢,声音低沉、富有磁性,在暴雨来临的前夕,像关上窗帘后床头的那一盏有着磨砂灯罩的夜灯,散发着让人安心的暖光,诱人踏入一场瑰丽的梦境,"或者……小怀你能帮我一下吗?"

"可以啊。"擦个药而已,多大点儿事儿啊,怀澈澈完全没作他想,便同意了,"等一下你洗完澡,我来帮你擦药吧。如果擦完药再洗澡,药会被洗掉。"

单人间,就一个浴室。霍修进浴室洗澡的时候,怀澈澈就坐在床上看跌打药说明书。

说明书上说,在患处涂上药之后,还得按摩一段时间,直至药液完全被患处吸收。这很简单,怀澈澈以前就经常帮李月茹揉腰捶腿。倒不是他们家请不起按摩师,只是怀澈澈来动手,李月茹就特别开心。李月茹开心了,怀澈澈也开心。正好那时候怀澈澈的年纪也小,一把力气没地方用,正好用来按摩,哄得李月茹每天喜笑颜开。

怀澈澈放下说明书,外面的雨就下了起来。雨下得挺大,雨点打在窗玻璃上,密密匝匝,模糊一片,声势浩大,将浴室里的水声压了下去。

怀澈澈将两条腿蜷起来,回头正看着窗外的瓢泼大雨,感叹还好两个人回来得及时时,方红的电话就打了进来。

"喂,方姐?"

"澈澈啊,你怎么样了?"

方红这通电话主要就是来问怀澈澈还难受不难受,需不需要去医院。怀澈澈便把刚才霍修教自己的那些话同方红说了。方红立刻满口答应:"行!那我先把其他的行程给你排到前面来,这个节目先缓一缓,你先把肠胃养好了再说。"

挂了电话,怀澈澈还挺高兴的,没想到这件事儿会这么顺利,顿时觉得自己距离心目中成熟的模样又近了一步。

霍修从浴室里出来的时候,就看见小姑娘盘腿坐在床上傻笑。他一边擦着头发一边走过:"看到什么好笑的了?"

"没有,我就是发现霍老师教的都对!"小姑娘仰起脖子,露出像好学生一样的笑容,然后拍了拍床,"你趴在这里吧。我刚才看过说明书了,知道怎么擦药。"

霍修擦头发的动作一顿,脸上的笑容微微扩大:"我要脱衣服吗?"

这个夜晚,好像终于从霍修的这个问题开始变得不那么简单。

怀澈澈眨了眨眼,思忖了一会儿,才小心翼翼地接话道:"你穿裤子了吗?"

"穿了。"霍修轻轻地咳了一声,微微地侧过头去,"我没有那种暴露的癖好。"

"我也不是那个意思……"

怀澈澈当然相信霍修那天在浴室里当着她的面洗澡也是迫不得已。只是想起那天晚上自己躺在床上辗转反侧、燥热难安,频频调低空调温度,就臊得不行。

现在她再看霍修乖巧地按照她的话脱了浴袍,只穿着一条居家中裤趴到床上,甚至莫名其妙地心中生出一种"这个人还真是单纯"的感觉。

"单纯"的霍修穿着的居家中裤是浅灰色的,很宽松,长度刚到膝盖,被浴袍一遮,毫无存在感。现在他将浴袍脱去,不知道是不是因为裤子的颜色太浅,他那小麦色的皮肤在酒店顶灯的照射下散发着格外健康的色泽,坚实的肌肉在他趴下后也完全没有松弛感,线条依旧清晰。

那次他洗澡时,两个人离得远,还隔着玻璃,怀澈澈又是偷看,对他的身体一直没怎么看清楚。今天两个人离得近了,他的身上没有什么遮挡,她看着他的身体,一边想别开眼,一边眼珠子又偏偏不听使唤。他的身材练得也太好了吧,尤其是背。

现在很多健身男士最喜欢练的地方就是胸、腹、手臂,把腹肌练起来了就感觉自己达到了健身的目的,实际上将身体翻个面,就像亲子盖饭似的,鸡肉的另一面全是一整块的滑蛋,又塌又软。

但霍修不是这样的,他的身材前后非常匀称,身前胸肌、腹肌分明,背后仍旧充满了力量,腰线内收,后腰处两点腰窝微微下陷,硬生生把怀澈澈看眼红了。这体脂率是不是也太低了?!他每天除了开庭,就是去健身房挥洒汗水了吧?

她往手心倒了一点儿药,先敷到霍修的伤处,掩耳盗铃地说:"那个……我刚才看了一下说明书。你想擦这个药,得按一按。我可不是女流氓,不是故意吃你'豆腐'。"

霍修不知道听没听见,半晌才缓缓地"嗯"了一声,声音中颗粒感十足,听着很哑。

怀澈澈将药油涂抹开,下意识地往床头的方向看了一眼,就见霍修将下巴枕在交叠着的手臂上,正回头看着她。

他的脸上看不出什么笑模样,眼神中有一种强烈的专注。他的目光落在她的手臂上,她就觉得手臂上的那一块皮肤开始升温、发烫。窗外原本嘈杂的雨声就这么没了存在感，变得无比遥远，而令她感觉近在咫尺的，只有在宁静的房间里男人那逐渐变得绵长、深沉的呼吸声，以及她的手掌下的那具滚烫而坚硬的身体。

他的身体真的很硬，比李月茹女士的硬多了。怀澈澈每一次在他的腰部推和摁的时候，都感觉他的皮肤下包裹着的不是血和肉，而是从岩浆里被吊起来塑成人体各部分形状的钢或铁，滚烫、坚硬。

"力道……还好吗？"

"嗯。"

两个人自肌肤相接开始，体温就在不断升高，空气无比湿热。霍修身上的洗发水的味道被热气熏蒸，变成传递男性荷尔蒙的媒介。

一次按摩下来，两个人都已是大汗淋漓。而与怀澈澈相比，霍修显然更严重一些，背上那条微微凹陷的脊柱沟，一眼望过去，泛着水光。

怀澈澈累得两条手臂都要脱力了，心率也完全脱离了正常的范围。她本能地往后退，想要从这一屋子的暧昧气息中逃开，但两条腿在这个时候好像也不听使唤，她只能继续保持刚才盘腿坐的姿势，看着霍修两只手撑在床上坐起身来。

霍修也没比她好到哪里去。怀澈澈就见他脸上的赤红一直蔓延到了脖根处，在两个人对上目光的瞬间，他的喉结上下一滚。他的喉结偏大，存在感很强。怀澈澈看着他仰起脖子，拿毛巾简单地擦拭肩颈处的汗时，脑海中浮现出无数男士剃须刀、男士洁面乳的广告。她感觉那些广告里呈现出来的画面，都没有当下霍修随意的一个动作来得更自然、流畅。

"你一直盯着我看，看什么？"

他的声音低沉，极有质感，如有实质般在怀澈澈的鼓膜上摩擦。她忽然觉得耳朵深处有点儿痒痒，赶紧别开眼去，找借口道："哦，我也想擦擦汗。"

"那我给你也擦擦？"

怀澈澈还没来得及说"算了"，霍修已经拿着毛巾俯下身来，简单地在她的眉心、额角擦拭了几下。额头上顿时清爽不少，尝到甜头的怀澈澈微微仰起头迎合男人的动作，同时也不可避免地迎上了他的目光。

空气中的暧昧气息尚未散去，随着距离拉近，两个人再一次四目相对时，暧昧气息越发浓郁。

男人眼底涌动着的晦暗的情欲，在两个人的目光相接的一刹那，便决堤而出，覆水难收。

毛巾粗糙的摩擦感顺着她的额角滑向后颈，男人身上滚烫的气息犹如窗外的暴雨般铺天盖地席卷而下。

他的手紧扣在她纤瘦的背上，将她背后的蝴蝶骨死死地摁在掌心之下。方才在她的手底下无比乖顺的背肌，在这一刻与手臂一同紧绷起来，青色的血管凸起，攻击性与侵略性一览无余。

他掠夺、争抢，恨不得连她小口的呼吸也不放过。手指滑入她的发隙，他以指腹摩挲着她后脑的每一寸皮肤。他在这一刻，只余人类贪婪的本能。

直到他餍足，动作才开始放缓，游刃有余地享受着这一场意料之外的盛宴。最后，所有的一切都缓缓地停在两个人的拥抱中。

她的马尾辫在刚才两个人的那一番拉扯中散掉，变成披发。霍修顺着她的背，一点儿一点儿地将她的长发捋顺、抚平。

怀澈澈的整张脸到耳朵已经彻底红透了。她被亲得整个人发蒙，就连指责对方都忘了。等她回过神来，便把他一推，钻进了浴室，徒留他一个人在床上看着她落荒而逃的背影，笑着起身。

虽然没能延续温存，但今晚于霍修而言已经非常满足了。他趁怀澈澈洗澡的工夫，随便套了一件衣服，点了一支烟，把窗子打开一半儿后，就站在原地，以听雨声当消遣。

暴雨天，外面几乎没有人，车也不多，停在酒店马路对面的那辆一直没有熄火的保姆车就变得十分显眼。霍修靠窗而立，看着那辆保姆车正觉得眼熟，放在床头的怀澈澈的手机就疯狂地振动起来。

看来车里的还真是那个人。霍修哼笑一声，先把烟掐灭在烟灰缸里，然后扭头直接拉上了窗帘。

怀澈澈这一个澡洗得格外久，等她出来的时候，外面的烟味已经散得差不多了。

她打开浴室的门，先探出头来，对上霍修的目光时，耳朵尖又开始充血。而霍修对上小姑娘那警惕的眼神时，只露出一如往日的温和的笑容，朝床头的方向侧了侧头："你有电话进来。"

怀澈澈走出去，发现手机还真是振个不停。听得出来电话那边的人相当焦急，几乎到了电话刚被自动挂断，下一个就立刻打进来的程度。怀澈澈还以为是方红有什么急事着急找自己，拿起手机一看，才发现是萧经瑜。怀澈澈赶紧接通电话："喂，'小鲸鱼'，怎么了？"

"怀澈澈，你刚才在干吗？"萧经瑜是真不擅长掩饰情绪，哪怕此刻对说话的声音刻意调节过，不想让自己的语气听起来太过僵硬、像质问，但她仍能听出一种机械的木讷感。

怀澈澈的嘴唇现在还肿着。她听萧经瑜忽然这么问，心里发虚，张了张嘴，半晌才说："我刚才在洗澡啊。你到渝城了？"

"这个你先别管。"萧经瑜不答反问，"霍修是不是还在你的房间里？"

"呃……"怀澈澈看了一眼坐在沙发上的"本尊"，拿着手机进了浴室，关上门才小声说，"是啊，你怎么知道？"

这酒店附近的路不是特别宽，保姆车停在马路的对面，萧经瑜在车上正好能看见怀澈澈住的第十七层。刚才看见她的窗口出现男人的身影时，萧经瑜已经想从车里冲出去直接到她的房间前敲门，奈何车门已经被胡成颇有先见之明地提前反锁。胡成无奈地说："你现在这副样子跑去敲人家的门，若被别人拍到，后果不堪设想。"

之后在等怀澈澈接电话的这段时间里，萧经瑜坐在车里，感觉不到时间的流逝，也无法思考，只能一次一次地像疯了似的打她的电话。

"我要是不知道，你是不是就瞒过去了？"现在听见怀澈澈带着点儿心虚的声音，哪怕她的声音还算稳定，萧经瑜也很难冷静下来，"现在已经晚上九点多了。他什么时候走，到底还走不走？"

"嗯……"怀澈澈站在浴室里，也有点儿为难。

首先，霍修本来就是为了和她一起买东西才特地跑来海城。从庆城到海城，距离说远不远，说近，坐飞机也要三四个小时。这来回六七个小时，车马劳顿，不是易事，她也不能不近人情到直接同他说"你自己再出去开一间房"吧？

再者，说白了，她和霍修又不是头一回躺在一张床上睡觉，她也觉得这样没什么大不了的了。霍修这人的品行还是值得信赖的。只是这些话，她怎么和萧经瑜说啊？

怀澈澈思来想去间，萧经瑜的耐心已经"告罄"："行，你要是不好意思去说，你把电话给他，我来说。"

"……"怀澈澈感觉萧经瑜快疯了。她挂断电话之后，硬着头皮走出浴室，就见霍修已经穿好了衣服，收拾好了行李箱，还把刚才他躺过的床铺简单地整理了一下，很体贴地坐在沙发上等她出来。

怀澈澈愣了一下："你要走吗？"

"没关系，我不想让你为难。"霍修说着，从单人沙发上把刚才买的消食片拿了出来，摆在茶几上，"这些药，你记得吃。你的症状不严重，我问了一下店里的药剂师，你按照说明书上的最小剂量吃药就可以了。"

这话一说出口，怀澈澈原本准备好的几句话都没了用武之地。当下，她完全忘了刚刚自己如何被他搂在怀里亲得泪眼汪汪，只觉得霍修好像马上要被她在这暴雨天里拿个纸箱子装好，悄悄地放到路边遗弃的金毛犬。

"那你订好房间了吗？"怀澈澈感到很不好意思，连声音都跟着小了下去。

"没有，因为现在不是旺季，所以我以为过来现订房间也是一样的，"霍修说着站起身，"只是没想到耽误到现在，不知道还能不能办理入住。我先下去问一下。"

外面暴雨下得正凶，怀澈澈见他拖着箱子走到门口，甚至没敢问出那句"那要是不能呢"。

霍修走后，萧经瑜的电话又打了进来。萧经瑜有些急切地问："他走了吗？"

"走了。"怀澈澈忽然感觉意兴阑珊。这种情绪，她自己也搞不太清楚到底是怎么回事儿，是因为觉得自己当了坏人，还是觉得霍修可怜，或者两者皆有？她只是觉得，自从霍修拖着箱子离开，她的心里就一直不太舒服。其实她的房间挺大的，床也挺大的，就算留下霍修，也根本不麻烦。

"你可真是我的祖宗！已经这么晚了，一男一女独处一室，你就不会觉得危险吗？"萧经瑜知道她一向心大，听她说霍修走了，刚才烦躁的情绪就平息下去了。

电话那边的小姑娘没说话。萧经瑜自知又说了她不爱听的，便自觉地换了个话题："对了，你的肚子怎么样了？"

"哦，已经好了。"怀澈澈说，"我就是吃太多了，吐一下就好了。"

"这个节目，你要是还想继续做的话，得和你的经纪人商量一下。这样下去肯定不行。"萧经瑜望向窗外，看着她的房间的方向。那个窗口已经被遮光帘挡住，看起来和周围其他的黑色"小方块"并无不同。

胡成留给萧经瑜的时间已经耗尽，车开始往机场的方向走。萧经瑜收回目光，看了一眼手机上的外卖软件："我给你买了药。等一下外卖员会将药送到你的房间，你记得开门拿。"

"嗯，我已经和方姐商量过了，之后这个节目会有改动。接下来的行程，暂时不给我排'吃播'的录影了，让我缓一缓。"怀澈澈说。

萧经瑜的两道剑眉已经开始往中间收拢："怀澈澈，现在这些事儿，我不问，你就不说了？"

怀澈澈被萧经瑜一提醒，才意识到好像确实是这样。刚才自己和方红打完电话，就忙着给霍修按腰，事情一件接一件，自己还真的忘了和萧经瑜说来着。怀澈澈有些心虚地说："不是，就是我正好有点儿忙……"

怀澈澈是想解释一句的，恰逢此刻霍修的微信消息进来，让她的思路停滞了一下。

霍："开好房间了，就在你上面那层。你放心吧。"

萧经瑜在电话里问："在忙什么？"

怀澈澈在微信上给霍修回复了一个"好"字，才开始顺着萧经瑜的问题回忆。

"嗯……"然后她发现，自己好像还真没忙什么，不是忙着给霍修揉腰，就是忙着和霍修……她忽然说不下去了。

蘅舟传媒确实为了这个网络综艺下了血本，也心疼钱。这种心疼映射到怀澈澈的身上，就是到海城这几天，她都是早晨六点就被方红叫着起床，开始做妆造。

难得有一天不用早起，怀澈澈一觉睡到下午一点多才悠悠转醒。微信上，来自方红的语音通话申请已经弹出好几次，语音消息也来了一长串，到最后方红干脆打字留言，催怀澈澈赶紧吃饭、收拾东西，最好提早一小时到机场候机。

眼看时间所剩不多，怀澈澈一下子清醒过来，慌乱之中先给霍修打了电话："你怎么不喊我起床啊？不是还要一起去买珍珠、挑戒指的吗？！"

她说着就拿起衣服往身上套，因为太着急，脑袋往袖筒里钻了半天，她才听见电话那边霍修的声音。

霍修道："不急，之后还有时间。"

头还被罩在衣服里，她愣了一下："不去了？"

"珍珠在哪里都能买到，庆城也有很多品质不错的店。"霍修说，"而且买了珍珠，肯定得由你去送才有意义，所以现在买，还不如年前买。"

她总算找到领子的正确位置，将头从中钻出，话说得还有点儿犹豫："那你不是白来了？"

"不会。"霍修仍旧很从容，"你不是还要和我一起接商务活动吗？待会儿我可以和你的经纪人聊聊这件事儿。"

霍修做事确实雷厉风行，一小时前刚在酒店房间里说要和怀澈澈的经纪人聊聊这件事儿，到了机场就在候机室里与方红成功地互换了名片和微信，并且把自己未来一个月的行程都发到了方红那边。

方红也是个麻利的人，当场就先定了两次平面拍摄，临登机前还一直向霍修道谢，说他能来与怀澈澈以组合形式宣传，真是帮了公司的大忙。

半个月后，《哈特庄园》第二季完美收官，"火车组合"在节目中牵手成功。次日，怀澈澈和霍修的平面照就荣登国内首屈一指的情侣时尚杂志 Lover 的封面。同日，Lover 杂志官方微博登载了两个人未披露的照片，微博附带的话题"火车组合是真的"在热门微博榜高位整整持续了二十四小时，其余关于《哈特庄园》的笑点、讨论热点也都在热门微博榜的各个区间热度久久不降。

"真有钱！"胡成坐在酒店房间里看着怀澈澈和霍修的话题还在高位挂着，忍不住嘲了一句。

纵使胡成在演艺圈里待了这么多年，也不得不说自己在今天开了眼。恋综里的"荧屏情侣"的话题，挂在话题榜高位整整二十四小时。

"我听说霍修家里很有钱，他应该不会想入圈吧……"孟小馨坐在角落里的行李箱上，翻着话题列表，有点儿费解。

离去机场还有大约一小时的时间，几个工作人员便都聚在萧经瑜的房间里等着出发。在这个空当儿里，几个人七嘴八舌地聊八卦。

"这霍修，简直是浑身八百个心眼儿。"胡成嗤笑一声，站起身来给孟小馨解释，"他本人又不入圈，那热度算在谁的头上？"

"哦！"孟小馨恍然大悟，"所以他是在给澈澈姐搞热度，让蘅舟传媒多重视她一点儿，是吗？"

"不只呢，"旁边有人接过话去，佩服得直摇头，"现在全国都知道他们俩是情侣组合了，不管是'荧幕情侣'还是真夫妻，反正是被绑定在一块儿了。这种深度绑定的关系，观众只要认同了，短时间内很难接受他们被拆散。所以之后的节目宣传，要想以怀澈澈为一方炒作情侣关系，就必须是他亲自来了，懂不懂？"

"我的天，厉害啊！"

"看他这心眼儿，得亏他不入圈，要不然还有咱施展的地方吗？"

"他也太强了吧！"孟小馨看着从刚才开始就一直坐在窗边，手里拎着个魔方一言不发的萧经瑜，小声地嘟囔，"这怎么打得过啊？"

"是啊，然后还能顺便恶心一下'鲸鱼'，一石三鸟。难怪之前有人说他在法庭上完全就是流氓做派，从这件事儿上就可见一斑了。"胡成听见孟小馨的那句话，也忍不住感叹了一句。

胡成把魔方从正坐在自己旁边的萧经瑜的手里抢出来，压低声音宽慰道："没事儿，'鲸鱼'，咱最近不看了，眼不见为净。"

闻言，萧经瑜侧头看了胡成一眼，又转回头去，一言不发地看着窗外，周身散发着低气压。直觉告诉他，那天晚上，怀澈澈和霍修一定发生了点儿什么。

这些天来，萧经瑜对这件事儿简直在意得要发疯，但无论自己怎么追问，怀澈澈都一口咬定没发生什么。霍修到底做了什么？为什么自己每隔一段时间就能感觉到，怀澈澈肉眼可见地在与自己疏远？自己真的会是霍修的对手吗？

就拿与霍修在酒店房间门口的那一场对峙来说，其实萧经瑜现在回想起来，意识到自己根本不必那么慌乱，当时自己松手就可以了，毕竟只是搡了一下霍修，两个人没有实质性的肢体冲突。但在那个时候，就在霍修被自己攥住衣领，依旧保持平静与从容的时候，从精神上来说，自己就处于被动，已经被霍修完全压制住了。

当霍修骂出那一句"疯子"的时候，萧经瑜是真的觉得自己像个疯子，所以在那一瞬间开始害怕，害怕自己这副狼狈的样子被怀澈澈看见，怕她觉得是自己先动手欺负霍修，怕她觉得自己真的像个疯子，从而离自己更远。

"没事儿啊，'鲸鱼'，怀澈澈还是喜欢你的。霍修做得再多，也只是恶心一下我们。"胡成拧了几下魔方，发现萧经瑜一直没说话，把魔方递还给萧经瑜的时候还宽慰了一句。

萧经瑜却在接过魔方的第一时间就直接将它甩进房间的角落里。

这个动作带着气，他用了十成的力。霎时间，碎裂声炸响，五彩缤纷的碎块散落一地。房间里的其他人面面相觑，谁也没敢说话。在最后一块魔方碎块停止滑动后，整个房间也陷入了死一般的寂静之中。

萧经瑜意识到自己输了。海城这一局，由他挑起，他却输得彻底。

第十三章
爱是克制

转眼到次年二月,距离春节还有三天的时间,"包身工"怀澈澈终于结束了一年的工作,回到庆城,在放假的同时,也终于有空儿和好友唐瑶打上一个电话。

"所以今年春节,你不是在霍修家就是在自己家,没时间出来聚了?"唐瑶问。

"是啊,这就是已婚女人的悲哀。"怀澈澈拖着行李箱,没走几步,就看见昨天答应好要来接机的人已经站在了机场大厅里。

"嗤!'已婚女人'……"唐瑶被怀澈澈的用词逗乐,"那你与你爸和好了吗,已婚女人?"

"没,但我想我妈了。你说我让我爸春节出门自己旅个游,把空间让出来给我和我妈,他能愿意吗?"

"……"

与怀澈澈对上目光,霍修走过来很自然地从她的手里接过行李箱，见她在打电话，就没说话，只静静地做好随时等着被妻子当工具来使唤的丈夫的本分。

但就在出机场大厅的这几步路里，也不时有粉丝凑上前来，小心翼翼地问两个人是不是"火车组合"，是不是真的在一起了，能不能与自己合个影？

自己做了这么多年的探店vlog没火起来，最后居然是因为炒作"荧屏情侣"火了，怀澈澈对此从一开始有点儿不爽，到现在已经完全习惯，对着镜头熟练地摆出营业式笑容。等拍完照，送别粉丝，怀澈澈就继续鼓着腮帮子往前走。

上了车后，怀澈澈关上车门。霍修帮她把行李放进后备厢里，才坐进驾驶位："春节这几天你怎么安排，小怀？"

按照庆城这边的习惯，结了婚的小夫妻，除夕夜到大年初一得在男方家待着，大年初二再一起回娘家。但霍修同父母商量过，如果怀澈澈不习惯的话，他先陪怀澈澈回家也没什么关系，所以就看怀澈澈怎么想。

"嗯……我们先去你家待两天再说吧。"仅仅从机场到车里这一小段路，怀澈澈就已经被冻出了鼻涕。说话间，她吸了吸鼻子："我与我爸还没和好呢，回去也尴尬。"

自上次房子被转借给亲戚那件事儿之后，怀澈澈就没再主动给怀建中打过电话，只在与李月茹打电话时听到过他在那边叽叽歪歪的，基本上说的都是酸溜溜的话，比如："天天就知道找妈妈，我真是养了个白眼儿狼！""孩子一年到头也不知道回一趟家，我生孩子有屁用？照样成空巢老人。"

怀澈澈才懒得理他，就当作没听见。怀建中也硬气，死憋着就不联系她。两个人就跟两头牛在那儿拔河似的，都犟着，现在就僵在那儿了。

霍修看小姑娘鼓着个腮帮子憋着气的样子,也就顺着她的话说:"那我们明天先去把给长辈们的礼物都买好吧。不管我们回不回去,总之礼物是要准备的。"

"哦,对了,前两天休息的时候,我逛了一下街,买了两条真丝围巾,给我妈和你妈各一条。"怀潋潋指了指后备厢的方向,表示围巾在行李箱里放着。

"那你的呢?"霍修却问。

"嗯?"

"你给自己买了什么?"

怀潋潋没跟上他的想法:"不是给长辈买礼物吗?怎么忽然说到我了?"

"长辈的事儿已经说完了。"机场出口有点儿堵,霍修得以空出一只手帮她把刚才被风吹乱的头发别到耳后,"我们小怀在外面辛苦了好几个月,也需要好好地奖励一下。"

前面的车动了一下,霍修分了神,不经意间指尖蹭过她的耳垂。

她感觉有点儿痒,伸出手在耳垂上挠了挠。不知道是不是因为用力有点儿猛,她挠完之后,感觉那个地方烫乎乎的。她迅速地转移话题,"我给我妈买了一只玻璃种的镯子,上个月付了全款,现在穷得像只狗,今年过年就奖励自己一个旺旺大礼包吧!"

"这么大手笔!"霍修手握方向盘,目视前方,很自然地接道,"没事儿,不是还有我呢吗?"

怀潋潋将脑袋转向另一边,假装没听见,只有刚才被自己挠了一爪子的耳垂还火辣辣的。

怀潋潋回来,霍修的律所也就顺势提前放了春节假。小姑娘趴在家里休息了一晚上,第二天上午吃过饭,就和霍修去了附近的购物中心。

说是给长辈买礼物,两个人正挑着,怀澈澈的注意力已经飞到购物中心内的超市入口那边去了。买完礼物之后,两个人就进超市逛了一圈,这边提一箱车厘子,那边挑一袋零食大礼包,甚至还拿了两桶冰激凌,最后连后备厢都塞不下了,后座上都堆满了东西。

回到家,怀澈澈拖着她那一大包食物,打开冰箱门,准备往里一通乱塞,才发现冰箱里和她走之前相比已经大变样。

毕竟怀澈澈不做饭,以前冰箱里的冷藏区基本存的都是饮料、牛奶、矿泉水,冷冻区存的则是冰激凌。有时候她去超市,心血来潮,想在家里吃的话,可能还会买一两包速冻水饺放入冷冻区。而且她没什么收纳意识,仗着买了个双开门、大容量的冰箱,将瓶瓶罐罐直接往冰箱里塞。

但现在,冰箱里的那些饮料被摆得整整齐齐,统一收纳进了最容易拿取的一、二层。怀澈澈一眼看过去,发现还是按照瓶子的高度从低到高的顺序依次排列。而往下的三、四、五层,有鸡蛋、蔬菜、水果,分别用透明的收纳盒装着,整齐明亮到让她一个没有强迫症的人,看着都觉得非常舒适。

"哦,对了,我整理了一下你的冰箱。"

霍修跟着进了厨房,见她正在参观他的"工作成果",神色微微一紧。直到看见怀澈澈的神情是轻松的,他才放松下来:"抱歉,应该先和你说一声的。"

"没关系啊,这个冰箱现在也是你的,而且你整理得也太好了吧……"怀澈澈往后退了两步,语气有些夸张地说,"简直像艺术品一样!不过为什么有些饮料被放到门后的架子上去了,那边不是还有位置吗?"

"这一层里的是已经过期的，下面这一层里的是临期的。"得到怀澈澈的肯定，霍修放下心来，开始介绍起自己的整理思路，"因为不确定你还要不要，所以当时想着把它们先放在这里，等你回来再说。"

"哦！"

这边刚得到解释，怀澈澈的注意力又被另外一处吸引去了。她伸长了脖子，往饮料区深处看了一眼，才发现里面第一、第二排的饮料，好像还是按照包装的颜色顺序排列的。从同款、同口味的到同款、不同口味的，从不同颜色的到不同高度的，层层递进，被码得格外赏心悦目，比超市里陈列商品的货架还好看。

"老霍，你是不是有点儿强迫症？"怀澈澈随手从冰箱里拿出一瓶橙味汽水，拧开盖子，喝了一口，就见霍修已经从她的购物袋里拿出一瓶一样的补了进去，然后才回头看她。

他说："还好，有一点儿。"

怀澈澈："……"你这绝对不只一点儿。

之后两个人把新买的饮料和水果整理进冰箱。怀澈澈感觉霍修是真的挺喜欢收纳，并且很享受整理物品的乐趣，因为他的目光一直呈现出月光般的柔和、明亮。

整理完之后，霍修开始准备晚饭。他的动作其实算不上很熟练，之前他做番茄炒蛋的时候也是这样。怀澈澈偶尔会看她妈或家里的阿姨做饭，对比之下，能看得出他只是会做饭，但应该不怎么常做。

"霍修，你是怎么学会做饭的啊？"怀澈澈之前就对这一点有点儿好奇，因为她的身边以怀建中为首的男人好像都不会做饭，而且对此相当理直气壮，就是一句"君子远庖厨"。想起怀建中和他的那帮哥们儿推杯换盏、吞云吐雾的模样，怀澈澈就忍不住翻白眼。"君子"个屁！懒就懒，他们还要美化自己的"懒"。

"我其实没特地学过。"霍修站在料理台前，显然更符合"君子"二字的定义，整个人看起来干净又优雅。他身穿米白色的高领毛衣，袖口被挽起来一些，一条蓝白格的围裙罩在他的身前，从两侧延出的带子在身后被随意地打了个结。

厨房的顶灯散发的清冷的白光洒下来，他微微低头切菜，面部背光。她看不太清楚他的神色，只是本能地觉得他的侧脸有种朦胧的温柔。

"我就是读研的时候跟着导师应酬，吃多了外面的东西，有的时候感觉味觉疲劳。"他的声音也很柔和，"后来我看了看，觉得做家常菜挺简单，就试了一下。"

"你读研的时候就要跟着导师应酬啊？"怀澈澈作为一个学建筑的，很难想象那种生活，"你的导师是不是有点儿不把学生当人？"

霍修低着头笑："可能只是没把我当人。"

那时候霍修的同学都这么说，说魏隆杉不是没把霍修当外人，是没把他当人。一周七天，霍修能待在学校里的日子屈指可数。他不是跟着魏隆杉在外面跑，就是在帮魏隆杉整理案件材料，写律师函。到霍修要交论文的时候，魏隆杉对霍修也依旧保持苛刻，还说这是给霍修的最好的锻炼。

中年老男人肚子里的花花肠子还不只于此，霍修的这张脸也自然而然地成了魏隆杉的可利用资源。只要和女客户吃饭，魏隆杉一定把霍修叫上，陪着客户吃饭、喝酒，争取推杯换盏间达到事半功倍的目的。

现在回想起读研究生那段时间，霍修已经想不起具体有多少次自己下了酒桌带着醉意回到魏隆杉的隆山律师事务所里，坐在电脑前继续帮魏隆杉整理下一次开庭的证据材料。

这种时而吃泡面、时而去星级餐厅的生活持续了一年多，霍修确实感觉非常疲惫。后来魏隆杉不知道是良心发现，还是觉得霍修住校，于学校和律所两边跑浪费时间，不方便自己对霍修进行更进一步的压榨，给霍修在律所旁边租了一套房。

那套房是一室一厅一厨一卫的格局。有了厨房之后，霍修再去附近的超市买东西，对着满货架的泡面就下不去手了，终于推着车走向了生鲜区。

"你的导师也太不把你当人了吧，"怀澈澈替霍修打抱不平，一拍桌子，"居然还让你帮他应酬！"

"所以，我现在经常感觉自己很幸福。"说话间，霍修已经把萝卜切成了滚刀块，端起砧板，将萝卜一股脑儿地倒进锅里，又去端旁边泡了好一会儿的猪小排，"晚上炖个萝卜排骨汤，做个番茄炒蛋，要不要再加个青菜？"

吃完晚饭，怀澈澈撑得瘫在沙发上动弹不得。看着被收拾得干干净净、井井有条的家，怀澈澈感到不习惯的同时，也好似被一种温和但十分有力的力量约束住了，令她看哪儿都觉得舒服，舒服到有点儿不想再弄乱它。

她长这么大，头一回严格地遵守"东西从哪儿拿来的就放回哪儿去"的规矩，晚上洗完脸，连用完的护肤品都被她好好地放回了收纳盒里。

次日，小夫妻准时到霍家。这是怀澈澈第一次登门。到霍家大门口的时候，她总算开始检讨自己这婚结得可真是乱七八糟。

临进门前，怀澈澈才想起要问："霍修，我第一次结婚，没什么经验。你说我待会儿进去要说点儿什么好啊？"

霍修："……"

她的这句话，乍一听还真没什么毛病。纵使是像霍修这样逻辑缜密的人，也迟疑了一下才说："如果我和你说'你说什么都可以，因为他们都很喜欢你'，是不是显得我的经验太丰富了，不像头婚？"

怀澈澈认真地想了想："好像是有点儿。"

"是吧，"霍修很认同地点点头，"那你听清前两句了吗？"

"听清了。"

"好，那你自己记住就好，我将那两句撤回了。"

"……"

霍修好像总有一些冷冷的幽默感。他说的话可能不是很好笑，但他一本正经地说笑话的样子，确实让她不自觉地就放松下来了。

小夫妻拎着礼物进门。怀澈澈把提前准备好的几句吉祥话奉上，虽然算不上落落大方，但在宽容的霍家父母眼里已经足够可爱，于是立刻收获两个大红包。

厨房里，家政阿姨正在忙碌地准备年夜饭。为了尽快让怀澈澈这个新成员有回家的感觉，霍家父母把帮阿姨打下手的重任丢给儿子，准备带着儿媳妇看看自己给两个孩子准备的新卧室，顺便带儿媳妇在家里各处转转。

这幢房子是很早期的那种独栋复式楼，房型经典，以至于怀澈澈大概扫了一眼，它的剖面图就已经浮现在脑海中。房中的家具很新，应该是换过了的，而从楼梯扶手的磨损程度来看，这里被人住了很多年。不过夫妻俩都很爱干净，哪怕是专门放杂物的储物间，也被收拾得一尘不染。

霍家父母给两个孩子准备的卧室在二楼，两个人带着怀澈澈顺势从二楼看起，转了一圈回到一楼。

温玲英推开正对厨房的那扇门。怀澈澈站在门口就先看见墙上贴着一张周传雄的海报，右下角还有打印出来的签名。这张海报十分有年代感。

这个房间很显然是一个男生的房间，书柜靠墙，书桌临窗，旁边一张简单的床，整体看上去很普通。房间特别整洁，看来霍修对收纳的爱好由来已久。

"这是以前霍修住的房间，好像他是在这里住到初三毕业，对吧？"提及儿子的事儿，温玲英好像还不太确定似的，回头与丈夫对了个眼神确认了一下，然后继续说，"对，然后他就开始上全日制的高中了。高中毕业，他又去读大学，也没怎么住过这个房间，也就现在偶尔回来住一下。"

好家伙！当妈的对儿子在家里住到什么时候才离家开始寄宿的都不知道。

怀澈澈忽然想起当时她在升入高中的第一天去学校报到，怀建中特地从外地赶回来，说新学期的第一天他送她去上学，结果开车开错了路，差点儿把她送回初中的学校去。

"我和他爸以前都挺忙的，所以霍修一开始是由他的爷爷奶奶帮忙带的，直到读初一的时候才搬到这边来。"温玲英大概看出怀澈澈好像不了解霍修小时候的情况，笑着解释说，"他是不是没和你说过他小时候的事情？"

"嗯……"怀澈澈没问过霍修小时候的事情，也没和霍修说过自己小时候的事情，毕竟这段婚姻在她这里本来就挺儿戏的。

不过小孩儿嘛，还能怎么样？不过是爱玩爱闹，爱哭爱笑。怀澈澈小时候就这样，李月茹有时候提起怀澈澈小时候做的傻事——披着床单装贵妃之类的——怀澈澈甚至不想承认那是曾经的自己。

"他小时候就特别不像个小孩儿。"温玲英往厨房的方向瞥了一眼，眼神中满是温柔，"这其实也是我们的责任。因为他从小就被放到他爷爷那儿，他爷爷嘛……又是一个不太会和小孩儿相处的严厉的大家长。"

霍修的爷爷是个退役军人。这个小老头儿退伍后，把军队的作风完全带进了生活中。别人家的爷爷对孙辈都是捧在手里怕摔了，而这个小老头儿则是奉行"一切从娃娃抓起"的原则，把家规弄得像军法。

每次霍修这里稍有风吹草动，都没有和其他小朋友发生矛盾，仅仅是玩的时候不小心弄脏衣服，或者吃了别的小孩儿给的一点儿"垃圾食品"，爷爷发现后，霍修就得踮后跟抵着墙根罚站、被爷爷打手心。小老头儿一边打还一边训："和你说过多少次了？做事情之前一定要想清楚。"

"在那段时间里，我感觉他甚至是有点儿……小孩儿很少会有的遇事儿瞻前顾后的感觉，就连想吃一根冰棒，都要想很久才会开口。"温玲英说着，侧眸看了一眼一直在静静地听自己说话的丈夫，"亲爱的，能麻烦你去把霍修小时候的那本相簿拿过来吗？"

霍永德点头："好，等我一下。"

相簿很快被拿过来，从厚度上能看得出，里面的相片很多，把相簿装得很满。相簿里固定照片的纸很滑，温玲英刚从丈夫的手中接过相簿，相簿就自动滑开了一页。怀澈澈看了一眼，发现照片上的小霍修，脸上青一块、紫一块的，好像他被打了一顿。然而他的表情很放松，面对镜头露出的笑意一点儿也看不出刻意为之的别扭，完全发自真心。

怀澈澈："……"这人小时候好怪！

"这张照片很奇怪，对吧？"温玲英好像看穿了怀澈澈的心思，"那天，本来是他和同学起了一点儿争执……"

温玲英第一次发现自家儿子有点儿奇怪的时候,就是他在照片上这么大的时候。那时小霍修刚上三年级。有一天温玲英突然接到班主任的电话,说霍修在学校里被同学打了,让温玲英尽快过去一趟。

小孩子之间发生点儿肢体冲突很正常,但温玲英敏锐地察觉到班主任用的词是"被打",而不是"打架"。温玲英到了学校一看,办公室里俩小孩儿:一个毫发未损,哭个不停;一个嘴角破了,额头也肿起来个大包,却只是冷静地看着同学掉眼泪。

班主任也是无奈又好笑,和温玲英说了这次冲突发生的原因。其实事情很小,就是因为打人的这小孩儿不理解坐在前面的那个小女孩儿为什么总喜欢回头找霍修借橡皮,就去问霍修,橡皮是在哪里买的,而霍修说"你知道橡皮在哪里买的也没用"。对方一听,顿时心态就崩了,于是他揍了霍修一下。

"凭什么她不向我借橡皮?!"打人的小男孩儿哭得格外伤心,肚子上的肉颤个不停。

"没事儿,"小霍修却拍了拍男孩儿肉嘟嘟的胳膊,宽慰道,"以后还会有其他人向你借橡皮的。"

整个办公室里的人都沉默了。温玲英主攻刑事,干了好几年律师,还没见过这么完美的受害人。

只是小孩儿之间吵架是常有的事儿,霍修受的伤也只是皮外伤。打人的小男孩儿的家长赶来后连连道歉,买了水果和零食来赔礼,这件事情就算这么了了。

回到家之后,温玲英问儿子为什么打不还手,霍修才说:"如果我还手了,不管事情原本是怎样的,老师都会觉得我也有错,但是我觉得我没错。"

当时温玲英就觉得,她儿子是真谨慎。后来她把这件事情和霍永德说了之后,霍永德的看法也和她的看法很相似:"虽然说谨慎和克制是好事儿,但我们家儿子好像有点儿过头了……"

"呃……"听完霍修成长小故事的怀澈澈也沉默了。她本来以为现在的霍修就已经够滴水不漏的了,没想到小时候的他居然更胜一筹,挨了几拳,脑子里居然想的是要先占据道德制高点。要是她因为这种莫名其妙的事情被打,可能当下脑袋就已经一片空白,她就是咬也要给对方咬下一块肉来。霍修果然是个怪小孩儿。

年夜饭无比和谐地结束,在春晚正式开播前,怀澈澈先回房间洗了个澡。卧室里的东西都是新的,包括床也是新的。怀澈澈和霍修都带了家居服回来,不过霍家父母还是在衣柜里额外准备了几套。

怀澈澈换上红彤彤的新衣服,盘腿坐在床上吹头发。霍修推门进来,看她的小脸儿被衣服衬得红扑扑的,那样子可爱得很。

"吹好头发了吗?要不要我帮忙?"

听见男人的声音,怀澈澈抬起头,一只手继续举着吹风机,另一只手拍了拍床旁边的位置:"老霍,我今天听说了你小时候的'英勇事迹'!"

"嗯?"霍修在她的身旁坐下,看她的表情,好像已经大概猜到是什么事儿,"不会是我挨了一顿打的那件事儿吧?"

"不,虽然你挨了一顿打,但是我感觉在那场战斗中赢的人是你。"怀澈澈看着他,一脸想听"八卦"的样子,"你和那个总是借橡皮的小女生是不是……"

"不是,我其实没怎么和她说过话。"霍修忍不住笑了起来,"后来四年级换了班,我就没再碰到过她。我已经不记得她叫什么了。"

"这样啊……"怀澈澈没听到"八卦",有点儿失望地咂咂嘴,

"那你长这么大，总谈过恋爱吧？"

"没有。"见她那好奇的样子，霍修抬手捏捏她的小脸儿，有点儿无奈，"有过合眼缘的，但我和对方接触下来，觉得不合适，也没确认恋爱关系，很快就疏远了。"

以前也有人和霍修说过，谈恋爱就是要多谈几次、多试试，自己才能知道想要的是什么。

但霍修觉得这种观点很奇怪。大概是因为他本身就是一个对自身的喜好很明确的人，喜不喜欢对方，通过日常观察对方的言行举止就能确定，根本没必要再通过更深一层的接触去了解。所以他当时就用一句"连自己想要的是什么都不知道的人，还是别耽误别人了"，给对方堵回去了。

"你真的好理性啊。"怀澈澈的头发本来就又蓬松又软，被她用吹风机吹完，显得乱七八糟的，令她看起来就像一只炸毛的狮子狗一样。偏偏她的眼睛还大，一眨巴一眨巴的，看得霍修心头发酥。他赶紧起身到旁边拿了一把木梳过来，叫她背朝他坐好。

"霍修，我有一个问题想问问你，你听了不要生气。"

"嗯，你说。"

木梳的齿很密，齿端被磨得极为圆润。木梳轻轻地划过头皮，令她有一种温和的舒适感。她舒服得脑袋有一瞬间空白，眯了眯眼，才想起自己要说什么："你这么理性又谨慎，为什么当时会答应我的求婚啊？"

霍修闻言，目光一凝，手上的动作却仍旧流畅："怎么突然这么问？"

"一开始我以为你是因为急着结婚，所以和我一样，一时冲动。"毕竟霍修比自己还大几岁，怀澈澈一开始很自然地以为他和自己同病相怜，被家里催得厉害，被逼到了南墙前，不撞也不行。

后来，怀澈澈听唐瑶、林静姝她们说，霍修身边根本不缺追求者。他当年初出茅庐、一战成名之后还上过，那段时间很多女生因为霍修长得好看成了他的粉丝，跑到他们律所，花着计时收取的咨询费，就为了与霍修见上一面、说两句话。

"霍修要想谈恋爱，我估计他的孩子现在已经四五岁了。"唐瑶当时非常笃定地说。

再后来，怀澈澈又开始猜测，是不是霍修有什么隐疾，让他一直没谈恋爱。但眼看过完年就要迎来两个人结婚一周年，她越品越觉得，要是连霍修这样的人都找不到对象，这世界上也没有几个人能谈上恋爱了。

今天再听温玲英说，霍修从小就过度谨慎，怀澈澈就越发不理解，像他这样的人，从理论上来说，应该是和"冲动闪婚"四个字八竿子也打不着才对啊。

"所以，是为什么呢？"

霍修没给别人梳过头，自知动作生硬，怕扯疼她，每梳好一绺，就拢到一边，再拿起新的一绺慢慢地往下顺。

转眼间，她那像麦毛了似的头发已经被梳得差不多，一头乌黑的青丝恢复到柔顺的模样，静静地在他的掌心中躺着。

"小怀觉得是为什么呢？"

卧室的门虚掩着，外面的电视声开得不大，落进房间，那股年味儿十足的热闹只剩下一点儿模模糊糊的声响。

怀澈澈背对着霍修，看不见他此刻的表情，但能感觉到他的目光从上而下，带着若有若无的温度，落在她的身上。她感觉隔着一层睡衣，那温度缓缓地升起来，热。

"你这个人怎么这样？"她垂眸看着自己的掌心，似乎是因为刚才洗澡的水温偏高，现在整个手都显出一种不自然的红色，"我

269

就是因为不知道，才问你的好不好？！"

霍修觉得，怀澈澈可能连自己都没有察觉，她与他说话时，语气越发和缓、自然。她从一开始说一句话就耷毛，变得逐渐能和他聊天儿、谈心，到现在用这种好像面对家人、挚友的神态、语气，以柔和的声音说出这句"不知道"。

霍修执梳给她梳头的动作越发轻柔。他知道这一刻不是良机，绝对不是和她坦陈爱意的好时候，却还是被她话语间透露出来的信赖感搞得心下蠢蠢欲动。他忍不住想：也许只是因为他习惯谨慎，把事情的发展往更低的预期去评估，万一事情比他预想中要好一些，万一怀澈澈也开始有那么点儿在意他呢？

感性与理性的交战，就因怀澈澈那下意识的语气，分出了高下。他看着落在女孩子的头发上的光，第一次知道原来理性落了下风的时候，是这种感觉——大脑有一瞬间的空白，身体各处一瞬间被情感支配，催生出了自己的意识。手指因他的情绪起伏而微微颤抖，大脑对每一块肌肉的精准控制能力在下降，迫使他不得不将给她梳头的动作放得更慢，以掩饰这一点。除此之外，大量没有经过思维处理的语言涌到他的喉咙口，又被拦住，大脑临时对此进行粗糙的整理和修饰。

即便感性已经占据了绝对的优势地位，霍修还是过了一会儿才深吸一口气，开口道："小怀，其实……"他的话刚开了个头儿，手机的振动声就突兀地横插进来。那是怀澈澈放在床头柜上的手机。柜子是空心的，手机的振动声往下走，有回荡的空间，声音显得特别大，于霍修而言简直是震耳欲聋。

怀澈澈在看见来电人的那一瞬间，犹豫了一下，还是往前探出了身子，把手机拿过来捏在手里，回头看他："老霍，我接一下电话。"

霍修在看见屏幕上的那个蓝色小图标的时候,小姑娘的那一头长发也随着她的动作从他的手中被抽出,就像是握不住的水流。

眨眼之间,他的掌心便空空如也。他感到后脊忽然升起一阵凉意,如梦初醒。他说:"好,你接吧。"

好险,差点儿自己就走错了。他怎么忘了"喜欢"和"爱"这种放在其他男女关系中会拉近距离的表达,在他们这里只会把她推远?怀澈澈需要的不是他的爱,而是他的不爱。她想要的,是两年期满全身而退,是到时候能光明正大地和萧经瑜站在一起。

霍修放下梳子,手上好像还残留着女孩子头发的温度。他佯装平静,想整理一下她刚才掉在床上的头发,却发现自己的动作格外笨拙。那几根头发,他捏了好几次都捏不起来。

怀澈澈接通电话:"啊,一开场就是你的节目吗?……是哪家卫视播出?……我不在自己家……嗯,你待会儿上台加油,不要紧张……没有,还没和好……我知道,会好好想想的……"

萧经瑜应该是在春晚登台前给怀澈澈打来的电话。他的人气最近还在稳中上涨,他被邀请去地方电视台的春晚非常正常。

两个人也没说什么话,霍修从中听不出任何暧昧。他告诉自己,即便萧经瑜是来挑衅的,自己也不用放在心上。

等霍修把床上的头发整理好,扔进垃圾桶里的时候,怀澈澈已经打完电话,重新将好奇的目光投向他:"老霍,你刚才想说什么来着?你继续说。"

霍修已经冷静了下来。他重新揣摩了一下怀澈澈的想法,用更加理性也更加功利的答案让她心安:"因为我们双方的家庭条件差不多,父母之间认识好多年了,知根知底。而且你可能不知道,我也是海城大学毕业的,和你算是校友。"

话音未落,霍修忽然就想起从渝城茶山回来没过多久,霍永德就把自己特地叫回家,两个人在书房里谈了谈心。

"你啊,从小到大都是个很让人省心的孩子,但是有的时候吧,就是太让人省心了。"霍永德只点了一下,他们父子之间的对话永远都是点到为止,"人啊,有的时候把世事看得太清楚了,也不一定是好事儿,那就已经不像年轻人了。"

当时霍修知道霍永德是为自己好,但对这句话的理解并不怎么清晰,只是无奈地笑笑。直到现在,霍修才明白父亲的这句话是什么意思。原来在暗恋里最辛苦的不是付出,而是克制……

"啊,是吗?你也是海大的吗?你是哪一届的啊?"

作为暗恋者,要克制自己,不能表达出露骨的爱意,不能表现出过度的亲昵。自己说出口的每一句话,投向她的每一个眼神,大脑都需要经过一系列精密的计算,把心中为她而燃烧的跳动的火焰亲手熄灭,再捧着灰烬到她的面前接受"检阅"……

"你读大一的时候,我已经读研了。研究生宿舍在学校的另一头儿,我们的生活圈不重叠,所以你当时不认识我很正常。"

小心翼翼,步步为营,设身处地,费尽心机,而自己所做的这一切,好像都不如在这个时候没办法光明正大地说出那句"爱"更让他心力交瘁……

"原来是这样。那这么说来,你还是我的学长呢!"

看得清楚的人,最是自缚。

"是啊。"

第十四章
暴雨中的屋檐

虽然儿子和儿媳只回来住一两天,但霍家父母还是兴高采烈地买了不少年货。

霍修与整理好头发的怀澈澈一起出来,就看见两个人进房间前还干干净净的茶几上,现在全是糖果、饼干,乱七八糟地堆成了一座小山,连茶话会都不会有这么丰盛。

怀澈澈非常捧场地"哇"了一声。霍修看着已经五十来岁的父母,有些无奈地道:"怎么买这么多?这些零食的糖分太高了,你们不能吃太多。"

"'喀'……是这样,"霍永德清了清嗓子,替老婆解释,"这不是澈澈要来吗?我们想着女孩子可能会比较喜欢吃零食……"

"她的肠胃不是很好,她不能暴食。"霍修从一桌子零食里抓了一把出来,拿个小篮子放好,递给怀澈澈,"桌子上散放着的也没个数,你一不注意很容易吃多。你就吃这个篮子里面的,吃完再拿，自己能清楚吃了多少。"

看来她上次在海城那一通爆吐是真的把他吓着了。她端着小篮子，乖巧地点点头："知道了。"

温玲英对霍修说："这不是从小也没给你买过什么零食，好不容易能过把瘾吗？"然后她朝着霍永德小声地抱怨："唉，我就说生儿子不好。"

"就是啊，这儿子一点儿也不可爱。"霍永德与妻子一唱一和，"以后澈澈干脆当我们的女儿，霍修就当个入赘女婿。"

霍修："爸、妈，我已经三十岁了。"

温玲英撇了撇嘴："那怎么了？你十三岁的时候也这样，少年老成。"

霍修："……"

怀澈澈捧着小篮子在旁边笑。这家人的家庭氛围真的很好。她本来不是很喜欢过春节的，因为过春节就意味着怀建中要回家。而怀建中一回家，见到她就先问学习成绩，问完她的学习成绩就开始对她横挑鼻子竖挑眼。如果她在房间里写作业，怀建中就问她："你怎么不出去玩，是不是因为性格不好，没有朋友？"

如果她出去玩完了回来，怀建中就训她："你怎么就知道出去玩，连作业都不知道写？你长大了能有什么本事？"

像这样一整个春节过去，除了拿红包的那一天，她就没有一天是顺心的。

但现在，小姑娘被一家人围在中间看春晚。明明一点儿也不好笑的小品，她也觉得温馨、热闹，笑得前仰后合。

只是春晚节目中离不开的话题就是——回家。怀澈澈已经回了庆城，却因为还在和怀建中赌气而回不了家，连着看了几个以回家为主题的小品之后，她的笑声就逐渐小了下去。她不想自己的情绪被其他人看出来，仍旧保持着微笑的表情。她剥了个巧克力放进嘴里，然后偷偷捧着手机给李月茹发微信消息。

怀澈澈问李月茹，在看哪家卫视的春晚？看到哪个节目了？晚上年夜饭吃了什么？……事无巨细，怀澈澈什么都想问。可李月茹一劝怀澈澈回去，怀澈澈又说"算了"。

霍修知道，小姑娘想家了但又磨不开面子，就像被人追着、赶着上了高处下不来了的猫似的，得有人将其抱下来。

霍家父母今天忙了一天，也累了。晚上十点多的时候，温玲英就开始打盹儿。霍永德给怀澈澈抱出来一条毯子，让怀澈澈坐在这边看电视的时候不要冻着，就带着老婆回房间休息了。

长辈离开后，怀澈澈更没什么心思看春晚了。把电视的音量调低到原来的一半儿之后，她直愣愣地盯着电视，像看默剧似的。

现在城市里禁燃烟花爆竹，房子内外都没什么声音，窗外是一片寂静的夜色。怀澈澈拿着手机，心不在焉地回复微信上朋友们发来的拜年贺语，就见萧经瑜的微信消息发了进来。

Whale："我到机场了。刚才我忙着上台，没和你说清楚。要不要我再打个电话过去，和你聊一下你爸的事情？"

萧经瑜在之前打过来的那个电话里，简单地问了一下怀澈澈家里的事情。当时知道她和她爸还没有和好之后，他劝她说："天下无不是的父母。你爸确实不太会说话，但是他肯定是爱你的，你别同他生气了。"

怀澈澈觉得他这话说得很对，但想了想，还是不要再继续这个话题了吧。

CHECHE："你准时登机吧。我看看春晚，待会儿就睡了。"

聊天儿框里一会儿显示"对方正在输入"，一会儿又恢复如常，好像萧经瑜在反复输入，又反复删除。怀澈澈等了一会儿，他的消息才发过来。

Whale:"好,新年快乐!"下面还附带了一条转账信息,备注是"压岁钱"。

怀澈澈把钱领了之后,又加了八千八百八十八元给他转了回去,备注是"新年快乐"。萧经瑜没有领取她转过来的钱,只回复了一串省略号。

"喝一点儿吗?"

白色的杯子被递过来,甜香的味道飘散开。怀澈澈抬头一看,是霍修给她泡了一杯热可可。

小姑娘身上裹着毯子,接过杯子,抿了一口,立刻在甜味儿的治愈下露出笑容:"好甜,谢谢。"

"不客气,小怀。"霍修在她的身边坐下,看着电视,轻声说,"其实你爸这半年给我打了好多次电话,一直在问你的情况。"

猫喜欢往高处蹿,但它们其实也怕高,在高处会很无助。他想当那个把猫抱下来的人。

"你除了想你妈妈,心里肯定也有一点儿想他,对不对?"观察着小姑娘的表情,霍修伸出手去,隔着一层毯子,轻轻地搂住她的肩,"如果对的话,那你看这样行不行,明天我陪你一起回去。如果他还在生气,我们直接带你妈妈去度假,吃好吃的,不告诉他,也不理他。"

霍修哄怀澈澈,同时又用非常明确的措辞表明自己的立场。怀澈澈想说,自己又不是小孩儿了,怎么他还用好吃的来哄自己?但又不得不承认,她是真的有点儿吃霍修这一套。

不知道是不是从小到大,鲜有人能在她和她爸之间坚定不移地站在她这一边,以至于她到了这个岁数,好像比小时候更喜欢这样简单而又明确的立场。不要什么为了她好,不要什么规避矛盾，越简单、粗暴地表达出站在她这一边，她越喜欢。

小姑娘抬起头。霍修在她的眼神中看出她的想法有松动的痕迹，便乘胜追击："好不好？"

小姑娘总算是缓缓地点了头："好吧。"

霍修立刻伸出手用力地抱了抱她："我们小怀真棒。"

现在的人看春晚，比起观看节目，更多的是享受一种仪式感。怀澈澈到春晚的后半段儿就越来越不专心，一会儿拿起手机回复朋友们发来的新年祝福，一会儿去微信群里玩一下抢红包的游戏。

霍修则看着她抢红包。群里一次发一百元的红包，谁抢到的红包金额最大，谁就下一个发红包。他在旁边倒也看得津津有味，偶尔拆一包小饼干，自己吃一片，再喂给她一片。两个人就窝在沙发上边吃边玩，消磨时间。

不知不觉间，怀澈澈身上的毯子也渐渐被匀给霍修一部分。刚才的热可可她已经喝完了，有点儿怕冷的她本能地往霍修的身上靠，汲取"大火炉"的温度。

霍修索性伸手直接把她揽住，用另一只手在毯子里握住她冰凉的脚腕儿。他皱了皱眉。这片楼建得早，当时国内还没多少家庭装中央空调和地暖，"新风"更是只有个概念，所以霍家只装了普通空调。后来霍修想给家里再补装地暖，他爸妈却嫌麻烦，就这样一年拖一年，一直拖到现在。

霍修看了一眼空调，温度已经开到三十摄氏度。他把她的脚放到自己的大腿上暖着，就见她盯着窗外"啊"了一声。

怀澈澈有点儿激动地说："下雪了。"

霍修回头，才发现窗外不知何时飘起了小小的雪花。小姑娘盯着窗外路灯下纷纷扬扬的白雪，双眸闪着亮光。

"十、九、八、七……"恰逢此刻，电视上正在进行零点倒计时。大年夜最具有纪念意义的时刻,马上就要在一片欢声笑语中到来。

霍修垂眸,与蜷缩成一团的怀澈澈对上目光。她的瞳孔的颜色偏深,接近于纯粹的黑色。她那双眼睛,干净、清澈,从他知道有怀澈澈这一号人起,就从来没有变过。所有的情绪,都在她的眼中呈现,她以一种赤诚的态度告诉你,她就是这个样子,你爱喜欢不喜欢。而他,好喜欢!他的脑海中浮现出那个蓝色的小图标。一瞬间,之前他在卧室里建立起的克制的"高墙"再一次出现裂痕。他低下头,本来只想向她要一点儿补偿,抱着只亲她一下的心态,在她的嘴角处稍微碰了碰。但就在应该与她拉开距离的那一瞬,他意识到,自己确实高估了自己。他做不到。只是那么简单的一个触碰,这个小小的动作,反倒激化了他内心的骚动,使它开始肆意膨胀。

他们这次来霍家,除礼物之外,就带了一点儿随身衣物,浴室里的洗护用品都是温玲英准备好的,霍修也不知道他妈到底买的是什么牌子、什么味道的洗发水。一开始进卧室的时候,他还没觉得洗发水的味道有多好闻,现在不知道是不是因为这股香味儿在怀澈澈的身上停留了一阵,经过她的"驯化",沾染上了属于她自己的味道,所以使他的嗅觉神经好像不再听从大脑的指挥。

两个人四目相对间,周围的空气好像骤然变得黏稠起来。怀澈澈已经吃了好几次亏,当然知道霍修当下的眼神意味着什么,但不等她侧眸从乍现的暧昧气氛中逃离,霍修已经重新低下头来……

就在萧经瑜临登机前,麓城的中雪终于转成了鹅毛大雪,航班被迫再次推迟。虽说是除夕夜,一般人都在家里守岁,但机场的 VIP 候机室里的人还不少。有的干脆就是一家三口齐出动，估计是准备趁春节出去旅游。

在外面忙了少说大半年，胡成看别人一家子美满、热闹，越看越眼红，当下归心似箭。奈何天公不作美，他也只能在心里骂一句，继续在候机室里焦急地等待。

"你说这雪得下到什么时候去啊？已经到二月了还下雪呢，麓城这破地方……要不然趁现在你发一个微博，营业一下吧。你就说自己被困在麓城机场回不去了，祝大家新年快乐？"

胡成絮叨了半天，才发现面前的这位又开始看着窗外神游了，无奈地唤道："喂喂喂！你理我一下行不行？你的经纪人现在很寂寞啊！"

胡成伸出手在萧经瑜的眼前晃了晃，同时通过机场玻璃反射的影像，看见候机室墙上挂着的电子钟的时间，正好从"23:59"跳到了"00:00"。新年来了！

胡成哀叹了一声："自从你签了那个对赌协议，这已经是我陪你跨的第四个年了。你这对赌可一定要赢啊，要是输了，我真是死不瞑目……"这句话，他已经当是自言自语了，却不知道其中的哪个词唤醒了萧经瑜。

萧经瑜回过神来，打开手机看了一眼："跨年了。"

萧经瑜看着窗外的鹅毛大雪，一脸若有所思的表情，还带有几分怅然。往年的这个时候，不管他身在何处，怀澈澈总会在跨年的时候与他打一通短则半小时、长则一小时的电话，与他一起跨年，互道"新年快乐"。

那个时候，他没觉得这样有什么特别的意义，毕竟在没有怀澈澈的那二十多年里，他也没觉得春节就必须热闹。直到现在，以往怀澈澈应该打来的电话没有来，萧经瑜才意识到，没有"叽

279

叽喳喳"、闹闹腾腾的怀澈澈的跨年夜有多冷清。

他坐在候机室里,感觉不到暖气的作用。卷着鹅毛大雪的北风,仿佛直接能穿透墙壁,将他席卷进外面的冰天雪地里。

在这个本应该是家家团圆、阖家欢乐的日子里,萧经瑜却孤单、萧索得像一根枯枝的影子。

"新年快乐!"

"Happy new year(新年快乐)!"

零点到来,春晚舞台上,烟花齐齐绽放。电视里的主持人异口同声,恭祝新年。客厅里,霍修和怀澈澈仍旧吻得缠绵。怀澈澈的手已经被霍修以与她十指相扣的状态压在了沙发靠背上。

霍修今天格外狠,在与她厮磨、纠缠时,好像有种情绪在其中,连唇和舌都带着一股蛮劲儿。她动弹不得,只能颤抖着呼吸和承受。

欲望在无声地流动,波澜渐起。怀澈澈一开始还试图回忆是不是自己哪里又做得不好,没考虑到霍修的感受,但到后来根本分不出神,只能任凭洪流裹挟,随他而去。

客厅一角,男人弓起腰的影子被拉长放大,隆起一座巍峨的山。而怀澈澈已经被压进了沙发的靠枕堆里,在光影的世界中,与霍修合二为一。

许久,霍修终于在爆发中得到了短暂的满足,把她搂在怀里,将滚烫的呼吸一次次烙印在她的皮肤上。

"你是不是心情不好?"她问。

她一垂眸,想窥探他的神色,他侧眸躲开,同时又仰头与她展开唇舌追逐,粗重的呼吸声与野兽发怒时闷哼的声音极为类似。但他一开口,又与平时克制的斯文的模样无异:"没有。"

怀澈澈不太相信:"你今天有点儿反常。"

"怎么反常？"霍修对自己在吻上去之前的表现还算满意，就见小姑娘的耳根又比刚才红了两分。他凑过去想咬她的耳朵尖，想了想，还是忍住了，只用嘴唇在她的耳朵尖上抿了抿："是亲太久了吗？"

怀澈澈不说话了，只用一双乌溜溜的大眼睛瞪着他。他低头笑，没继续逗她，将手伸到毯子里再一次摸上她的脚腕儿："还冷不冷？"

她吃得不少，人却瘦，脚腕儿上只有很薄的一点儿肉，整个脚腕儿能被他轻易地握住，而且掌心处还有余出的空间。他将手微微下移，捏到凸起的踝骨，以拇指指腹像打招呼似的在上面按了按，再以掌心覆住她的脚背，把她的脚轻轻拎起，握在手里。

她的脚倒是不冷了，只是几个脚指头还没能完全热乎起来。她想把自己的脚往外抽，奈何在刚才接吻的时候，整个身体已经在沙发上蜷到了极限，再没有活动的空间，只能就这么任自己的脚被他捂在手心里。

他的手忙着，眼睛却好似很空闲。他也不回头看电视，就一直垂眸盯着她，盯得她感觉自己的头发丝儿都要烧着了。她推了他一把："我不冷了，你松手！"

小姑娘要炸毛了。霍修松了手，笑着说："那我去洗澡了。"

春晚以《难忘今宵》这首歌为结尾。所有节目结束后，电视台没什么节目好播，就又开始重播刚结束的春晚。霍修去了浴室。怀澈澈关了电视，回到卧室，刚上床，就收到方红的微信消息：

"你登录一下你在 A 视频网站上的账号，转发一下你和小葵的那个合作视频的动态，记得再说点儿吉利话，然后在微博上找到这个合作视频也转发一遍。"

小葵是蘅舟传媒旗下另一个做美妆视频的艺人。两个月前，她拍的一个角色模仿变装类视频在网上爆了之后，蘅舟传媒对她另眼相看，把她从原来的经纪人的手里调到了方红的手里。

手心手背都是肉。年前怀澈澈这边忙完，方红就让她去与小葵一起出一个联动视频，给后辈引点儿流量。

于是怀澈澈与小葵合拍了一条时长约一分钟的剧情短视频，商量好赶在除夕夜发布，并约好年后还要再一起出一期探店视频。

怀澈澈给方红回复了个"好"，点开A视频网站的APP，对那个合作视频转发、点赞、评论一条龙后，顺手点进了私信列表。

自从蘅舟传媒的运营团队接手了怀澈澈在A视频网站的账号，怀澈澈自己就没怎么登录过。今天她猛地登录上来一看，才想起自己好久没有回复私信了。

最早她自己单干的时候，每天都会花一点儿时间去回复粉丝的私信。她回国后，忙完房子的装修，就忙着买家具，后来又被催婚，干脆就把这个账号丢给蘅舟传媒的运营团队去管理，自己则完全把这档子事儿给忘了。

别说，公司的运营团队干得还行，对未关注人的私信大都看过，收集好粉丝们推荐怀澈澈去探的店，做成一个列表，发到了她这边来。而互相关注人的私信里，大部分是合作邀请。这些邀请要么已经落地，要么被方红安排到了来年的行程中。怀澈澈看着私信列表，一边在心里感叹"原来这位大佬也关注我了"，一边继续往下翻。

"小怀？"

霍修的声音从旁边传来。怀澈澈一侧头，就见刚洗完澡的男人在床的另一头儿坐下。他看她保持同一个动作许久，觉得好奇，便问道："在干什么？"

"我在翻私信。"怀澈澈很坦诚地说，"我好久没登录这个账号了,刚才忽然想起自己以前和一个粉丝在私信里聊天儿来着。结果我回国后,把账号交给公司管理,自己就没管过,也不知道她怎么样了。"

"是吗?"霍修感觉有点儿意外,"那是什么样的粉丝?"

"我也不知道。我没问过她现实中的情况,她也没说过。"

怀澈澈说着,屏幕的最下方已经出现了那个令她熟悉的网站默认头像,和简短到让人想忘都难的昵称:X。两个人的聊天儿记录至今还停留在前年的年末,是怀澈澈同X说,自己已经把国外玩得差不多了,买好了三天后的机票准备回国。X祝怀澈澈一路平安,几天后又发来私信问怀澈澈顺利落地了没有。之后怀澈澈就忘记回复了,直到现在才猛然想起。

"哎呀……"小姑娘用手在屏幕上敲了删、删了敲,实在决定不了怎么回复,只能向"霍军师"求助,"霍修,我和这个粉丝已经聊了好几年了。但是去年我回国的时候事情太多,我就忘了回复她的私信,到现在一年多过去了。我要怎么向她道歉呢?还是先祝她新年快乐?"

怀澈澈在A视频网站的这个账号现在已经有一百多万粉丝了,X是从怀澈澈的粉丝数量只有一两万的时候就开始关注怀澈澈的,属于为数不多的老粉丝。

两个人之间因为有时差,很多时候相互回复的时间是搭不上的,偶尔能你一句、我一句聊上天儿的时候,也都是在国内的凌晨。

怀澈澈不知道X的职业、性别,只通过对方说话时透露的信息以及语言习惯,**推测对方的年龄应该比自己大**,对方应该已经参加工作了,字里行间透着一种令怀澈澈羡慕的稳重气质。

在怀澈澈的想象中,X应该是和唐瑶一样独立又成熟的女性,并且同时兼有见多识广和乐于助人两大优点。

思及此，怀澈澈有点儿懊恼。有些事情真是一忘，想再想起来都难。这转眼一年多过去，她感觉无论自己回复什么内容都有点儿尴尬。

霍修掀开被子坐上床，听了她的问题，很认真地思考了一下："我觉得如果对方是你的老粉丝，不管你回复什么，对方应该都会很高兴的吧。"

怀澈澈想了想，这话也对，于是在私信里先和 X 道了个歉，简单说明了一下之前自己失联的原因和现在账号由 MCN 公司代持的情况，并给 X 留下了自己的微信号。

回复完私信之后，怀澈澈总算舒了一口气，放下手机，愉快地钻进了被窝。霍修关了灯，刚躺下，就感觉身旁某位怕冷的"小朋友"循着暖意靠了过来。他顺势把她往怀里一搂。很会审时度势的怀澈澈迅速地在他的怀里蜷成一团，没过多久就睡着了。

时间已经不早，但霍修还得给怀建中留个言，告诉怀建中明天自己会带怀澈澈回家这件事儿。霍修将一只手垫在小姑娘的脑袋下，在保持身体不动的情况下，小心地拿起了手机，正单手打字，就见屏幕上方闪出一条来自微博的推送信息。

新浪微博："您关注的'澈仔面'超话有新热帖：坏了，澈仔和小葵的组合也好甜。妈啊！我……"

这条推送信息后面的省略号，表示这个帖子的内容在窗口没有显示完全。

霍修被那一闪而过的关键词吸引，点进去，才发现引发超话内热议的是怀澈澈今晚转发的那条视频微博。

那条视频的时长不长，只有约一分钟，大概的剧情是怀澈澈扮演的女生从与前男友提出分手时开始，就一直被前男友跟踪，而小葵扮演这个女生的新男友，陪女生回家。

剧情简单，但视频的制作水准不低，服装、化妆、道具相当精良。两个女生风格迥异，但同时出现在画面里时极为养眼。尤其小葵，比怀澈澈高出大半个头，上妆后的五官更加立体，颇显英气，少年感十足。最后有几个小葵和前男友对峙的慢镜头。小葵将手往怀澈澈的肩上一搂，对着镜头说出那声"滚"，就连霍修看到这里都想说上一声这两个人好般配。

很显然，超话里都是和霍修的想法一致的人。霍修往下翻了翻，连着十几条评论都是说视频里的两个人般配的。霍修刚从这个热帖中退出，"澈仔面怎么和谁都有搭档感"这一词条就已经被一众营销号推了起来，热度不断飙升。

确实，这样一个联动视频做得很讨喜。两个人都是女生，不会触怒喜欢恋综里怀澈澈和霍修这对"荧屏情侣"的粉丝，制造热度的同时，能保护怀澈澈的形象，使怀澈澈的荧屏组合呈多样性发展。等这个底子打好之后，再让怀澈澈与其他艺人搞几次联动合作，辅以营销号炒热度，"火车组合"自然就成了历史。看来萧经瑜在演艺圈里摸爬滚打这么些年确实没白干，还算有点儿本事。

"你在干吗，怎么还不睡觉？你把手支在这儿，一直有风灌进来，冷死了……"

霍修思忖间，正睡得迷迷糊糊的小姑娘的抱怨声从他的怀里传来。霍修笑着把手机锁了屏，随意地塞到枕头底下，然后抓着被子把她裹紧，抱在怀里："好了，现在就睡。"

除夕的前一天，怀澈澈因为要到霍家登门拜访，紧张到半夜也没睡着，以致除夕当晚在霍修怀里的这一觉睡得又香又沉。再一睁眼，已经是上午十点，怀澈澈摸出手机的时候还蒙着，简直满脑袋问号：我是谁？我在哪儿？我在干吗？

她春节在家时，很少能睡懒觉，一般早晨七八点就会被怀建中叫起来上桌吃早饭。她若稍微迟到三五分钟，就会被怀建中念叨一上午。

怀澈澈缓了一会儿，再拿起手机一看，李月茹在两个小时前发来微信消息："今天你和霍修什么时候到家？想吃点儿什么？我好准备。"

哦，对，昨天自己答应霍修要一起回家来着。想起这档子事儿的怀澈澈顿时整个人都清醒了。她从床上一个鲤鱼打挺坐起来，盯着微信聊天儿框，思来想去，半晌回了一句："我们晚上到家。要不然吃火锅吧？大年初一不能动刀。"

李月茹很快回复："迷信！"

"小怀，怎么醒了就坐在这儿，也不披一件外套？"

霍修的声音从卧室的门口传来。怀澈澈看了一眼手机上的时间，离她刚睁眼时已经不知不觉地过去了二十分钟。她赶紧下床，冲到衣架前拎着衣服胡乱地往身上套。她这么一乱，穿衣不得其法，脑袋又出不去，声音全闷在衣服里："你怎么又不叫我起床？我发现你这个人真是……"上次在海城他就这样！

霍修见她急得已经自乱阵脚，仍然慢条斯理地说："慢点儿穿，不急。"

怀澈澈的脑袋从套头毛衣的衣领里艰难地钻出来。霍修好像听见"啵"的一声，一只小地鼠的头从洞里冒了出来。"小地鼠"眨巴着眼睛问他："你爸妈不会管小辈睡懒觉吗？"

"我妈也挺喜欢睡懒觉的，所以我们可以放松一点儿。"霍修说完，又顿了一下，"而且刚才他们全在说我，没事儿。"

她咳嗽两声，转移话题说："刚才我妈问我我们什么时候回去，我说晚上。"

"也好，"他点头道，"正好待会儿我们吃完午饭休息一下，再回去拿给他们的礼物，时间比较宽裕。"

同霍修这样的人说话会感觉很轻松。不管你说什么，他都会在此基础上往下延伸，早有早的好，晚有晚的好，让人觉得无论做出什么决定，总是不会错。

"怎么了？"霍修站在那儿，正等怀澈澈穿好衣服一起出去吃饭，却见她停下了动作，就那么直愣愣地盯着他看。

就像正午的太阳悬在万里无云的天空中，仅仅是皮肤接触到阳光，都会让人觉得滚烫，她的目光就是如此，完全不加掩饰地释放着自己的情绪，让他觉得后脊和喉头不自觉地发紧。

"没什么……"怀澈澈总算缓慢地动了起来，但目光仍旧落在他的身上。半晌，她徐徐地叹了一口气："霍修，我就是突然觉得……你要是我爸该多好啊……"

"……"霍修语塞。

怀澈澈再看他的神情，觉得他在清了清嗓子、别过头去的一瞬间，有一种好像被坏女人玩弄了感情，一口气上不去、下不来的憋屈的感觉。让霍修吃瘪，好好玩啊！小姑娘一点儿没有自己就是那个坏女人的自觉，一下快乐了起来。

两个人在霍家吃过午饭，准备回怀澈澈的住处拿东西，再去怀家老宅。两个人临走之前，温玲英特别舍不得怀澈澈，拉着怀澈澈的手一直强调："以后有空儿，让霍修带你一起来。我们真的很喜欢你。你要是愿意，霍修以后就是我们的女婿。"

怀澈澈也很喜欢这对可爱的父母。看着霍修在一旁满脸写着无语的样子，怀澈澈开开心心地满口答应，说有空儿就来。

两个人在来霍家之前，就已经把要给两家长辈的礼物都准备好了，就放在怀澈澈那套房子的书房里，随时拎起来就能走。

庆城这座城市，越到年节越是热闹。马路上车流不断，一个红绿灯的十字路口能堵成好长一条车龙。说是两个人回怀家老宅的时间定到晚上好像时间很充裕，实际上两个人回到家稍微休息了一会儿，差不多就得出发。

怀澈澈的微博注册了两个账号。大号是她实名认证的主账号，绝大部分工作、生活的交际，她大都用这个账号来处理。她还有一个小号，知道它的人不多。此时，她的大号上，同事、同行们赶在春节集体更新微博，相互拜年。她觉得没什么可看的，有点儿无聊，就切换到了小号。

她不怎么在小号上发东西，用它关注的账号也不多，基本上就是一些建筑师和建筑摄影师。他们不是偶尔在微博上冒出来发些干货，就是常年在路上，永远不缺绝美的建筑和风景，在微博上每发一次照片，都能让怀澈澈翻来覆去地欣赏好久。

其实怀澈澈刚回国的时候，本来是想找个与建筑设计相关的工作，先给已经独立的建筑设计师当助手来积累经验也可以。但怀建中很不看好建筑设计这行。从她大学报了这个专业起，每次在家和怀建中吃饭的时候，怀建中都要说，这个专业不行，一个女孩子以后还要下工地，像什么样子？

后来她到荷兰去读建筑设计，怀建中四年如一日地隔三岔五就发来工地事故的新闻，把怀澈澈从一开始被激得一身反骨，非要回国大干一场的热血也给磨没了。到最后，她实在是与怀建中斗得太累，便想着先把探店当主职，之后再找机会悄悄干建筑设计。

说白了，怀澈澈对怀建中会反省这件事儿是持悲观态度的。毕竟怀建中在前半生五十年的时间里，一直是那样的人。当年她

288

在大学开学前,提前一个月从家里跑出来也没让他反省,这次他怎么可能只是因为几个月的冷战就有所改变,真的意识到自己有问题?

她小时候还会幻想一些很极端的情境,譬如自己死掉之后,她爸在自己的坟前痛哭,从此痛改前非。虽然她长大后回想起来,觉得自己当时那样想太过幼稚,但那也大概能从侧面反映出怀建中这个中年男人的嘴有多硬。所以她刚才特地说今晚想吃火锅,就是怕她妈辛辛苦苦一下午做一大桌子菜,到时候自己和怀建中又吵起来,不欢而散,浪费她妈的心血。

将车开到怀家,霍修在门口的停车位上停好车,下来帮怀澈澈开后备厢。两个人带来的东西不多,都是小件,但都不便宜,尤其是送给李月茹的那只玻璃种的玉镯子,几乎掏空了怀澈澈去年下半年所有的劳动所得。

房子里亮着灯,透着一股暖意。两个人还没进去,火锅的味道就已经飘出来了。李月茹估计在里面忙,是怀建中出来开的门。

怀建中:"回来了。"

怀澈澈:"嗯。"

父女俩满打满算有半年没见。怀澈澈一看怀建中还顶着张臭脸,也没了好好说话的心情,闷着应了一声就换鞋往里走,留下霍修在外边向怀建中介绍来时的路况。

"妈!"怀澈澈唤道。

李月茹果然在里面忙着弄涮火锅的菜,碗碗碟碟摆了一桌子。怀澈澈往厨房里探头的时候,李月茹正好手头儿的活儿告一段落。李月茹笑着迎上女儿的目光:"你们可算回来了。"

"我给你买了好东西!"在妈妈面前,怀澈澈永远藏不住事儿。怀澈澈一边拽着李月茹的胳膊往外拖,一边笑着说:"真的是特别好的东西。他们说几年都很难碰到一次这种成色的玻璃种！"

小姑娘的话在空气中弹了两弹，还没落地，那边就传来怀建中那令人扫兴的声音："玻璃种不就是越像玻璃越值钱吗？但既然与玻璃一模一样，为什么不直接用玻璃打手镯？你半年不回家，才挣几个钱？还都浪费在这种地方。"

怀澈澈的一腔热情全被浇灭，笑容顿时凝固在嘴边。李月茹无语地看了丈夫一眼，低头小声安慰女儿说："你爸爸是心疼你挣钱不容易。没事儿，妈妈很喜欢。"

怀澈澈才进门不到三分钟，熟悉的窒息感已经伴随着怀建中的那一桶冷水扑面而来。从理论上来说，她应该早就习惯了怀建中这种表达方式，也应该早就已经习惯了在自己和爸爸之间，妈妈永远都会选择爸爸。

怀澈澈捧着那个从入手再到小心翼翼地拿回家，一路上半点儿磕碰也没有的小实木盒，沉默地点了点头。

不然她还能怎么办呢？毕竟怀建中在生活中几乎无时无刻不在给她泼冷水。要是她对他说的每一句话都生气，可能早就气死了。还是算了吧，她本来就是想回来看看妈妈的，过年嘛，总得回一趟家。怀澈澈努力地想要忽略内心的失落，这样想着来宽慰自己。

"爸，"就在这个时候，跟在怀建中身后进来的霍修从怀澈澈的身旁经过，脚步忽然停住，"说实话，我不太懂玉。也许您说的也有您的道理，但是这镯子毕竟是澈澈的心意，能不能请您不要把它和玻璃放在一起比？"

怀澈澈回过头去，就见霍修在她和怀建中之间站定。客厅天花板顶灯的光正好从上而下照下来，为霍修半边的身体镶上了一层柔和的光边，他往那里一站，顶天立地。

290

霍修措辞谦逊，语气温和，但他不只是为了明面上的和睦。他的话语的内核有一根主心骨，有明确的立场和主旨。

"毕竟手镯是有价的，心意是无价的，您说对吧？"

霍修是站在她这边的，是选择和她站在一起的。在那一刻，怀澈澈感觉霍修仿佛头顶着天，而他的宽肩又像是暴雨天中的一片屋檐，挡不住铺天盖地自天空倾下的雨，只将将够挡住她这小小的一个脑袋。然而这样已足矣，她从没有贪心地想要更多。

第十五章
生气也可爱

看得出来,因为怀澈澈半年没回家,李月茹这次是真的铆足了劲儿准备这顿晚饭。

一个火锅,分成两格,一边是番茄汤底,一边是麻辣汤底。桌上全是好料——牛肉、羊肉、虾、蟹、扇贝,甚至有两只澳龙,感觉李月茹把地上跑的、水里游的都端上桌来了。这一顿饭下来,哪怕气氛不怎么好,怀澈澈也吃得挺尽兴的。

吃完饭,李月茹要留怀澈澈和霍修住下。怀建中把筷子一放,哼了一声就回房间去了。

看来怀建中是真被气疯了。怀澈澈估计她爸肯定在心里后悔自己选错了女婿。不过也是,怀建中这种认为面子比天大的男人,哪里被小辈那样直截了当地当面说过"希望您不要这么做"这种话,而且还是在妻子、女儿面前?

怀建中富得早,这么多年过去,差不多快忘了有求于人是什么样的感觉。尤其最近几年，围在他身边的人都是有求于他的，说话是一个赛一个的好听。

李月茹看了一眼气鼓鼓上楼去的丈夫，朝女儿、女婿使了个眼色："没事儿没事儿，你们不用放在心上。他是越老脾气越倔。"

老丈人"呼"的一声摔上卧室的门。霍修朝丈母娘抱歉地点了点头："给您添麻烦了。"

"没事儿，他这臭脾气，有人说说也好。"李月茹温柔地看了一眼女儿，抬手捏了捏女儿的小脸儿："我劝劝你爸去。今晚你好好带霍修看看电视，但也别看太晚了，早点儿睡觉，知不知道？"

"知道了。"

虽然怀建中很生气，但怀澈澈觉得还挺爽的，有种憋了很多年的气忽然被撒出去了的感觉。等李月茹上楼去，听见了关门声，怀澈澈才终于翘起嘴角，跑到厨房拿出两瓶冰牛奶，准备一边看电视一边喝牛奶。

霍修对电视里播放的节目毫无兴趣，在接过牛奶瓶的时候，动作一顿："刚吃完火锅，不要忽然喝这么凉的东西。我帮你去热一下好不好？"

她虽然想喝点儿冰的饮品对冲一下刚才火锅带来的热气，不过想想霍修说的有道理，就点了点头。霍修拿着牛奶走向厨房，她屁颠儿屁颠儿地跟上，扒着厨房门框说："你今天好勇敢啊，我已经开始崇拜你了。"

怀建中原本坚持要她和霍修相亲，肯定就是觉得霍修和自己是同类人，能帮着自己一起把她管得死死的。结果没想到，这个"同类"光速叛变到另一阵营，估计怀建中连胡子都要被气歪了。

"是吗？"霍修关上微波炉的门，定好时间，面带笑意地回头看她，"就因为这么点儿事儿，你就开始崇拜我了？"

"那可是我爸!"怀澈澈有一种小孩子找到组织的感觉,快乐地跳进厨房,"他自从有了钱之后,谁也不敢顶撞他。你就不怕把他得罪了吗?"

"说实话,我还好。"霍修坦诚地说,"你爸爸主要是面子上下不来才生气,不可能是真的生你的气或者是气我护着你。而且……"

"而且?"霍修看了一眼怀澈澈身后的方向,走到她的面前压低声音说,"我认为我没说错。"

小姑娘看着霍修的眉眼,从中读出了一点儿倔劲儿,令她产生一种错觉——现在的他和那张小时候被打得鼻青脸肿的照片上的他重叠在了一起。她忽然感觉这位霍大律师好像还和小时候一样。

过年说是热闹,其实电视节目都没什么意思。除夕夜播完春晚,之后就一直在重播。两个人喝完牛奶,轮流洗完澡,便早早地上了床。但怀澈澈昨天睡得久,再加上今天上床的时间太早,即便关了灯,她也根本睡不着,只能睁眼平躺着,看着天花板发呆。

她还记得自己最早对霍修的一些印象,什么业界传奇、一战成名,听起来他更像是一座身披战甲、沐浴光辉的雕像,铜头铁臂,刀枪不入,离这个世界特别远,在云的另一端。

与他接触久了,她慢慢发现,实际上他并不是这样的。他会做饭、会骑马,喜欢收纳,心思很细,还有点儿强迫症。

他被她挂电话的时候会不高兴;自己洗澡被她偷看的时候会咬牙;自己的收纳思路被她认可的时候,眼睛里的光会像一只大狗狗受到表扬时那样得意地亮起来。当时怀澈澈说冰箱中的饮品经他排序、整理后,简直像艺术品,还怕他会觉得太夸张、很虚伪,但他听到她那样说很高兴。她看得出来,他确实很满意冰箱里的那一渐变色作品。

也是在那一瞬间,怀澈澈觉得霍修真的走进了她的生活,他整个人变得鲜活起来。她再回头想,就更清晰地感觉到他们之间现在的距离比最开始时近了好多。

她认识的人很多,但深交的很少,尤其男生,大部分是张跃那种喜欢挑事儿、拱火的。实不相瞒,去年的时候她还觉得张跃那种人挺好玩的,跟着他能一直从头到尾笑个不停。但到了今年,她已经想不起自己多久没和张跃联系过了。也不是因为两个人有什么矛盾,只是她觉得,自己好像已经不喜欢再像以前那样要么大哭、要么大笑,每天都在情绪的两极游走。她开始变得容易累了,更喜欢稳定、温和的关系,开心和难过都不用拉到极致。

就像今晚的麻辣火锅是很好吃,但霍修给她炖的那锅萝卜排骨汤,她感觉喝起来更舒服。一战成名的业界传奇人物炖出来的排骨汤,也还是排骨和萝卜的味道,清淡可口,她吃饱了饭还可以再喝三碗。想到这里,怀澈澈盯着天花板眨了眨眼,忽然意识到:她这不会就是……开始老了吧?

身旁的人一直没声音,黑暗中只传来他均匀的呼吸声。怀澈澈本能地判断他已经睡着了,直到她的一声叹息过后,旁边传来霍修带着点儿笑意的声音,他问:"怎么了?好端端的,为什么叹气?"

"你还没睡着啊?"怀澈澈有种被抓包的感觉,挠了挠自己的脸颊,"呃,其实也没什么事儿……"

大概是受怀建中的影响,怀澈澈从小就不是一个善于表达正面情绪的人,好感、敬佩、喜欢、感谢、爱慕,这些能够带给别人正面情绪价值的表达,总被她用一种很奇怪又很别扭的方式表达出来。而她知道自己对此不擅长，所以有的时候会回避表达这种感受，避免被别人发现自己的狼狈和笨拙。可能是今天确实被霍修的那两句话触动，怀澈澈也很少见地有了一些表达欲。

"就是，想和你说……"她特别想对霍修——这个在不知不觉中真的走进她的生活里的人——说点儿什么，表示一下自己的感谢，"能认识你，真的挺好的。"说完，她也不等霍修做出反应，立刻转身，背对着他，丢下一句硬邦邦的"我睡觉了"，就再也没了动静。

而霍修呢？他花了一点儿时间，才总算从她那句话所带来的情绪中回过神来。那句话，其实没什么更深层次的含义，只是在表达感谢，意思大概和"感谢有你"差不多。他知道，很明白，但听她这么说，好像感觉迎来了春暖花开。不，说"春暖花开"不是很恰当，这种感觉更像是什么呢？更像是他养了一朵小小的花，知道这朵花不一定会开、不一定会结果，不论他如何悉心照料，可能这朵花都不会有所回应，但他还是忍不住倾注时间、心血，尽己所能，只为不留遗憾。就抱着这样的心态，有一天，他回到家，打开灯，暖橘色的灯光下，纤细的花枝直立着。花枝顶端，幼小的花苞团成一团，静静地沉睡着。

黑暗中，霍修看着怀澈澈卷着被子的背影的轮廓，忽然觉得房子里的供暖设备不那么先进，好像也不是什么坏事儿。他悄无声息地往小姑娘的方向靠了靠，虽然刻意压住心中轻快的感觉，但语气中仍旧不自觉地流露出柔和的笑意："小怀，怎么谢完了就拿背对着人啊？"

花依然没有告诉他，它到底会不会开、什么时候开，但花回应了他的希望，给予了他希望……

"不能再抱一下吗？"

而他，一定会抓住希望。

闻言，怀潋潋的喉头微微一哽，在海城她把霍修从自己的房间里赶出去时，心中产生的好像遗弃金毛大狗的愧疚感顿时涌上心头。

这人到底是怎么在可怜和可靠这两种好似毫无关系，甚至截然相反的给人的感觉中无缝切换的？她犹豫着转过身，却还没等视线有个着落，就被早已等候多时的"猎人"捕获。

下一秒，她的腰被男人有力的小臂揽了过去，昏暗中，属于霍修的温度与气息同时席卷而来。

清浅又炙热的吻好像掠着她的皮肤过去的火苗，落在她的下唇，一触即离。旋即，她的鼻尖与霍修的鼻尖碰在一起。两个人缱绻厮磨，呼出的鼻息连带着他们身上的温度与气味，如同两股在空中相撞的劲风般，瞬间便再难分彼此。

怀潋潋明明晚上没喝酒，忽然被这股热气烘得莫名其妙地有些头晕。她张嘴，本来是想说点儿什么，霍修却仿佛看准了时机一般加深了这个吻。

时间不到晚十点，怀家老宅所在的这个楼盘的别墅区基本已经听不到任何嘈杂声。窗外的积雪被路灯一照，在夜色中反射出白光，透过怀潋潋房间里的蕾丝纱帘，在窗前的木地板上洒上薄薄的一层。

房间里的一切都只剩下个隐约的轮廓，一眼望去，朦朦胧胧，就连那带着点儿潮湿气息的两个人纠缠的声音，也因为被蒙在被子里，变得格外模糊。

怀潋潋不知道霍修是什么时候拉上被子把两个人罩在里面的，总之等她回过神来的时候，窗前那一点儿薄雪似的光也不见了踪影。

也许是因为被子将两个人的皮肤与衣物之间摩擦的声音留在这狭小的空间里,令它们被放大,又或者是被窝将两个人的体温锁住,逼得温度节节攀升,总之,今晚的霍修显得格外凶猛且缠人。

洗完澡,怀澈澈换上干爽的新衣服,把盘成丸子形的头发放下来,一出浴室就看见霍修已经把灯打开了。她再看一眼床,床上的三件套已经被换成了新的,换下来的那些看起来皱皱巴巴的,被团成鼓鼓囊囊的一大团扔在沙发上,还没来得及整理。

"你干吗?!"怀澈澈叉着腰,正准备开始不讲道理、撒撒气,就见霍修停下手上的动作,看了过来。

他的下嘴唇破了一点儿,刚结起薄薄的血痂,只比唇色深一点儿,要是不知道他的嘴唇被咬破,很难觉察。他穿着的家居服上有被汗洇湿的痕迹,头发也因刚才一直被捂在被子里弄得乱七八糟。再看他的面前是重新被收拾得整整齐齐的床,怀澈澈的那一大口气就这么堵在了嗓子眼儿里。

小姑娘是真恨自己脸皮薄,但凡脸皮再厚那么一点儿,后面的那句"你把东西放在沙发上,那你今晚睡哪儿"就要脱口而出了。

她撇了撇嘴,哼了一声,就直接关了顶灯,掀开被子往床上一躺:"我要睡觉了,别和我说话!"

看来她是真的生气了。霍修站在几步开外的地方,看着小姑娘卷着被子侧过身去,耳根那一块儿红得不得了,腮帮子鼓得圆圆的,好像伸手往上面去戳一下,就要爆炸给他看的样子。

虽然他在做这件事儿之前已经预料到她会生气,但……她怎么会生气时也这么可爱呢?霍修感觉自己已经没救了。

这个房间里铺着地毯,穿着拖鞋踩在上面听不到脚步声。

298

她只能听见浴室的门被关上的声音，然后过了好几分钟，里面才响起水声。确认霍修开始洗澡后，她立刻愤怒地拿起手机准备约唐瑶见面，控诉霍修的恶行。但就在她点开微信，还没来得及找到唐瑶，就先看到通信录那里多出了一个红点。X向她申请加微信好友了。

怀澈澈在家待到大年初三，又被李月茹劝着和父母回了一趟老家，陪怀建中回去当了一波散财童子，再回到庆城的时候，已经是初七了。

"所以这个X，你是怎么和她混熟的啊？我记得她好像是帮过你，怎么帮的来着？"

唐瑶好多年不回家了，怀澈澈一个电话就把唐瑶叫出来了。唐瑶坐在咖啡厅里，听怀澈澈说了一堆，才总算想起那个叫"X"的人。

前几年唐瑶就听怀澈澈提起过这么一号人，说X是特别好的人，很热心，但毕竟好几年过去了，唐瑶也忘了这个人当时是怎么个热心法儿。

"我当时不是想做出点儿成绩来给我爸看吗？所以刚到荷兰的时候，我就想着给国内的一些建筑杂志投稿。"怀澈澈点了一杯热可可，捏着搅拌棒有一下没一下地搅着，"当然了，我当时的水平很差，所以惨遭退稿。但是等稿子都被退回来之后，我发现其中有一家杂志社选用了我的投稿，但署名并不是我。"

这件事儿当时还是怀澈澈在海城大学时的室友发现的。因为怀澈澈在做设计的时候，询问过很多人的意见，其中就包括这个海城大学的老同学。也得亏怀澈澈这么做了，最后才得以让这个杂志社背后的小动作曝了光。

但曝光了又怎么样呢？怀澈澈给那家杂志社发邮件询问此事，

但石沉大海；她打电话过去，对方接通后，听她说明了情况，就直接把电话挂断了。怀澈澈当时在荷兰，那个学期没结束，她回不了国。而且那时她根本没想以后会全职做探店主播，所以A视频网站上自己的账号只是私用，完全没有号召力和影响力。

更关键的是，怀澈澈也没办法向家里求助。怀建中本来就不支持她学建筑，要知道她被骗稿，第一反应肯定不是帮她去惩罚那家杂志社，而是先把她冷嘲热讽一番。

她当时自己闷在公寓里大哭了一场，花了几天时间才把这件事儿想通。之后她在录制新一期探店视频的时候顺嘴提了一句，只是希望和她一样学建筑的学生避开这种大坑。

结果就在视频发出去的当天夜里，也就是国内早晨七八点的时候，她收到了来自X的第一条私信。

"你把那本杂志的名字给我一下，我帮你看看。"X的私信只有这么一句话。要是怀澈澈现在看到，可能已经将其归类到电信诈骗去了，但当时她看着那个网店默认头像后面跟着这么一个简短有力的句子，本能地就相信了。之后她把自己的投稿记录以及那家杂志社的拒稿回件都给X发了过去。

本来她还想问问X准备怎么做，结果第三天就接到了那家杂志社的负责人打过来的道歉电话。对方完全没有了之前挂她电话的态度，卑微得就差给她哭一个了。对方说，是手底下的人搞错了署名，现在已经在召回错版杂志，之后再次出售的新版杂志会刊登给她的道歉信，请她给一个收款账户，他们会立刻把约定的稿费打给她。

怀澈澈当时就蒙了。虽然她也不缺那仨瓜俩枣的，但本着"该拿的为什么不拿"的原则，还是把自己的收款账户给了对方。

"谢谢您谢谢您……"对方拿到她的收款账户之后，简直千恩万谢,"真的不好意思,以后这种错误我们绝对不会再犯。这件事儿真的是给了我们一个大教训!"

"……"怀澈澈觉得对方太夸张了。

对方迟疑了一下,又说:"您看我们算不算已经和解了?您能不能放我们一马?"

挂断电话之后,怀澈澈通过网站私信问 X 做了什么。X 轻描淡写地回复说:"没什么,只是发了一封律师函过去。"

怀澈澈看那家杂志社确实不大,再加上之前光明正大地盗用别人的设计图,确实是一副会被律师函吓到的法盲的样子,立刻接受了 X 的解释,并道了谢。

两个人此后聊的话题,就是从这件事儿延伸下去的。怀澈澈知道 X 是一边读研究生一边在帮导师的忙,也算是半个律师。之后两个人聊了很多,包括 X 其实对未来也有一些迷茫的地方,考虑过到底是当律师还是当法官,或者是进一家公司去当法律顾问。

怀澈澈当时还满脑子都是当建筑师的梦想,直接劝 X 说,要干就要自己干,自己成立律所,占山为王!

X 发来一个"笑"的表情包,回复她说"好"。

"哦,我想起来了。不过后来新版杂志把你的署名改上去之后,你拿给你爸看了吗?"比起这件事情的过程,唐瑶更好奇结果,"你爸怎么说?"

"他说我画得这么烂居然也能上杂志,这家杂志社离倒闭不远了。"怀澈澈翻了个白眼,捧起杂子喝了一口热可可,"结果后来那家杂志社也真不争气,真的没多久就倒闭了,无语。"

正聊着,X 的微信就进来了。

X:"我在想晚上吃什么,你有什么好建议吗?"

怀澈澈刚喝了甜的,现在正想吃点儿咸的,随手便回复。

CHECHE:"要不喝点儿粥?咸口的,我最近很喜欢。"

X:"好建议,谢谢。"

怀澈澈回了一句"不客气",忍不住在心里赞叹,对方真是好飒爽的姐姐。

怀澈澈和唐瑶聚了一下午,晚饭前才分别。唐瑶开了车,在导航里输入怀澈澈所住的小区的名字时,顺嘴似的问了一句:"你怎么现在沦落到要我来送了?你那个好老公呢?"

怀澈澈刚坐到副驾驶位上,听见唐瑶的问题,没说话,腮帮子倒是先鼓起来了。

"你们吵架了?"唐瑶一看怀澈澈的表情,马上就明白了,"因为什么啊?"

怀澈澈扁着嘴,憋了五秒,脸上的表情还没有任何变化,耳根那块儿就已经红起来了。半晌,她才嘀咕道:"他占我便宜!"

唐瑶:"……"听听,这说的是人话吗?

但唐瑶转念一想,又觉得要是别人占了这位大小姐的便宜,这位大小姐指不定已经将人家踹十八脚,用行李箱砸出家门了,哪还能像现在这样红着耳朵小声抱怨?

想到这里,唐瑶拍了拍怀澈澈的肩,用"阅男无数"的过来人的口吻说:"你是不知道,男的对这种事儿有多急。霍修在我这儿已经是'大佛'级别的男人了,你要好好珍惜他啊!"

怀澈澈撇了撇嘴,不服气地说:"那萧经瑜不也没碰过我吗?你怎么只夸霍修一个人?"

"那不一样。"唐瑶好像就知道怀澈澈会这么说,"萧经瑜那是压根儿没碰到过你。他那不是主动的选择,是现实让他无可奈何。但是霍修这边可是名正言顺的,可以做但没有做,这就叫'克制'。哎,你多结几次婚就懂了,'克制'才是男人最宝贵的美德。"

怀澈澈:"……"

唐瑶把怀澈澈放到小区门口,估计是之后还有约,需要赶个场子,又简单叮嘱两句,让怀澈澈可得牢牢地把霍修把握住,就风驰电掣地消失在了冬风中。

怀澈澈无语地将双手揣进兜里,走进小区,慢悠悠地回到家。她推开门,客厅暖黄的光与从厨房飘出的香甜又温暖的气息扑面而来,好像给了她一个温暖的拥抱,对她说欢迎回来。

怀澈澈感觉那味道有点儿熟悉,循着味儿进到厨房,果然看见电磁炉上放着一个砂锅。

海鲜粥里的每一粒米都已经被煲到了绵软、开花的状态,鲜虾已经被煮到蜷缩起来,螃蟹被剁成了小块,只留下一只红彤彤的蟹钳扒着砂锅的边缘,那是它最后的倔强。

而正在厨房里忙碌的男人,身上还是那条蓝白格围裙,两条系带在他的身后随意打了个结,毛衣的衣袖被挽到手肘处,露出一截儿线条流畅的小臂。

门锁自动闭合。听见关门声,霍修回头,脸上顿时露出几分笑意:"看来我的时间掐得正好。你去洗手吧,今晚吃海鲜粥。"

"嗯。"她前脚刚和别人说想吃咸口的粥,后脚就在自家的餐桌上实现愿望了。但她看见霍修那言笑晏晏的模样还觉得有点儿不自在,两条腿不自觉地就紧绷起来。她站在那里顿了两秒,才扭头去洗手。

不得不说,这海鲜粥煮得真不错,怀澈澈吃了两口,眉毛都快被鲜掉了。一口菜没吃,她先喝了两碗粥。霍修问:"不吃虾吗?"

"不吃。"她懒得剥。

过了十几秒,他道:"吃一个,尝尝味道。"

剥好了的虾仁被放进她的碗里。她愣了一下，本能地将虾仁夹起送进嘴里。咀嚼的过程中，隔着腾起的热气，她对上他格外温柔的眉眼，忽然意识到好像哪里不对。

就从她接过这个虾仁开始，之前的那些对霍修的气也好、怒也好，都变得不是那么理直气壮了。坏了，吃人家的嘴软了！

霍修见怀澈澈吃了一个虾仁，又戴着手套去剥第二个。一顿饭下来，她被投喂了十来个虾仁，那一锅粥里的虾几乎被她包圆儿了。

好在霍修也没流露出类似奸计得逞的得意的神情，只是很平常地帮她把虾剥完，才开始吃已经变得有点儿凉的粥和菜。吃完饭，霍修把桌子收拾完，将碗筷扔进洗碗机，然后打开了电视。

怀澈澈的本意不是想看电视，她只是懊恼自己怎么这样就着了霍修的道，想来点儿动静，转移一下注意力。她随意地换了几个台。在一个陌生的春晚舞台上听见熟悉的旋律，她才想起萧经瑜之前在电话里说过，他在麓城春晚负责表演开场节目。

麓城几乎已经是国内最北的地方，每年不到一月就已是冰天雪地。舞台是露天的，为了演出效果，萧经瑜只穿着一件毛衣，外面配了一件薄风衣。他的歌还没唱到一半儿，天空就飘起了雪花。怀澈澈看着都觉得冷。她注意到，萧经瑜将一只手揣进兜里，而拿着麦的那只手明显已经冻到发紫。

萧经瑜唱的是第一张专辑里的《想你在无声的雪天》。他在说话的时候声音是清冷的，让人觉得有一种距离感，而在唱歌的时候声音显得很柔和，用粉丝的话来说，这就是非常典型的情歌嗓，细腻又温柔。

怀澈澈想起，这首歌刚发行的时候，简直是爆到不能再爆。那时候她还没与萧经瑜和好，只是听国内的朋友说萧经瑜出道了。

她很有骨气，一次也没有在音乐软件上搜过萧经瑜的名字，却在她到处看前辈们做的视频取经的时候，被动地听了这首歌好多遍。后来她才知道，这首歌在音乐榜单上足足蝉联十周榜首。

她正想着萧经瑜当年凭这首歌引爆乐坛的事情，萧经瑜的电话就打了过来。

"喂？"怀澈澈拿起电话，想着自己也没必要遮遮掩掩，干脆就在沙发上接通，"新年快乐啊，'小鲸鱼'。"

"新年快乐。"萧经瑜的声音听起来格外疲惫，"我本来大年初一那天想给你打电话的，然后忙着忙着……抱歉，澈澈。"

闻言，怀澈澈微微一愣："春节七天，你都在工作？"

"嗯，前几年我不也这样吗？"萧经瑜应该是上了车，周围的风声一下消了下去，"其实这样蛮好的。春节这段时间，大家都放假，有时间看电视，这是个很好的提升国民度的机会。"

"可是……"怀澈澈想问"这样你不累吗"，但念头一转，她想起另一个更值得一问的事情，"'小鲸鱼'，我听别人说你和千星娱乐签了对赌协议。你为什么要签对赌协议啊？"

近几年，演艺圈里通过对赌协议翻身成为资本方的艺人不是个例，但能和资本的博弈中取胜的也绝不是多数。尤其这几年，资本方也学聪明了，对赌协议中的条件越发严苛，就差把"不公平"三个字搬到明面上。

怀澈澈大概知道对赌协议是什么样的东西，但不知道萧经瑜为什么要签它。毕竟只是当歌手的收入也足够让他过上以前心目中的好日子了，他原本不是那么有野心的人。

"你连我签对赌协议的事情都知道了，"萧经瑜笑了一声，又像是无奈地叹了一口气，"那你知道我今年的演唱会定在什么时候吗？"

"呃……"

"别在网上查。"

怀潋潋正想偷偷点开微博看一眼,就被萧经瑜打断。他说:"微博上没发相关消息,现在全世界都不知道。我先告诉你,是在五月下旬。"

"哦,五月啊。"怀潋潋对这个时间挺满意的,"不错啊,暖和,是个适合开演唱会的好时候。"

"到时候你会来吧?你来了之后,我们当面说吧。"

萧经瑜上了车,但没发动。他握着方向盘,快一下、慢一下地以手指打着谁也不知道的节奏:"你要几张票?到时候把数量发给我,我直接把票寄给你。"

"好。"

挂断电话之后,怀潋潋才发现霍修不知道什么时候从厨房里出来了。他大概是看见她在打电话,刚才还帮她把电视的音量调小了些。她窝在沙发上看着他,忽然有些好奇:"霍修,你追过星吗?我看你的房间里贴着周传雄的海报。"

"我上初中的时候喜欢听他的歌,"霍修说,"买过正版磁带,放在随身听里听。但我没追过星,也没去过演唱会。"

谁问你演唱会啊?!怀潋潋鼓了鼓腮帮子:"哦,你偷听我打电话是吧?!你想去就直接说啊,还旁敲侧击。"

"那我直接说,"霍修笑,"我想陪你去。"

怀潋潋想着,这样也好,有这么一号人在,她也不用找女性朋友一起去看演唱会了。正好唐瑶、林静姝她们都不怎么追星,安小淳又要上班,不好请假,如果自己有霍修陪着,也省得麻烦她们了。

"不就是看看一场演唱会吗,还不好意思说?"怀潋潋爽快地给萧经瑜发微信消息，向萧经瑜要两张票，然后对霍修说，"到时候我让他把票寄到这里，你记得收一下。"

"好。"

三月十七日，对霍修来说是个很特别的日子。去年的这个时候，怀澈澈莽撞地向他求了婚。两个人从见面到领证，还不到二十四个小时。

其实霍修从小就是个挺在意仪式感的孩子，一直把长辈们的生日记得很牢，还没到日子，就已经先在学校旁边的精品店或后门附近的花店看好礼物。素来待晚辈严格的爷爷对霍修的零花钱也把得很紧。霍修小时候被穷养着，只能把一元零花钱掰成两半儿花，攒上十天半个月才将将凑够买礼物的钱。

而到霍修过生日的时候，霍永德和温玲英最少也有一个推掉其他的事情，接上霍修的外公、外婆一起来爷爷家，忙活出一大桌子菜。当然，桌上少不了一碗卧着鸡蛋的长寿面。

和怀澈澈结婚后，霍修需要记住的重要日子又多了两个：一个是她的生日，一个是他们的结婚纪念日。

只是怀澈澈没心没肺得很，哪还记得什么结婚一周年？一过完年，她就去外地工作了，忙得连个电话都很难打过来一个，只剩霍修自己面对这无人在意的结婚周年。但他还是想做点儿什么稍微纪念一下，哪怕没有人记得，也没有人知道。

入夜，霍修带上手底下的几个年轻人，以团建的名义走进了一家韩式烤肉馆。几个"饭混子"当中，数王瑞资历最老，其次是李懂。大家坐到大圆桌旁，点餐拿水，好不热闹。

霍修刚坐下，怀澈澈的微信消息就来了。

CHECHE："老霍老霍！"

CHECHE："回家的时候帮我取一下快递，一共五个包裹。"

CHECHE:"然后你帮我拆开看一下,包裹里面的东西有没有明显的瑕疵,如果有瑕疵,你就拍照给我。"

CHECHE:"谢谢!"

她在手机上打字一向快,但这次尤其快,几条消息接踵而来,上一声消息提示音还没响完,下一声消息提示音就又响起来了。

霍修大概猜得到她是在工作间隙一边被别人催着一边给他发消息,便笑着回了个"好"。

"你们看,一般霍律师露出这种笑容,就是在回嫂子的消息。"一旁的李懂又懂了,看着霍修,笑得像个慈祥的大爷。

"霍律师,什么时候和嫂子办婚礼啊?我们都等着给你们俩送个大红包呢!"坐在李懂旁边的女生也跟着起哄,"择日不如撞日,要么就趁今天,说一下你和嫂子是怎么认识、怎么相爱的嘛。"

女生的建议一下获得了大家的认可。霍修笑着放下手机,大方地迎上一道道"八卦"的目光:"看来你们今天想自己结账了,对吧?"

"'喀'……算了算了……"

"吃饭吃饭!"

就这样,话题终结。

一顿饭吃完,霍修回到家时已经是晚上八点多了。他在楼下的花店取回三天前自己预订的花束,又按照怀澈澈的嘱咐,从楼下的快递柜里取了包裹,才抱着一大堆东西上了楼。

怀澈澈很喜欢在网上买乱七八糟的小摆件,可能是一个木雕的兔子,也可能是一个奇形怪状的杯垫。花瓶空着,霍修还来不及把纪念结婚周年用的鲜花插进瓶子里,只顾着先给她买的东西拍照。

很快,他将几件东西拆完,只剩下最后一个薄薄的文件夹式的快递包装信封。他拆开外封，就看见里面是一个玻璃纸信封。玻璃纸的透明度很高，霍修不用把它拆开也能看到里面装着的是什么。

呈现在他眼前的图案，是烫金与深蓝杂糅得恰到好处的一片深海奇景，设计得很精妙。图案的中间印着笔锋舒展的艺术字——萧经瑜 2019 年个人巡回演唱会：听，深海。五月二十日，诚邀聆听。

这是萧经瑜演唱会的门票。演唱会的演出时间是五月中旬，门票却在三月，在霍修和怀澈澈结婚一周年纪念日的当天送到了家里。

第十六章
普通朋友

萧经瑜的演唱会第一站在江城,怀澈澈提前订好了酒店。因为开演唱会往往会聚集大量歌迷,周围很容易造成交通拥堵,她不打算租车,所以订的酒店就在江城体育场附近,走路大约十五分钟的距离。

从怀澈澈到达酒店和霍修碰头,再到办理入住,一切都很顺利。酒店的房间不错,窗外的景色也很好,她很满意。唯一让她觉得有点儿缺憾的,就是霍修病了,得的是风寒感冒。离谱儿吧?他在秋、冬两季都健健康康的,从头到脚都写着"我非常会照顾我自己"的人,在春暖花开的五月着凉了。

"我只是有点儿……'喀喀'……咳嗽而已。"霍修解释的同时,还从行李箱里拿出一盒止咳药给怀澈澈看,"不过没事儿,我已经带了药。"

"我是该说你周全还是该说你不周全啊?"她接过药盒,看了一下服用说明就还给他,"那你还能去演唱会吗?不舒服的话,你就在酒店休息好了。"

"没事儿,我能去。"

演唱会就在今晚,怀澈澈不打算舍近求远去其他地方吃饭,就在酒店的餐厅里凑合了一顿。出门的时候,怀澈澈感觉江城不愧是位于秦岭、淮河以北,已经五月了,只要太阳一落山,风就立刻换了一副面孔。

江城体育场是半露天的,人身在其中,抬头就能看见星空,有一种人类文明与自然结合的感觉。怀澈澈的两张票位置很好,是正对舞台的VIP席。等萧经瑜登台的时候,怀澈澈甚至能看清楚他的眼妆。

为了符合演唱会的主题,萧经瑜的妆面与演出服皆含鲛人的元素,一圈一圈地用闪粉勾勒出来的细小鳞片悬在萧经瑜的眼尾,偶尔伴随他脸上的表情被牵动,波光流转,熠熠生辉。

从萧经瑜登台那一刻起,演唱会的氛围就直直地被推向了高潮。怀澈澈手里拿着荧光棒,情绪一直很高亢。直到散场她才发现霍修的脸色不太好看。

霍修今天穿的是暖橘色的毛衣,外面配了一件咖色外套。

刚才怀澈澈还觉得霍修穿这种色系的衣服还挺好看,显出一种高级感,但现在再看,只觉得他的脸色被那种明艳的颜色一衬,显得更是苍白。

"霍修,你没事儿吧?"

"没事儿。"

他答得干脆,但整个人透着一种摇摇欲坠的感觉。怀澈澈将信将疑地握住他的手,才发现他的手背是凉的,而掌心里都是汗。她赶紧带他回到酒店,用温度计一量,他的体温已经到了三十八点六摄氏度。

"你管这叫'没事儿'啊？真有你的，霍修。"怀澈澈从衣架上扯了一件外套披在身上，"我去买药，你在房间里等我。"

好在酒店的地段还可以，楼下商圈的各类店铺一应俱全，药房就在附近。怀澈澈把治风寒感冒的冲剂、胶囊、退热贴都买上，才急匆匆地回到房间。

霍修正坐在床边等她。这家酒店床头灯的光色偏白，呈现出月光似的清冷之色。男人垂眸看着面前的地毯，好像在发呆。

他的瞳色原本就偏深，是深栗色的，目光一直极为有神。现在他一病，注意力没那么集中，眼底的光有点儿散开，在外来光源的映照下，瞳孔的色彩变得浅淡一些，显出好似覆了一薄层的脆弱感。

"谢谢……喀喀……小怀。"他吃了药，贴上退热贴，躺在床上。生病让他的声音听起来比平时的声音更哑，也更轻，眼神扫向她的时候，好像有气无力的。他从被子里伸出手，轻轻地捏了捏她的掌心："还好有你。"

这人是真的很会给予他人正反馈。怀澈澈就干了买药这点儿事儿，被他这两句话说得好像整个酒店都是为他建的一样。她有点儿不好意思，抿了抿唇："那你赶紧睡，睡一觉就好了。"

他将手微微收紧，把半张脸埋进了雪白的被子里，一双眼睛弯起来："好。"

大概是药里含安眠成分，霍修入睡得很快。怀澈澈就坐在床边用手机搜索得了风寒感冒还应该注意点儿什么，萧经瑜的微信也在这个时候进来。

Whale："祖宗，我刚才忽然想吃港茶，就找了一家店。你准备好了吗？我让胡哥去接你？"

312

哦，对，她想起来自己还和萧经瑜约好见面，聊聊他到底为什么要冒着风险签一个那么长时间的对赌协议。

怀澈澈当然想去。她早就好奇萧经瑜为什么忽然在事业上好像变了个人，但前几年她问过好多次，萧经瑜要么闭口不谈，要么转移话题，把她气得要死。

这一次，他忽然松口。怀澈澈估计是他的目标要么是快完成了，要么是进入到下一个阶段了，总归是取得了一点儿成果，所以他可以与她谈论这件事儿了。但回头看了一眼已经熟睡的霍修，她又有些动摇。

CHECHE："我不想吃夜宵。要不你吃完了再来找我？"

Whale："你别和我说你和霍修待在一起，所以不想出来。"

萧经瑜猜得没错，确实是这样。霍修其实一开始没发烧，是跟着她在体育场里吹了两小时的风才烧起来的，所以她觉得在现在这节骨眼儿丢下霍修一个人在酒店里是真的太坏了。

CHECHE："'小鲸鱼'，霍修发烧了。"她的这条消息刚发出去，萧经瑜的电话就直接打了进来。

"他已经三十岁了，又不是三岁。他发个烧，你有必要这么担心吗？"萧经瑜感觉很无语，声调些微上扬，"你要么干脆说你就是想待在他的身边不想出来算了，找的是什么烂借口。"

"我不是……你有毛病是吧？"怀澈澈不想在酒店房间里同萧经瑜吵架，干脆拿着手机躲进了浴室，"霍修现在看起来病得还挺严重的。而且我也没说我不出去，我只是说我不想吃夜宵。"

萧经瑜心说：你放屁！刚才在体育场里，我不只一次往台下看，你俩近到干脆抱一起去算了。但他想了想，又觉得没必要在这个时候和她吵架。与一个病人争，显得自己好像多没人性似的。

"行，那不吃夜宵了。我现在过去找你，你下楼来见我，行吧？"

电话那边的怀澈澈总算应了一声"好"。这一声落到萧经瑜的耳朵里，令他感觉那可真叫一个不情不愿。他也没心思继续吃饭，去隔壁的包间敲了一下门，让在那里的团队成员记得把这边的东西也吃掉，就拿着车钥匙走了。

半小时后，怀澈澈接到萧经瑜的电话。听他说已经到了酒店楼下，她才轻手轻脚地从房间里溜出来，乘电梯下了楼。

楼下，萧经瑜的车停在那里。他没将车熄火，打了两下双闪吸引她注意。等她一上车，他立刻开车驶离原地，全程停留没超过两分钟。

"最近有'狗仔'在跟我，胡哥刚才好不容易把那群人甩掉。"他将车停到一个僻静的地方，往前、后、左、右都看了一眼，才把车熄火，"我们到这儿应该没事儿了。"

怀澈澈跟着他回头看了一眼，感觉这附近也不是很荒芜，路边还有一些店："那你赶紧告诉我，为什么你要签对赌协议？"

"你在催什么？"萧经瑜本来刚才就憋着气，现在再被怀澈澈一催，心情更是不好，"干吗，急着回去陪你老公啊？哦，也是，毕竟我现在无名无分的，肯定比不上你名正言顺的丈夫了。"萧经瑜这话说得又酸又气，带着一种少年独有的尖锐，就差直接说"你赶紧给我说点儿好听的，要不然我要被气死了"。

怀澈澈却没接话。等萧经瑜看过去的时候，发现她正盯着车窗外的一家药店发愣。

"怀澈澈……"你倒是反驳一句啊！萧经瑜不知道要怎么形容自己这一瞬间的心情。他烦躁到了顶点，站起身走过去抓她的手腕："你能别这样吗？你说点儿什么，成吗？"

"哦……我不是在等你说吗？"怀澈澈却好像根本没听清他刚

才说了什么,直到手腕被抓,她才如梦初醒。

"……"萧经瑜攥着她的手腕的手不断收紧。他看着她那令自己觉得越发陌生的神色,心脏也在一点儿一点儿地收紧。

时间在流走,沉默在发酵。萧经瑜感觉到一个问题已经到了自己的嗓子眼儿,马上就要脱口而出,但自己的体温与力气就像沙漏,从自己的脚底一点儿一点儿地流逝,变成一地红色的沙砾,铺满她的脚边。

最终,他无力地说:"算了,不说了,没意思。"

"为什么?我已经出来了,你说嘛。"怀澈澈也不是故意要走神的,只是刚看到一家药店门口贴出了布洛芬混悬液的广告海报,在思忖如果缓释胶囊没法儿让霍修退烧的话,用混悬液会不会比较好而已。

"我不想说了,"萧经瑜冷着脸别开眼,"行吗?"

折腾一晚上,他只觉得自取其辱,怀澈澈的一颗心压根儿不在这儿。他的声音有些冷:"回去了。"

送怀澈澈回到酒店之后,萧经瑜感觉自己也快散架了。他回到房间,坐在黑暗中一言不发。胡成回来时,打开房间的灯,被萧经瑜吓了一跳:"你在啊?我刚才还以为你又不知道跑哪里野去了。还行,你还知道给我省点儿心。最近那几个'狗仔'跟你跟得多死,你不是不知道。"

胡成对萧经瑜的沉默已经习惯了,一边自说自话一边往里走,却忽然听萧经瑜开了口:"胡哥,你说我要怎么办?"

"什么怎么办?"**胡成愣**了一下,"你们今天聊什么了?你不是想把你签对赌协议的来龙去脉和她说了吧?"

胡成作为当年**目睹萧经瑜签署对赌协议**全过程的人,想起这四个字,都还忍不住身上冒鸡皮疙瘩。

315

这份对赌协议的条款确实离谱儿，要求萧经瑜必须在五年内，有三个播放量破十亿的爆剧，成为两个现象级综艺的常驻嘉宾，营收指标也是逐年递增，看得人头皮发麻。

胡成在业界待了这么些年，不是没见过对赌，只是没见过这么离谱儿的对赌。更何况萧经瑜本质上只是个歌手，对赌协议上的条条框框却都在演戏和综艺方面，就差把"没胜算"三个字写在萧经瑜的脸上了。

而萧经瑜当然也并不傻。他会签这份对赌协议，不是因为年轻追求刺激，只是怀澈澈的爸爸忽然找上门来。也是那个时候，胡成才知道，原来怀澈澈就是那个"槟榔大王"怀建中的女儿。

怀建中第二次去找萧经瑜，和第一次在萧经瑜上大一那年的国庆与萧经瑜见面可完全不一样。

两个人第一次见面，毕竟是在怀澈澈的学校，怀建中不想闹得难看，旁敲侧击地暗示了一下双方的家庭条件悬殊。怀建中本以为这小子已经知难而退，谁知道安生日子还没过多久，又从怀澈澈的嘴里听说这小子上春晚了。后来找人打听了一番，怀建中才知道这小子成歌手了，还真能折腾，像一条鲤鱼似的想跃龙门。

怎么说呢？之前，怀建中也相信人定胜天、真爱无敌，但真的有钱了以后，屁股决定脑袋，他就又相信门当户对了。而且不光是钱的事儿，是钱给人带来的眼界、处世方式、性格、品行等方面的增益。所以穷小子为什么不行？不是穷不行，而是穷带来的世界观、价值观可能不行。

怀建中只有怀澈澈这么一棵独苗苗，女儿可以傻，他这个当爹的可得把眼睛擦亮了。所以第二次找萧经瑜时，怀建中是来势汹汹。萧经瑜和胡成当时被紧急叫回公司，直接就进了最大的会议室。

长方形的长桌,左右两排坐满了人。正座上是千星娱乐当时的老总,下面一堆高管,所有人的眼睛都盯着萧经瑜一个人,好像萧经瑜是被推上国际法庭的罪犯。

怀建中这一回从一开始就没想着给萧经瑜留一点儿脸,就是来给萧经瑜来一个下马威的。萧经瑜至今还记得当时怀建中说的那句话:"小子,你要是真喜欢我女儿,就拿出点儿魄力来。你好歹别留在演艺圈里当个供人娱乐的人,我还能瞧得上你一点儿。"

"对赌不是快赢了吗?我们只差最后一个综艺的名额,而且已经内定,就差官宣了……"胡成也没想到,对于对赌协议上苛刻的条款,萧经瑜还真的做到了。就看萧经瑜这四年多以来的经历,胡成都能断定萧经瑜老了之后,要是心血来潮想写自传,绝不会缺乏素材。

"然后等到今年第四季度结束,你今年的成绩超过去年的成绩,那不是板上钉钉吗?我们接工作的报价每年都在提高。也得亏我们一开始要的价格是真的太低了,要不然你这连年翻番的指标的要求真的很难达成……"胡成开始给萧经瑜打鸡血,"你要赢了,萧经瑜!今年结束,对赌就赢了,你以后就不用再在外面抛头露面了,就能拿到股份升到管理层了,然后也可以和你的小女朋友有情人终成眷属了!"

胡成本以为自己所说的这些对萧经瑜来说会是一个很有吸引力的事情,但萧经瑜依旧坐在沙发上一动不动,过了半响才侧头看向窗外。

萧经瑜像自言自语一样地说:"是啊,我马上……就要成功了。"也许等他做到,等他赢得对赌,就会好起来的,一切都会好起来的。

霍修这一觉睡得不太安稳。他不是一个睡觉多梦的人，睡眠质量一直算得上好，这一次却反常，梦到了小时候刚到爷爷家时的一件小事儿。

那时候霍修刚上小学一年级，他爸为了庆祝，送了霍修一辆很大的玩具卡车。这个玩具卡车大到什么程度呢？大到他必须用两只手才能抱起来。

这么一个大型玩具，在小孩儿中间的受欢迎程度可想而知。但小孩儿的手上没轻没重，一堆小孩儿围着卡车玩了一个下午，等傍晚准备收拾东西回家的时候，霍修才发现，卡车背上的箱子掉下来了，轮子也脱落了一个。

霍修也搞不清楚是谁弄的，只能抓着还没走的小孩儿问，结果碰到的是一个小姑娘。也不知道是他太着急，表情显得有点儿凶还是怎么的，那个小姑娘半天憋不出一句话，看着他就抽抽噎噎地哭了起来。

爷爷出来喊霍修回去吃饭，正好看到这一幕，以为霍修欺负了别人，一手抱着玩具卡车，一手拎着霍修回家，回到家后就把霍修揉到墙边。

爷爷很严厉地训道："在墙根那里站好！欺负女孩子，你还是不是男人？你今晚不要吃饭了，好好反省一下。"

明明是自己的玩具被别人弄坏了，自己只是问一下就要受罚，霍修感觉很委屈，张口就哭了，一边哭还一边想解释："我没有……"

"还狡辩！"老头子这辈子最信的就是眼见为实，最讨厌的就是敢做不敢当，于是当场就把霍修的手抓起来，拿起了一旁的戒尺，"你没有欺负，那小姑娘哭什么？我是不是与你说过，做事情之前要先想清楚后果？你敢欺负别人，回到家就要挨打！不许哭，你给我数打了多少下,数错了就从头开始。"

"我……"

"数!"

"一……一、二、三……"

霍修的这场梦最后是被王瑞的电话吵醒的。倒也不能怪王瑞,毕竟一般来说,这个时间霍修不可能在睡觉。

"王瑞,"几个小时前,霍修在体育馆里时,嗓音还只是稍有些沙哑,而只经过了这短短一觉的时间,他被高烧烧得嗓子又干又痛,说话时嗓音沙哑得厉害,"有事儿吗?"

王瑞确实是遇到一点儿问题想打电话来问问,但一听霍修的嗓音已经这样了,也顾不上别的,先表示震惊:"老大,你说去外地,是去横渡撒哈拉了吗?"

"我有点儿感冒。"霍修把额头上的退热贴揭开,从床上坐起,"没事儿,你直接说。"

"哦,就是关于律所主任的事情……"

虽然律所已经是合伙性质,高级合伙人之间没有职称上的高低之分,但实际上除了高级合伙人之外,还有一个律所主任,真正负责起整个律所未来的发展与规划。

他们律所的律所主任之前是由资历最老的那位刑事律师担任,但就在年前,那位刑事律师出了一点儿小事故,出院后就一直觉得力不从心,上次开会的时候提出了卸任,要在现有的高级合伙人当中选出一位当新的律所主任。

就王瑞所知,目前律所里,不管合伙人也好,普通律师也好,其实都更倾向于让霍修来当这个律所主任。但同时王瑞也听到了一些风言风语。比如宋氏集团的老总宋持风已经约霍修吃了好几次饭,给霍修的薪资、待遇已经开到了令人不可思议的高度,几乎是不计成本地想要挖霍修过去做法务总监。

对王瑞个人而言，肯定希望如兄似师的霍修能选择更适合自己的方向发展，但身为霍修的同事和助理，王瑞同时也希望能跟着好的上司共同进退。

"我不考虑当这个律所主任。"霍修的答复很直接，"现在的工作量对我来说已经有点儿大了。"

"那您会去宋氏吗？"王瑞问。

"在考虑。"霍修知道王瑞的意思，"到时候我会提前和你说的。不过对这事儿，你自己知道就行了。"毕竟也是一手创办的律所，霍修不可能自己走时还带走一大票人，带上一两个心腹足矣。

"好的，我知道。"

婚后，霍修意识到自己的时间确实被各种委托填得太满，如果不是正好碰到怀澈澈也在忙碌，恐怕会有很多时间让她一个人待在家里。这不是霍修理想的婚后生活，所以他也在考虑其他的选择。不过他干了好几年的律师，也不知道忽然转去干法务，能不能适应得来。

还有一点……霍修环视房间，房间里静悄悄的，怀澈澈不在，应该是出去和萧经瑜见面了。如果自己转行去干法务，万一到最后还是离婚了，要怎么办？到时候自己搬回自己的家，看着空荡荡的房间，会不会和现在一样，感觉五脏六腑都被掏空了。霍修吸了一口气，感觉冷空气上下乱窜。

"咳咳……"

嗓子的干痒来得急，霍修别过头去猛咳了一阵。王瑞听傻了："老大，你这次病得这么厉害啊。我就说前两天你也穿得太少了。就算是五月的天，入了夜还是冷啊，你怎么能直接穿短袖上班？"

"没事儿，"霍修淡淡地打断王瑞的话，"过两天就好了。我先休息，挂了。"

"哎哎哎！好……"王瑞被霍修最后这句话弄得有些蒙，挂了电话之后，坐在家里品了一会儿，总觉得老大的语气，好像是有点儿这个病在老大的意料之中的那个意思。

但不对吧，哪有人故意生病的？更何况霍修还是少见的很会照顾自己也很会照顾身边人的那种人。在遇到霍修之前，王瑞很难想象有男人会随身带着纸巾，车里常备两把折叠伞，办公室里常年放着一件外套以备不时之需。

有的时候王瑞甚至觉得，万一他们路上遇到车祸，霍修说不定都能从哪里掏出一个医药箱来。霍修做事情真的是滴水不漏，周全到王瑞看着都觉得累。

本来王瑞想着等老大结了婚就不会这样了，会松下来，但转眼这婚已经结了一年了，王瑞觉得老大不光没松下来享受婚姻与生活，反倒是绷得更紧。有的时候老大坐在办公室里放空，连手上夹着烟都忘了抽，就让它那么烧着。王瑞还没结婚，看老大当时的表情，也不知道老大这是幸福还是不幸福，只是觉得老大好像很辛苦的样子。

"哎，霍修，你醒了？"怀澈澈回到酒店，推门进去，就看见霍修披着外套，手指间夹着一支烟，站在窗前看着远方。

她走过去，指了指他手上的东西："你已经咳嗽了，还抽烟啊？"

"没，只是点着了，我没抽。"霍修闻声回过头来，朝她笑了笑，随后将烟摁灭在烟灰缸中，"闻着烟味，我会比较容易冷静下来。"

人病着不能抽烟，这点儿自觉霍修还是有的，但闻烟味儿也确实是他之前跟着魏隆杉的时候留下来的坏习惯。只是在怀澈澈面前,霍修一向有所克制,因为他知道她不喜欢烟味儿,所以一般回到家就不怎么碰烟了。

怀澈澈看着霍修把还剩三分之二的烟就这么掐灭,愣了一下:"我还是第一次听你说有这种习惯呢。"

"是吗?"霍修病着,脑子的反应有点儿迟钝,他很自然地接着说道,"这个又不是什么优点,你不知道就不知道了。"

她回想了一下,发现霍修在她面前展现出来的样子,好像只有上次海城挂他电话的时候他有一点儿生气的迹象,除此之外,他都是一个成熟而稳重的男人形象。他很好,好得就像太阳,找不到一点儿阴暗的瑕疵,好像这一刻他站在地上,都只有光辉,而没有影子。

怀澈澈意识到自己好像没有听过霍修抱怨工作上的事情,抱怨身边的人和事,包括她这个只负责结婚、不负责生活的老婆。

有的时候她能感觉到霍修是有一些情绪在的,但他从来不说。不知道是不是因为就像他说的"没有必要",所以这些负面情绪他都选择自己消化。

这样好累啊!怀澈澈最喜欢和朋友吐槽了,是属于连今天的工作餐不好吃都会花五千字向唐瑶仔细形容一遍具体是怎么个不好吃法儿的程度。

"怎么了?怎么这样看着我?"霍修微微朝她弯起眼。

"我就是觉得,你好像没说过不愉快的事情。"怀澈澈觉得可能还是自己不太靠谱儿,让霍修产生不出倾诉的欲望,"你是因为没什么不愉快,还是不想说啊?"

怎么可能没有?刚才短短一觉醒来,他发现怀澈澈不在,心当即沉到了谷底。他甚至在想,自己会不会是弄巧成拙了?也许自己不该生病的。

他这样不是一天两天了,父母早就找他谈过很多次,希望他不要把所有的事情都藏在心里,也需要适当地倾诉,不是每个人都像爷爷那样,大家不会对人这么严格,对事情也不会只看结果,实际上大家都只是在通过自己的经验告诉别人应该怎么做。

霍修觉得,比起倾诉,自己更习惯把情绪隐藏起来所带来的那种安全感,尤其是在怀澈澈面前。在这种关系里,并不需要过多地展现出自己的情绪,那些情绪不会为他增加竞争力,他只需要展现出好的一面就可以了。这种选择性的呈现,让霍修感到很安全。

"喀喀……喀喀喀……"

怀澈澈本来还在等霍修接话,结果话没等到,等来一阵猛烈的咳嗽。

她立刻意识到自己好像对病人逼得太紧了,赶紧给他倒了一杯水,把他扶上床,解释说:"我不是那个意思。我就是觉得,对于你认为能和我说的话,你就说;对于你认为不适合和我说的话,就算了。"

霍修在床上坐定,把怀澈澈的手牢牢地握在手心里。他想问刚才她是不是和萧经瑜出去了,但是也不是特别想问,因为这个问题问出去,可能会导致两个人争吵。他不想为了这么一个双方都心知肚明的事情和她吵架。

"也没什么别的事儿,主要是感冒了,我感觉有点儿怕冷。"三十岁了,霍修却感觉自己越来越擅长在小姑娘面前卖惨、撒娇。

他垂下眼,用手把披在肩上的衣服拢紧了一些:"一个人睡觉,有点儿睡不好。"

他的这句话是什么意思?得两个人睡觉,他才能睡好呗?怀澈澈看了看这个房间,只有一张床,反正两个人总归是要一起睡的。

"那你先坐着吧,我给你冲感冒颗粒。"怀澈澈找到刚才买的感冒颗粒,去烧水,回头就见霍修从床上起来了,"你干吗?"

"嗯……"霍修走到她的身后,盯着她手上的那包感冒颗粒看了一眼,"看看你怎么冲药。"

这人病了之后,怎么感觉性格都与平时的不大一样了,变得很黏人?不过也是,人在病的时候,总是会特别脆弱。

小时候她生了病,就觉得自己拥有了全世界,因为生病的时候她爸想骂她也会忍忍,然后她就会蹬鼻子上脸,最后大概率被她爸大骂一顿,老老实实地躺回床上养病。

怀澈澈笑嘻嘻地把自己小时候犯贱作死的经历当笑话说给霍修听,然后问:"你小时候病了有没有嘚瑟过啊?"

"我小时候很少生病。"霍修回忆了一下,"因为我生病了的话,我爷爷会很生气,觉得我没有照顾好自己,所以我不太敢生病。"

"……"怀澈澈确实没想到这世界上还有比怀建中更无理取闹的家长,为霍修感到不平,"可是对生病,人要怎么控制啊?!"

其实多注意一点儿还是能控制住的——霍修想这么说,但见怀澈澈因为他而扬起声调,脸上一副有些气愤的模样,他又把话咽回去了。他很喜欢她替他不高兴的样子,感觉两个人离得很近,好像在情绪上已经可以不分彼此了。

看着霍修喝下感冒药,怀澈澈进浴室洗了个澡。她刚从浴室里出来,就看见霍修还保持着刚才的姿势坐在床上,只是她走到哪儿,他的目光就跟到哪儿。虽然他的目光挺规矩的,谈不上什么无礼,但怀澈澈还是被他看得后背直冒汗。她忍不住走过去:"你干吗,要造反是吧?"

"我只是想看看你准备什么时候休息,"霍修刚才说话的时候还不带鼻音,现在鼻音的粗重感就显出来了,"时间很晚了。"

见他已经病成这样了,还在这儿坐着死扛,怀潋潋一时之间也不知道说什么好,索性眉毛一扬:"你有毛病啊?生病了不知道早点儿休息,就在这儿盯着我。怎么,你盯着我,病能好?"

霍修顺势握住她的手,抬起头用一种非常真诚的模样看着她:"病不会好,但是看着你,我会高兴。"

"……"

怀潋潋垂眸,正好撞进男人的双眸中。平静的湖面下尽是涌动的暗潮,那点儿病态在这一刻变成了眼周的那一点儿红,变成了为她而袒露的脆弱感,勾着她、引着她往湖水的深处探寻而去。

以前怀潋潋只觉得霍修口才了得,以后自己可千万不能与他吵架,而现在她感觉,这人的眼睛也看不得,他简直像个男狐狸精似的。她很懊恼,把手从霍修的手里往外一抽,火速刷了牙,就出来躺到床上了。

已经在床上等候多时的"男狐狸精"立刻缠了上来。他还发着烧,体温是不正常的热,身体每一寸与她的身体接触的肌肤皆是一片滚烫,双唇亦然。但"男狐狸精"只是很乖巧、克制地亲了她一下,便好似满足般闭上眼:"晚安,小怀。"

怀潋潋没好气地说:"晚安……"男狐狸精。

她这一觉睡得还好。后半夜,霍修终于开始发汗,怀潋潋迷迷糊糊地听见他好像是说起床洗澡,便稀里糊涂地"嗯"了一声,翻了个身就又睡过去了。等她再一睁眼,手机已经闹腾开了,又是消息推送,又是来电,没一刻停。

怀潋潋的眼睛还不怎么能睁得开。她眯着眼接起电话,就听方红以高亢的声调质问:"怀潋潋!你到底在搞什么?!"

怀潋潋不明所以,被方红赶着屁滚尿流地点开微博,才发现在凌晨五点的时候，昨天晚上自己和萧经瑜见面的照片被业内一个很知名的"狗仔"发到了微博主页上。

怀澈澈看了一眼话题榜，再看了一眼时间。好家伙，从凌晨五点到现在，充其量三个小时，话题榜上已经有两个关于这件事情的词条，每一个都在高位。

#萧经瑜地下恋情公开#

#我们买票支持他的演唱会而他与女朋友深夜约会#

怀澈澈的微博也早就被如潮水奔涌般拥来的萧经瑜的粉丝攻陷，那些粉丝在怀澈澈的微博下留了无数攻击力十足的言论。

怀澈澈小心点进自己的微博评论区看了一眼，各种激烈的词句令她心惊肉跳。她不敢看了，匆忙退出微博，方红的电话也在这个时候重新打进来。

方红的语气听起来比刚才冷静了一些："你先把昨天这件事儿的来龙去脉同我说清楚。等一下我打电话给萧经瑜的经纪人，看看这个通稿要怎么发。"

昨天自己和萧经瑜有什么来龙去脉啊？怀澈澈记得昨天自己从上萧经瑜的车到回酒店，从头到尾不超过二十分钟，两个人连话都没说几句。

但那个"狗仔"拍的照片，偏偏就是她拉开车门上萧经瑜车的那一瞬间。如果别人只看那照片，幻想的空间也太足了。怀澈澈自己看着照片，都觉得照片上的两个人待会儿肯定得去干点儿什么见不得人的事儿。

挂断电话之后，怀澈澈回想起这场飞来横祸，怒气这才像马后炮似的涌上心头。她盘腿坐在床上，恨不得直接把手机摔了。

她现在意识到怀建中说她的那些话顶多就是不中听，还真算不上骂。要说骂，还得看这些陌生的网友。刚才她只扫了那么一眼，评论里全是低级的脏话，好像恨不得把她的祖坟给挖出来，以证明她这个平庸的女人配不上她们家的"鲸鱼哥哥"。怀澈澈从小到大什么时候受过这样的气？！

霍修昨晚发了一场大汗，现在刚进浴室，发现胡子也应该修整一下，就多花了一点儿时间，维持了一下当代文明人的体面。之后他推门从浴室里一出来，就看见怀澈澈以双手抱着自己的两条腿，抽抽噎噎地哭。

"怎么了，小怀？"

哭的动静不大，但她也不算隐忍，一边"呼噜噜"地吸着鼻涕，一边不停地掉眼泪，胸口一起一伏。她这个样子就像个小孩儿似的，让人看着不自觉就感觉可怜。

霍修把一旁的抽纸送到她的手边，自己先抽出两张纸巾给她擦眼泪："怎么了，我进浴室的时候你还好好的，这会儿怎么哭起来了？"

怀澈澈从听见霍修的声音起，刚才的那种六神无主的感觉顿时消散大半，现在再看他满脸关切地问自己，她就好像被别人欺负了的小孩儿找到了靠山，忽然有了底气："老霍，她们好过分啊！"

"不行！"

萧经瑜的房间里，大家也在激烈地讨论着这件事情。其实讨论得也不算太激烈，因为胡成这边已经有了一套公关方案，就是公开两个人是认识多年的好友关系，毕竟两个人本来之前就都是海城大学的同学，不少人知道两个人早就认识。

被拍到照片的那个时间也不算晚，要是把事情归结为萧经瑜送朋友去买点儿东西，也算合理。当然，不合理也无所谓，反正他们现在需要的只是一个借口。不过，萧经瑜坚决反对这一公关方案。

"萧经瑜，你别在这个时候发癫好不好？！"胡成知道萧经瑜在这个时候无论如何都不肯松这个口是在纠结什么，就把其他人先赶出房间，只留下自己与萧经瑜接着谈，"你想过你签的对赌协议吗？就差最后临门一脚了！你现在不这么做，那个综艺常驻嘉宾的名单上还能有你吗？"

"但是这也太可笑了！就因为我要赢得对赌，所以我要发通告说我和怀澈澈其实是普通朋友的关系。到时候所有人都知道我和她是普通朋友。"

"你又不是第一次和别人说你们是朋友！"胡成也憋着火，音量猛地拔高，"你之前与你们共同的朋友不都是这么说的吗？说你和怀澈澈只是朋友。"

"那是因为我还不够资格当她的男朋友！"萧经瑜快被气疯了，"可是现在不一样，我已经要赢了。今年过完，我的对赌是稳赢的……"

"你也知道你的对赌要赢了啊？"胡成再次提高音量，立刻压过萧经瑜的音量，"在这个节骨眼儿上，你要是公开说，其实你暗恋怀澈澈很久了，不只你的对赌完蛋了，怀澈澈也要面临巨大的舆论压力。你以为你的粉丝会接受她吗？你没看见她的微博现在简直就像'人间地狱'？你别在这儿犯傻了！"

其实即便萧经瑜赢了对赌，也不可能立刻公开恋情。团队已经商量过，萧经瑜赢了对赌之后就先从公众的视线里淡出两年，等到粉丝们的热情被时间冲淡，团队这边再对外宣布他的恋爱消息。这对团队、对萧经瑜都是最为稳妥的方式。

萧经瑜被这句话戳中了软肋，没了声音。胡成也逐渐冷静下来，宽慰萧经瑜："'鲸鱼'啊，人不能逞一时之能。你已经忍了这么多年了，难道就差这最后几个月吗？"

萧经瑜坐在沙发的角落里，感觉自己浑身上下所有的力气都跟着胡成的这句话被从身体里抽离。

和之前做过的所有决定不同，这一次在自己还没做出决定的时候，萧经瑜就已经清楚地知道自己不该这么做——在所有粉丝和媒体的面前昭告天下，宣称自己和怀潋潋只是朋友。

之前和怀潋潋保持朋友关系，并非他的本意，而现在他眼看霍修已经在自己和怀潋潋之间站稳了脚跟，怎么能在这个节骨眼儿上再把怀潋潋往外推？

"这样吧，"许久，萧经瑜才终于再开口，"我打个电话给她，看看她怎么想。"

"你问她，那不是白问？！"胡成还以为自己给萧经瑜说通了，没想到这个情种还是准备发疯，被气到简直要失语，"她已经喜欢你多少年了？她当然希望你当着所有人的面承认喜欢她啊！我看你真是疯了！"

经纪人已经被气了个半死，萧经瑜却还是执拗地拿起手机给怀潋潋打了过去。就像胡成所说的，萧经瑜知道怀潋潋一定会选择所谓"错误的"那一边，但在这一瞬间，萧经瑜是真的不想再去管这些所谓的对与错，只想由着她，由着自己的心，做一次选择。

"喂，'小鲸鱼'？"

电话接通，女孩子说话时听着有点儿瓮声瓮气的，似乎刚才已经哭过了。萧经瑜想到刚才胡成说的话，说她的微博已经成了"人间地狱"，心里更是既愧疚又难受。

"嗯，是我。"他简明扼要地把现在的情况说给了电话那边的怀澈澈听，最后把选择权交到她的手里，"你肯定也不想在这个时候找这种什么'普通朋友'的烂理由混过去，对不对？"

电话那边的人沉默了下来。萧经瑜已经做好了她会选择"不想"的心理准备，却听女孩儿还带着最后一点儿残留的哭腔的冷静声音："你就这么发吧，就说我们只是普通朋友。"

"是吧，肯定不能……"知觉与行动存在延迟，萧经瑜回过神来，没说完的话迅速地断在了嘴边。

他在一瞬间整个人都被冻结在了原地，仿佛刚才从电话那边传来的并不是怀澈澈的答案，而是一颗向他射来的子弹，射进他的太阳穴，又从另一侧直直地穿了过去。

"你说什么？"

第十七章
正人君子

"怎么样了？"霍修看着怀澈澈接起电话再挂断，脸上的表情让他看不出什么变化，"萧经瑜那边准备发通告了吗？"

"嗯。"

他听见怀澈澈说就按照两个人是普通朋友这种说法发，但她无论是语气还是表情，都相当平静。

"他说，他的经纪人准备把昨天我们被偷拍到照片的事儿解释成他帮忙载我一程。我们私底下就是朋友关系，已经认识很多年了。"

这是很合理的解释。本来这件事儿也不大，萧经瑜和怀澈澈只不过是被拍到乘同一辆车而已，想必"狗仔"那里没有什么更进一步的照片，要不然早就放出来了。只是萧经瑜从业多年，除了合作性质的与异性炒作，还没有过这种新闻，所以才会一石激起千层浪。

现在的重点是……霍修问:"那你怎么看呢?"

"我觉得……这样解释没什么啊。"

自己居然会在这个时候这么冷静,怀澈澈也很意外。如果按照她以前的性格,她听到萧经瑜要发通告和她撇清关系,指不定已经有多伤心,甚至可能已经开始大哭大闹,但刚才听完萧经瑜把发通告的事儿说出来之后,她的脑海中只浮现出四个字——无可厚非。

他当然要这么做啊,要不然怎么向粉丝交代?要是不这样解释,她不还得继续当粉丝攻击的"活靶子"?

至于普通朋友……怀澈澈也不知道是不是因为和他真的当了这么多年的普通朋友,已经摆正了自己的位置,所以当真的要被发通告,官宣两个人只是普通朋友的时候,好像并没有像她想象中的那样撕心裂肺的疼痛。可能这几个月的高强度工作也让她意识到,好不容易一手经营起来的知名度确实值得好好地维护,总之,怀澈澈并没有感觉到太难受。她现在只想这件事儿若能伴随着千星娱乐那边发布通稿落下帷幕,自己就算运气好了。

毕竟自己也是真真切切地追过星的,怀澈澈知道萧经瑜有一部分粉丝,把他视为唯一追求的偶像,所以非常疯狂。本来按一般来说,像萧经瑜这种歌手,有实力,有作品,并不像偶像派歌手那样靠贩卖恋爱的幻想生存,粉丝也不怎么管他们恋不恋爱的事儿。

但萧经瑜可能坏就坏在,有实力的同时,那张脸也是太俊美了。再加上这几年演戏,正剧、偶像剧他都接,以至于很多年纪小的女孩儿对他喜欢得死去活来,其中就不乏一些把剧里的"荧屏情侣"当真的狂热粉丝。

这些粉丝一般年纪都不大,把"荧屏情侣"当信仰一样地喜欢,会为自己幻想中的"恋人"扫平一切障碍。显然,怀澈澈现在就是这个所谓的"障碍"。

千星娱乐的通稿发得很快,但就像怀澈澈担心的那样,几个在"粉丝"群体中非常有分量的人并不买账,开始质问萧经瑜,为什么要在晚上接一个朋友去买东西?那个朋友自己有手有脚,为什么不能自己去?

对这种质疑声音的出现,怀澈澈这边和萧经瑜那边都不感到意外,一般来说,冷处理一段时间,这种声音自然而然就消失了。可是没过两个小时,微博上忽然出现了一个匿名的知情人爆料。他自称和萧经瑜以前是大学同学,说怀澈澈当年追萧经瑜追得死去活来,全校无人不知。这条爆料一出,话题榜上顿时再添一条相关话题。

方红已经被气疯了,恨不得杀到江城来亲自找怀澈澈问问:"你有没有搞错啊?你有这种事儿怎么不早说?现在被人抢先一步,我们完全陷入被动了!"

怀澈澈心想,自己早说了又能怎么样?难道这种事儿能由自己这边先说出去?但毕竟现在是她惹事儿在先,也只能好声好气地向经纪人道歉:"对不起啊方姐,我也不知道会这样……"

"你不知道什么?你是不知道自己和萧经瑜见面很危险,还是不知道有'狗仔'这种东西?你有没有脑子啊,怀澈澈!"

怀澈澈也很后悔昨天为什么自己要把萧经瑜约到酒店楼下。也许她按照萧经瑜之前的安排,坐胡成的车到港式茶餐厅和萧经瑜见面,就没这么多事儿了。

"我……"

"小怀,你把电话给我,我与你的经纪人说吧。"

怀澈澈臊眉耷眼、有气无力地想继续解释,但一旁的霍修好像已经看不下去了,朝她伸出手。她正好也觉得方红现在在气头儿上,爆发得太厉害了,果断选择接受老霍的场外援助,把手机交了出去。

"喂,方经纪人,我是霍修。"霍修接过电话,用简单的几个字做完自我介绍,就拿着手机背过身走到旁边去说了。

怀澈澈听见他说了些类似于"现在不是互相指责的时候"这种话,估计是一句话把方红的情绪给堵了回去,之后很快就开始商榷解决方案。

她坐在床上蜷起两条腿,想集中精力去听那边霍修说了什么,神思却一下子涣散开,霍修的声音从她的左耳朵进去的,是一丁点儿也没被吸收,直接从右耳朵又出来了。

看着窗外,怀澈澈满脑子都是从去年九月开始到现在这九个月时间里自己忙忙碌碌的情形,记忆中的画面就像走马灯似的在她的脑子里一圈一圈地转着。

在这段时间里,她偶尔也会有那种一闪而过的想法,但因为自己太忙,还没来得及抓住它们,又要投入工作中。等她再回神的时候,哪里还有闲工夫想这些?只想赶紧回酒店睡觉。

"小怀?"

怀澈澈就这样一直出神,直到霍修打完电话,把手机还给她的时候叫了她一声,她才回过神来。她抬起头,从他的手中接过手机:"打完电话了?"

"嗯,简单地和你的经纪人聊了两句。"霍修在怀澈澈的身边坐下,"你刚才在想什么?好像想得很认真。"

"嗯……"怀澈澈觉得现在正身处舆论旋涡中的时候,自己却在想完全与此无关的事情,会不会显得很没心没肺?但她转念一想,又觉得自己想的事情好像也不算与当前自己的处境完全无关,便说:"我就是觉得,现在在做的事情,好像与我一开始想的完全不一样。"

这九个月里,她的探店视频更新得越来越慢,从一开始一个月更新两期,到现在已经三个月还没能更新一期,时间被大量地分给了其他工作。现在怀澈澈审视自己,感觉更像一个普通的三线小艺人,而不是一个视频制作者。可她最开始只是因为喜欢探店,才开始制作"吃播"探店类 vlog 的啊。

刚才怀澈澈只是忽然想到,如果自己不是演艺圈里的人,好像就不会受此一难,大不了注销微博跑路就是了,但自己什么时候成了演艺圈里的人了呢?

"我觉得好烦啊,现在每天在做的都不是自己喜欢的事情。"小姑娘用双手抱着腿,用余光看着窗外的江城市景,像是在同霍修说,也像是在同自己说:"再烦我,我就不干了。"

"那就不干了。"

"你说得倒挺轻巧。"怀澈澈松开手,将手撑在床上,撇了撇嘴,把霍修的这句话当成只是随口一声附和,没好气地往回顶,"我还想向我爸把我住的那套房买下来呢。去年干活儿的收入全砸到春节礼物上了,今年我才干了五个月,眼看就要遭遇'滑铁卢',再这样下去,我什么时候能买得起那套房?"

霍修笑了几声,伸手覆上小姑娘撑在床上的手,将她的手收进自己的手中,用拇指捏了捏她的手掌上薄薄的那层肉:"不是还有我吗?"

怀澈澈侧头看了霍修一眼。这一刻,他明明因面朝她而背对着窗台,理论上是背着光的,但他的眼睛出人意料地比向着光还要亮。他的眼,像光,像火,像波光粼粼的湖泊,在微微弯起时,又像是某个无风无雨的静谧的深夜里高悬在夜空的弯月。

"干吗干吗干吗？"她不知为何，忽然有些紧张，觉得霍修覆在自己手背上的手掌心热得特别不自然，想着这人别又烧起来了，在心里又小声地骂了一句"男狐狸精"，把自己的手"唰"的一下抽出来，"我要是愿意让别人买，现在就直接心安理得地住着了，反正我爸已经把房子买下来了。现在我就是想要自己买下来。"

"那你有没有考虑过转行？"

"嗯？"

"比如，做建筑设计师？"眨眼之间，自己的掌心就空了，他没说什么，只虚握了一下拳，把手收回来，"上次你的图纸散着放在桌上，没有收起来，我看了几张。"

怀澈澈对此并不介意，只自嘲地笑笑："画得很不好，对不对？"

最早的时候，怀澈澈每当有一得意之作，都会拍照后发到家庭群里，让怀建中知道她在努力，但怀建中从来没有给予过她一次正面评价。甚至因为自己在建筑设计方面是业余，怀建中还利用人脉，把她的作品给了自己认识的建筑专业的教授看。怀澈澈也不知道教授是怎么说的，只知道怀建中最后和她说，专业的人也觉得她没有天赋，还是趁早放弃吧。

"我不是学建筑专业的，就算和你说你画得很好，可能你也会觉得我在安慰你吧。"霍修看到怀澈澈这样的表情，大概就知道是怎么回事儿了。

说起来真的很奇怪，明明以怀澈澈的家庭条件，她应该是被泡在蜜罐子里长大的积极又阳光的女孩子，但对她越是靠近，越是了解，霍修也在她的身体各处看到越多的疮洞，密密麻麻，令他心疼。

他轻轻地吸了一口气，温和地道："但是做一件事儿，是不是一定要达到那个所谓的'好'才能开始呢？我觉得，如果大家都这么想，就没有人能够开始了。"

怀澈澈愣了一下。

"我之前刚到我爷爷那里的时候，有一段时间很喜欢英语，因为我觉得会说外语很酷。我爸妈听我爷爷说我喜欢英语，就给我搜罗了很多外国的原声动画光盘让我看。那些光盘里的动画片没有字幕，我根本不知道片中人在说什么，但是我很喜欢听那些角色说话。我记不住，就乱学，自己创造了一门语言。而且我爷爷听不懂英语，不知道我说的是什么，以为我真的在练习英语，不会来打扰我，所以我感觉自己在乱编的时候特别的自由，就更喜欢对着电视乱说了。"

"那后来呢？"怀澈澈心想，他果然是个怪小孩儿，"你就一直乱说吗？"

"后来，我真的开始系统地学习英语的时候，我的英语老师一直问我是不是小时候在国外生活，培养了语感。"霍修看向怀澈澈，笑着说，"我爸妈分析说，可能是因为我小时候虽然一个英文单词也记不住，却在无意识中模仿到了他们说话时语音的轻重和顿挫，在不知不觉间就练到了别人没有注意过的东西。"

"所以你看，"霍修重新把她的手握进自己的掌心，"你觉得你画的图不好，但无论好还是不好，你做过的事情就是做过了，它们都会成为你的力量，成为你的基石。再说了，你画的图再不好，会比我的自创语言更没用吗？"

怀澈澈顿了一下，没想到他在这儿等着呢，眨了眨眼："好家伙，你挺会绕啊。"

"嗯，"霍修忍笑，"还好我没有迷路。"

怀澈澈觉得霍修这人是真的有些劝人的本事的。他一句话都没有提过"你应该怎么做",却让她的内心一下充满了力量,感觉前路变得清晰而平坦。

"对了!"怀澈澈的心一定下来,思绪也猛然清晰起来,"你刚刚和方红是怎么说的?"

霍修有些不明就里:"怎么了?"

怀澈澈道:"我有一个好办法!"

下午,微博上关于萧经瑜深夜私会"女网红"的热度已经发酵到了顶峰。

"我怀疑这件事儿应该是有对家介入,这次是非要把你'弄死'不可。"胡成坐在沙发上,看着是在冷静分析,实际上掌心里全是汗,"好端端地就突然冒出来一个知情人士,然后就开始不断爆料,好像今天不坐实你和怀澈澈的关系绝不罢手似的。"

萧经瑜坐在沙发上,正在手机上刷的却是怀澈澈的微博主页。他自己也不知道这种行为有什么意义,但就是忍不住不断地去刷她的微博主页,看着她最新的那一条微博下的评论和点赞的数量还在以肉眼可见的速度增长,只能在心里希望她不要把这些污言秽语放在心上。

刚才挂了电话之后,他后知后觉地想起,怀澈澈自去年恋综爆火之后,还是第一次经历这种事情。他出道已经这么多年,早年也是这么过来的,对微博上这些污言秽语早就习惯了,所以没当回事儿,但现在想来,怀澈澈看见这些内容时的心情,应该和他的完全不同吧。

"实在不行就出律师函吧。"舆论俨然是有人在操控,现在已经趋近妖魔化。萧经瑜拿胡成的手机看了一眼话题里的内容,那些人已经开始制作虚假图片造谣了。

看了一天这些内容,萧经瑜只觉得精疲力竭,可待会儿还有演唱会，他们得早一点儿去江城体育场做妆造。现在他没心力再去想别的事情，只想赶紧把这件事情平息下去，让自己的粉丝不要再到怀澈澈的微博下闹事了。胡成"嗯"了一声，就去一旁打电话联系千星娱乐的法务部。

萧经瑜继续机械地刷着怀澈澈的微博主页。他当然知道现在怀澈澈不可能发微博，只是自己忍不住这么做罢了。但就在胡成和法务部沟通的时候，萧经瑜看到怀澈澈的主页上"全部微博"后面的数字忽然动了——怀澈澈发微博了。

她怎么会挑现在这个时候出来当靶子？萧经瑜急躁地以手指滑着屏幕，还没来得及看见怀澈澈具体发出的内容，就先看见了她最新微博的配图——结婚证。这正是她之前发在微信朋友圈里的那张。

澈仔面："我已婚。昨天是因为丈夫病了，我很急，又对江城人生地不熟，所以联系了老同学帮忙。造谣的，你们等着收律师函。"

短短两三行字，萧经瑜却觉得每一个字都扎眼至极。她管霍修叫"丈夫"，而自己只是所谓的"老同学"。

现在舆论越发酵越大，打出这张牌来，确实能很好地转移视线，只是这么一来，恐怕又有另一帮人不满意了。

萧经瑜点进怀澈澈这条宣布已婚的微博，果然，热度最高的评论就是关于之前恋综里的"荧屏情侣"的。

"火车组合就是我这辈子最后的爱"："什么？你已婚？有没有搞错，已婚女上什么恋综，您有毛病吗？"

怀澈澈直接在下面回复开怼："你要不要先问问我丈夫是谁？"

怀澈澈回复得很快，就好像知道已婚消息宣布出去之后，一定会有这样的评论。她这话一说出，原本准备口诛笔伐的追"荧屏情侣"的粉丝们立刻改变了风向。

"火车组合是真的"："你丈夫是霍修，是霍修对不对？你别和我说'不是'，我不听！'火车组合'是真的！"

"我女澈仔面"："啊啊啊！'女儿'啊！你怎么这就结婚了？也不和'妈妈'说一声！"

"火车组合驻地球后援会"："所以这个律师函是谁发？！是霍修发吗？！霍！修！你给我们站起来啊！告死那帮欺负你老婆的！"

"偷马头发很多"："霍修怎么病了？是不是晚上'打架'打到太晚着凉了？这一部分能不能详细说说（最好五千字以上），谢谢澈仔！"

萧经瑜看不下去了，直接把手机丢到一旁的沙发里，对上刚打电话回来的胡成的那张一无所知的脸，直接与胡成擦肩而过进了浴室。

胡成稀里糊涂地上微博看了一眼，就看见刚才还在高位沉沉浮浮的几条负面话题完全不见了踪影，没过多久，新的话题就闯到了话题榜第二位。

#火车组合是真的#

新话题上位的时候，胡成已经和萧经瑜到了江城体育场后台做准备。萧经瑜在被化妆师像个人偶似的摆弄，胡成就在那儿继续刷话题。

在这个新的话题里，讨论的气氛简直就像过年。一会儿是某网友接到律师函，发表道歉信，表示自己不应该在网上发表过激言论，互联网不是法外之地，希望大家引以为戒；一会儿又是有粉丝重温《哈特庄园》第二季，像拿着显微镜似的一点点地在节目中找容易被大家忽略的"火车组合"甜蜜互动的画面，下面一堆粉丝跟着开心地"嗷嗷"叫。

胡成又回头研究了一下蘅舟传媒发出来的律师函。蘅舟传媒果然是小公司，法务部根本没能力处理这种事情，估计是直接委托霍修的律所进行代理，律师函最下方的印章也是霍修的律所的。

虽然胡成是萧经瑜的经纪人，理论上来说自己应该和萧经瑜站在一边，但这一刻刷着微博，胡成的心里也不得不承认，这一次霍修确实把"后盾"这两个字诠释得淋漓尽致。

怀澈澈发博怼人、打脸，霍修在背后出律师函，行动快、狠、准，目标直指几个一直在煽动舆论的人，杀鸡儆猴的效果极好，现在煽动舆论的声音一下就消了大半，只剩下最后一点儿嘴硬的，很快也独木难支。这可真是夫妻搭配，干活儿不累，比胡成这边想到的发什么通稿、什么律师函，效果强太多了。

只是……胡成用余光瞄了一眼正面无表情地做妆造的萧经瑜，轻轻地叹了一口气，估计今晚又有人要一整晚睡不着觉了。

"怀澈澈，你出息了！你真是出息了啊！"

怀澈澈的那条微博发出去之后，也确实引爆了自己的朋友圈。从那个话题登上话题榜高位之后，半小时里，她接到了各路朋友发来的微信消息、打来的电话。他们说的话大差不差，基本上可以总结为一句话：厉害，喝喜酒时叫我。

"也没那么出息吧……"怀澈澈挠着自己的后脑勺儿，不知道这群人为什么反应这么大，甚至又一次登上了话题榜。自己的相关话题一天之内数次登上话题榜高位，也是没谁了。

"我喜欢上你们这一对真是我的福气啊！"唐瑶在电话那边兴奋得不得了，"你们什么时候回庆城？我要请你们吃饭，要让你们在我的面前吃饭！"

"……"怀澈澈感觉自己成了动物园里的猴子，"你有毛病是吧，唐小瑶？"不过，怀澈澈还确实准备回一趟庆城，想休息几天。

刚才方红知道怀澈澈结婚了之后，不知道是不是因为一天之内已经被各种劲爆的消息冲击了太多次，竟只是沉默了几秒，才说："你以后……这些事情能不能早点儿说？"

从方红的语气中听出几分虚弱感，怀澈澈立刻厚着脸皮请求方红把今年的年假批了。方红不知是已经对怀澈澈无可奈何了还是怎么的，还真就同意了。

得到了假期的怀澈澈感觉自己甚至有那么点儿因祸得福的意思，顿时快乐起来。挂断方红的电话，怀澈澈总算想起刚才霍修抓自己的手时传来的热度："对了，你要不要再吃点儿退烧药？"

"怎么了？"霍修问。

"你刚才抓我的手时，我感觉你的手心有点儿烫。"怀澈澈诚实地说，"你会不会又烧起来了？"

怀澈澈这人，你要说她对男女之情不懂，可她偷看别人洗澡的时候，那可是太懂了，但真到与异性有实质性接触的时候，她说出来的话又能把人给噎死。

霍修愣了一下，顺着她的话，把头凑了过去："那你帮我摸摸。"

怀澈澈就见霍修像一只顺从的大狗似的朝她低下头来。她伸出手摸上他的额头时，嘴里还在嘀嘀咕咕的："你订好机票了吗？我明天一定要回庆城睡个爽。"

"我已经订好机票了，明天中午的。"

霍修说话的时候，怀澈澈才意识到他们之间的距离在不知不觉中被拉近。霍修微垂着眼眸，在她的面前俯首，就连刚才的那句谈及机票的话，她听起来都有一种猛虎低头的臣服的感觉。她忽然有点儿不自在，把手从他的额头上收回来，感觉喉咙干巴巴的：" 嗯，你不发烧了，今天吃止咳药就行了。"

霍修应了一声"好"，就很自觉地站起来去吃药了。怀澈澈的目光不自觉地跟着他，她发现他的嘴角是微微上扬的。她在心里骂了一句：这人有毛病，吃药还这么高兴。

等她低头再点开微信时，才发现有一个好久没有联系过她的人忽然发来了消息。

林妍："你居然结婚了！不够意思啊，也不和我们说！"

虽然怀澈澈只在海城大学读完大一就出国留学了，但和海城大学的室友一直有联系。偶尔作业画不出来的时候，几个姑娘也会把作业发到群里讨论，相互给出建议和意见，看看能不能找到点儿灵感。林妍就是其中的一位，也是当年发现那家杂志社耍手段盗用怀澈澈的作品的女生。林妍很喜欢看书，阅读量惊人。

怀澈澈之前在朋友圈发结婚证，设置上并没有对所有人可见，只有"狐朋狗友"那一组的人能看到。所以怀澈澈推测林妍现在应该是看到了热门微博，知道自己结婚了，于是赶紧在微信上解释。

CHECHE："这不是事发突然吗？说实话，我也没想过我会结婚。"

林妍："啊？详细说说。"

怀澈澈想了想，是真不知道从哪里开始说，还是转移话题吧。

CHECHE："你最近在干吗呢？我去年毕业了，本来想回国就找你们，然后又想先在国外走一走，这样就晚了半年回来。"

林妍："我在海城大学读研呢，还跟着我的导师在他的工作室里帮忙，赚点儿零花钱。"

怀澈澈之前就听说，寝室里的其他三个同学都还在建筑设计领域奋斗。这个行业里的女生极少，他们那一届也只凑齐了这一寝室的四个人，还已经是有史以来女生最多的一届了。

CHECHE：" 真好啊！我现在正好有个假，去海城找你聚聚？"

林妍：" 好啊好啊！你现在在哪儿呢，过来方便吗？"

怀澈澈已经打定主意要去找前室友玩，哪怕自己此时在天南海北，也肯定方便。怀澈澈扭头和霍修说了机票改签的事儿，又问他：" 你要自己回庆城吗？"

" 我能和你一起去吗？"刚才在微博上得了" 名分"的霍修，向她问起问题来依旧很保守。

" 你有空儿吗？"怀澈澈有点儿意外。

" 我已经病了，"他笑道，" 还不能休息一段时间？"

怀澈澈：" ……"这话有理。

其实也是赶巧了，霍修那边已经动了要离开自己一手建立的律所的心思，手头儿的案子收了尾，他就暂时没再接新的案子，正在准备工作交接，办理离职。

霍修经历了江城演唱会这么一次波折，倒是坚定了进入宋氏的心。宋持风那边给霍修开出的条件确实优厚，但除去薪资，最让霍修心动的还是宋持风承诺每年给霍修至少一个月的带薪年假。

霍修想着，怀澈澈之所以喜欢探店，还有一个原因就是她爱玩、爱旅游。如果自己每年都有那么一个月的时间能带她去国内、国外各处走走，那确实是比现在的生活理想太多了。

谈好明天一起出发之后，怀澈澈看着霍修进浴室洗澡，在床上瘫了一会儿，又忽然想起什么，给 X 发微信。

CHECHE：" 宝贝！"

CHECHE："你最近有空儿吗？我最近正好有假。"

CHECHE："你在哪儿啊？要不然我去找你，我们见个面怎么样？！"

她这边不断发着消息，就听房间的另一头儿不断地传来手机的振动声。

怀澈澈从床上支起半个身子，循着声音传来的方向在房间的另一头儿找了一圈，终于，在窗前的茶几上找到了霍修的手机。

"霍修，"霍修洗完澡出来，就见小姑娘趴在床上指了指茶几的方向，"你的手机刚才一直在响，你看一下。"

"好。"

霍修还以为是王瑞又有什么事情找自己，拿起手机，解屏后动作一顿。

他点击主屏上的新消息提醒，同时回头看了一眼正在疯狂刷颤音短视频的怀澈澈，就见她好像也有感应似的，抬起头看他。她问："是不是有急事儿？"

且不说霍修的手机设了屏锁，怀澈澈本身也没偷看别人隐私的习惯。她只是觉得，霍修会不会其实挺忙的，但不好意思和她说，悄悄地把事儿给推了。她想说自己又不是没一个人旅游过，要是他真的有事儿，她自己去海城也可以的。

"我看看……"

霍修低头看着微信消息，语速比平日里的要慢上一些："没有。"

这一口一个"宝贝"，叫得还挺亲。霍修总觉得，怀澈澈对谁都挺热情的，包括之前拍恋综的时候她和安小淳玩得也不错，私底下一口一个"淳淳宝贝"，叫得不知道多甜。怎么轮到他，要么是"霍律师"，要么"霍修"，要么"老霍"？待遇的差别好像有点儿明显。

"没有?"正当霍修盯着甜蜜蜜的"宝贝"二字着手回复之际,怀澈澈满脸好奇地将小脑袋从他的身后探过来,"是真没有还是假没有?"

"真的。"霍修拿着手机往自己的方向一扣,侧边键一按,屏幕当即暗下,"我要是有事儿,不会不与你说。"

嚄,这人还有小秘密。怀澈澈一看他那动作就知道怎么回事儿——隐瞒。不过这很正常,谁还没有点儿自己的小秘密?怀澈澈充分尊重"婚姻合伙人"的隐私,"嘿嘿"笑了两声:"干吗,在偷偷刷小姐姐跳舞?"

"不是。"

"不用不好意思承认,我也喜欢看小姐姐跳舞。"怀澈澈说着,拿起手机就点开了颤音,"要不要我给你推送几个小姐姐?她们都跳得可好看了!"

霍修还没来得及说"不用",他的微信已经叮叮当当地响了起来。

他低头一看,怀澈澈至少推进来十几个颤音链接,都是不一样的女主播。

霍修:"……"他暗叹了一口气,看来道阻且长。

次日,怀澈澈在酒店睡到上午十点多才被霍修叫醒,让她收拾行李,准备去机场。

她一边收行李一边刷手机,发现昨天晚上她睡觉之后,X 回复了消息,说是自己最近比较忙,对于见面的事儿,过一阵子再说吧。

也是,现在这个时间,也没碰上什么节假日,又不是人人像自己一样放假放得毫无规律。怀澈澈能理解 X 的说法,回复说,那以后等有空儿了，两个人一定要见个面。

顺利登机后，怀澈澈点开微博，就看见来自萧经瑜超话的新帖推送。

"小鲸鱼世界第一帅 yyds"："姐妹们，我们以后真的不能这么冲动了。这次感觉很大概率我们被当枪使了。昨天去看演唱会的姐妹说，'小鲸鱼'的状态特别不好，连声音都是哑的，真的让人心疼死了。以后我们真的不要再随便去冲击别人了好不好？做理智一点儿的粉丝！"

怀澈澈对这个 ID（账号）有印象，就是昨天的质疑者中冲锋陷阵的萧经瑜的粉丝头目之一。这个帖子下，评论和点赞的数量都好几百。怀澈澈点进去，就看见一呼百应，回复的人都在说"好"。

昨天深夜，怀澈澈睡觉之后，萧经瑜给她发了一句"晚安"。今天上午她刚看见他的这条微信消息时，还以为是他昨天演唱会开完的那个时间发的，仔细一看才发现是今天凌晨五点发的。他又是一夜没睡。

怀澈澈想了想，觉得昨天那件事儿于他而言也是飞来横祸。如果她没有"红本子"，难以想象最后舆论会发酵成什么样子。到最后，居然是她和霍修的结婚证成了力挽狂澜的决定性因素。

从江城到海城属于从北方到最南的地方，飞机落地的时候已经是傍晚。怀澈澈上次来海城还是去年十月，隔了大半年，她再一次回到这里。她跟着霍修到提前订好的酒店，一看酒店的位置，就在林妍打工的工作室附近。怀澈澈顿时喜笑颜开地给林妍发了个定位，两个小姑娘顺势就约了今晚在附近的购物中心门口见面。

只是两个小姑娘见面，怀澈澈觉得带个大男人去总觉得不大合适。她好声好气地同霍修商量："霍修，今晚你怎么安排？"

"我怎么都可以。"霍修很好说话,"送你去约定的地点之后,我回酒店点个外卖也行。"

这人也太爽快了。怀澈澈反倒是有点儿不好意思:"真的吗?那你先随便吃点儿什么,我到时候给你带点儿好吃的回来?"

"要不然你们会面结束之后,我再和你一起去吃点儿夜宵?"霍修说,"附近好像有一条美食街。"

怀澈澈本来想说"小子,你特地看了攻略吧",后来仔细一想,霍修从本科到研究生都是在海城读的,肯定比她更了解海城。

两个人愉快地达成一致意见,霍修把怀澈澈送到目的地之后陪她等了一会儿,就见林妍从一旁的写字楼里出来。林妍将一头长发披散在脑后,看着相当温柔、知性。

看见旧友,林妍兴奋地快步走上前,靠近了才发现站在怀澈澈身旁的霍修,有些意外:"霍学长,还真是你。"

"你好。"霍修看起来应该是不记得林妍了,但仍旧礼貌地和林妍握了握手,再看向怀澈澈,"那你们先去玩,结束后你给我打电话。"

霍修走后,怀澈澈才问林妍:"你认识霍修?"

虽然都是海城大学出来的,但毕竟一边是本科,一边是研究生,又不是同一个系的,怀澈澈直至读完大一离开海城大学前都没听说过霍修的名字。

"海城大学的学生,应该很少有不认识霍修的。"林妍笑着看了怀澈澈一眼。两个人多年未见,但并没有多生疏。林妍很亲昵地挽上怀澈澈的胳膊,继续说:"只有你,当时满脑子都是萧经瑜,是个例外。走吧,你想吃点儿什么?"

"什么例外啊?"怀澈澈佯嗔了一句,又说,"我今天想吃海鲜烧烤!"

"好，我知道这边有一家店，海鲜烧烤很好吃！"

两个人在附近找到那家海鲜烧烤店。坐下之后，怀澈澈才从林妍的口中得知霍修之前在海城大学是怎样的风云人物。

在大学生的世界里，长得帅和成绩好——这两样已经不再像大家读初中、高中时那样成为女生衡量男生是否优秀的"黄金标准"，那么霍修在毕业几年后还能被当时的学妹记在心上，自然另有原因。

"其实入学的时候我就听别人说过，有一个已经读研的学长，长相和人品双绝。不过我那时候也就知道这个学长叫霍修，后来真的记得他，是因为有一次……"

那是在林妍读大二时的一节公选课上，她记得很清楚，霍修那天被他的导师魏隆杉拉来帮忙修电脑，放PPT（幻灯片）。结果因为霍修出席，来听那节课的女生数量爆满，整个阶梯教室里坐得满满当当。

公选课一般是三节连上的大课，每节课中间不休息。林妍当时感觉肚子越来越难受，就举手申请去一趟厕所。魏隆杉没当回事儿，朝门口摆了摆手表示准许。只是她当时站起来，听见背后响起几个男生的笑声，心里就想着完了。

女生总有这种尴尬的时候，尤其是在有男生的场合，总会有那么几个男生看见女孩子裤子上的血迹，就好像一群亢奋的公猩猩，发出自以为幽默的声音。

林妍当时脸就红了。即便她有随身带卫生巾的习惯，但显然她的裤子已经脏了。

电光石火间，容不得她考虑太多，她只能抓着自己的书包快步往外走，一边走，一边想，要不然待会儿直接向老师请个假回寝室吧。

"同学，等一下。"就在林妍出教室门快步往厕所方向去的时候，霍修从背后叫住了她。

林妍以为是自己刚才恍惚了一下，其实老师并没允许她出来，立刻整个人僵在原地，就见霍修从教室里追出来，把自己的外套递给她。

"别介意，应该感到羞耻的人不是你。"霍修没再多说什么，留下这句话之后，就快速地转身走回教室。

后来林妍回到寝室，和两个室友说了这件事儿，两个小女生简直兴奋到爆，不断地在猜测霍修是真的有这么绅士，还是因为悄悄地在心里喜欢上了林妍。

林妍一开始还没觉得霍修对自己有什么特别的意思，但后来被室友说得也有些动摇，那天晚上躺在床上想到很晚，也没想起自己之前和霍修有过什么交集。

不过她的错觉很快被现实修正，因为就在两天后，她又在商店街意外地和霍修偶遇。她很热情地走上前去和霍修打招呼，想以还衣服为由与他交换微信。

"没事儿，那件衣服，你下周上公选课的时候让魏老师带回来给我就行。"霍修并没有顺水推舟要她的微信，而是微笑着委婉地拒绝了她。霍修并不喜欢她，而是换作任何一个人处在那个尴尬的情况下，霍修都会施以援手。

林妍现在回忆起来，并不以自己当时的心动为耻，毕竟任何一个女生在那种情况下，被霍修那样的学长帮忙，自己为之心动是再正常不过的事情。但同时，她更珍惜被霍修给予的善意。那种无关男女感情的善意，比她们猜测的所谓的悄悄地喜欢要美好太多太多了，因为他就是那么一位坦坦荡荡、顶天立地的正人君子。

"我之前听说你们上了恋综,没想到你们真的结婚了。"林妍有点儿羡慕地看着昔日同窗,笑着说,"好好珍惜啊,我觉得霍修真的很值得。"

吃完饭,换成林妍陪怀澈澈等霍修过来。两个小姑娘约好明天去林妍的工作室看看。林妍忽然问:"我感觉你刚才吃得好少,是不是这家店的食物不合胃口?"

"啊,不是!"怀澈澈怕林妍误会,赶紧解释,"我是和霍修约好等一下要陪他再吃一点儿,所以留了肚子。"

林妍半是了然半是稀奇,帮怀澈澈理了理额角的碎发,感叹说:"真好,你也学会体贴人了。你们可一定要好好的!"

怀澈澈含糊地应了几声,就见霍修从酒店的方向走了过来。

林妍懂事儿地松开怀澈澈的胳膊,说自己还得回工作室加班,便脚步轻快地钻进了写字楼。

等霍修走近,怀澈澈才发现他好像是回去洗了个澡,换了一身衣服,头发看着也蓬松许多,胡子也刮过了,整个人往她的面前一站,干净又清爽。她看着霍修罕见地一身休闲打扮,一点儿也看不出平日里那股精英范儿,宽松版型的浅咖色线衫让他看起来就像是亲切的邻家哥哥。

"我们去吃点儿什么?"

霍修很快走近,两个人的目光在空气中相交。怀澈澈的脑海中也只剩下一句话:你小子怎么搞得像约会一样?

第十八章
你准备怎么哄我

刚才已经吃过了海鲜烧烤，怀澈澈想吃点儿别的，两个人就在附近找到了那条霍修说的美食街，边走边看。

怀澈澈转述完刚才林妍所说的那个小故事，开始开霍修的玩笑："霍学长，没想到你以前在学校的风评这么好。"

"是吗？"霍修已经完全不记得这么一个小插曲，觉得怀澈澈在说这样的事情时那种惊奇又赞叹的表情更有意思。他轻描淡写地说："还有这么回事儿？"

怀澈澈看他那副"事了拂衣去，深藏功与名"的样子，笑着撇了撇嘴："哇，你好装啊。"

霍修想说，自己装什么了？他确实是不记得这件事儿了。像那样的举手之劳，在他的人生中数不胜数，如果他每一件都要记住，那可太累了。但这些话还没来得及说出口，他就看见怀澈澈的目光被后面的一个卖棉花糖的店吸引了过去。现在的棉花糖和他们小时候吃的那种一团白色的可不一样,而是被做成各种形状,五彩斑斓,一看就有种买不起的样子。

"你想要花的还是独角兽的?"霍修没有问她想不想要,而是直接抛出两个选项。

"嗯……花的吧。"怀澈澈立刻着了道,看着霍修过去排队买了一朵大到夸张、色彩斑斓的花形的棉花糖。

霍修走回来,怀澈澈下意识地伸手去接,只是那声谢谢已经在嗓子眼儿处上了膛,霍修却举着那根固定棉花糖的小竹签往上举了举,让怀澈澈扑了个空。

怀澈澈:"……"你小子搞事情是吧?

"小怀,商量一下。"霍修笑眯眯地看她一脸不爽地把手收回去,"你能不能给我换个称呼?总是'老霍''老霍'的,你不觉得有点儿不好听吗?"以他现在的这个年纪,他自诩和"老"还是搭不上关系的,顶多算是正值壮年。

怀澈澈感觉自己被耍了,正不开心,一听霍修竟然还准备以棉花糖为要挟,鼓着腮帮子,眼珠子一转,她忽然有了想法:"那你就叫'羞羞'吧。'霍羞羞',你看你拿个棉花糖又不给我的样子,也不觉得羞羞脸。"

给霍修起了个顺嘴的新名字之后,怀澈澈立刻高兴起来,趁他还没回过神,把他手上的棉花糖一把抢过来:"怎么样,'霍羞羞',喜不喜欢你的新名字?"

"……"霍修觉得"老霍"好像也不是那么让他难以接受。

看着霍修难得被噎得无话可说的模样,怀澈澈更开心了。两个人在这条街上找了一家东南亚餐厅,怀澈澈点了一杯充满异国风情的鸡尾酒,用手扯着棉花糖,以菜和糖下酒。

她喝酒的习惯是在去了国外,得了肠胃炎出院之后养成的。

想家了，或者想萧经瑜了，她就小酌一杯。这样整个人轻快起来，也忘了那些烦人的事情。

两杯酒下肚，她已微醺。两个人酒足饭饱之后往回走，她的脚步雀跃，嘴上还不忘念叨自己的"得意之作"："'羞羞'，你怎么不说话啊？'霍羞羞'……"

她不光念叨，手还欠欠儿地往霍修的胳膊上戳，逼得霍修把她的手一把紧攥在自己的手里。他回头一看，见小姑娘笑得花枝乱颤的，又没了脾气，只能叹息："真是被你吃定了。"

怀潋潋更开心了，抬眼看过去，就见霍修脸上的表情似是无奈，但一双眼睛里也是含着笑意的。霍修这人的五官就是这么神奇，面无表情的时候看着压迫感十足，但只要有那么一点儿笑模样，整个面部的线条顿时就柔和下来，令他变成一副和善好欺负的样子。

"叫别人就是'宝贝''宝贝'的，到我这里就是这些奇奇怪怪的。"

两个人就站在主干道旁的人行道上。这个时间，路过的人和车都不少，怀潋潋没听清霍修说什么，"啊"了一声，整个人就被霍修牵着走出几步开外。

"我看你也不是'小怀'，是'小坏'。"

好嘛，吃了顿饭，两个人都多出一个新名字。

回到酒店，怀潋潋大概是觉得刚才喝得还不是很尽兴，又打了客房服务的电话，要了一瓶起泡酒。霍修洗个澡的工夫，"酒鬼"已经把起泡酒干下去大半瓶了。她见他从浴室里出来，还很有分享精神地朝他招招手："'羞羞'，你也来尝一口，这个还挺好喝的。"

毕竟她以前经常下酒吧，现在忽然几个月没碰过酒，感觉自己是真不中用了,这还没喝几口,头就一阵阵发晕。

霍修接过她的酒瓶看了一眼,发现这起泡酒的酒精度数不算低,再看怀澈澈整个人已经软在沙发上,索性把酒瓶往旁边的茶几上一放,像抱一只猫似的把她竖着抱起来:"'小坏',该睡觉了。"

他这话一说出口,已经做好了怀澈澈闹腾说"不睡"的准备,但等了几秒,怀澈澈一直没动静。

怀澈澈今天里面只穿了一个吊带衫,外面搭了一件薄外套。刚才她躺在沙发上应该没少蠕动,外套不知道什么时候已经掉下大半,在两臂的肘部吊着,头发也乱七八糟的,只剩下几绺相对乖顺的发丝搭在肩头,将她的皮肤衬得更加雪白。

霍修一抬头,就见怀澈澈正低头看着他。

她好像只要喝醉了,就喜欢这样直勾勾地看着别人,根本不管自己当下这副神情是不是勾引得人抓心挠肝。相亲那天,霍修去酒吧接她的时候,她也是这样。

此刻,那认真的眼神让她看起来真的很像一只在观察人类的小猫咪。她的鼻头发红,上嘴唇还留了酒瓶瓶口的半圆的印子。明明是一个人喝酒,她却喝出被酒瓶"蹂躏"了的感觉。霍修被她盯着看,心窝里顿时烧起了火。

"霍修……"

"没事儿,别怕。"霍修的嗓音好像被灌入了沙哑的颗粒,却仍旧沉稳,"你不舒服的话,记得告诉我。"

怀澈澈感觉今天霍修对她的亲吻、搂抱和春节那次好像还不大一样,但自己好像并没有感到抵触。不像春节那次,她特别紧张,特别想哭,嘴里除了"不要"几乎说不出其他的话。

过了一会儿,两个人平静下来。霍修平躺在床上,把手随意地挡在眼前。这个房间的顶灯的光偏黄,从指缝间漏下来,让他有一种好像躺在沙滩上迎接阳光的错觉。

手机忽然振了两下,霍修拿过来看了一眼,就见是自己的微信小号上来的消息。

CHECHE:"宝贝,你有没有结过婚啊?我感觉我的'婚姻合伙人'有点儿变态!"

霍修:"……""小坏",你对"变态"的理解是不是太宽泛了?

此时,怀澈澈已拿着手机进了浴室,半天也没打开花洒,在手机上的"联系人"中翻了一遍,才终于找到一个能说这些话的。唐瑶和林静姝,包括安小淳,都没有结婚。前两位说不定自己向她们抱怨霍修,她们扭过头来还说自己不懂享受。安小淳又太纯了,怀澈澈总觉得同安小淳说这些,是在带坏小朋友。

找来找去,怀澈澈终于还是找到了 X。当下,怀澈澈坐在马桶上专心致志地等着 X 的回复,就见聊天儿框上,一会儿显示"对方正在输入",一会儿又不再显示,反反复复数次,对方的回复才终于过来:

"我已经结婚了。他怎么变态呢?"

怀澈澈一看 X 已经结婚,顿时舒了一口气,支支吾吾地开始控诉霍修最近的所作所为。

CHECHE:"我也不知道他是怎么想的,感觉他就像狗一样,总喜欢亲啊亲、闻啊闻。呜呜!他还总喜欢摸我!"

这小姑娘对这些记得还挺清楚。霍修虽然被她骂"变态",也不认同她的观点,但看着她一句句地把他曾经做过的事情复述出来,感觉还挺有意思的。

只是他再转念一想,她怎么就这么信赖一个网上遇到的陌生男人,什么都与别人说,还叫得这么亲?心情顿时开始变得复杂,霍修对着手机斟酌词句。

而浴室里的怀澈澈很急,拧开花洒后,还在用余光往手机屏幕上瞟。好不容易等到回复,她也顾不上手湿漉漉的,就把手机拿起来看。

X:"为什么你觉得这是变态呢?我觉得……他可能只是很爱你而已。"

次日,她起了个大早,和霍修一起去了林妍的工作室。

工作室是林妍的导师开的,地方不大……也可能地方不算小,只是因为东西太多,才显得到处都逼仄。电脑、手绘板,还有一些手绘的画纸、铅笔散得到处都是,旁边的柜子里是一些有纪念意义的微缩模型。怀澈澈一眼就看见庆城的地标建筑——琼庆塔。

"'喀',有点儿乱,你们小心脚下。地上偶尔会有铅笔什么的,你们别滑一跤。"林妍本来昨天晚上回来还想收拾收拾,但后来估算了一下工作量,就果断地放弃了这个想法。

"哦,那个……"林妍循着怀澈澈的目光看过去,自豪地介绍说,"当年我导师的老师参加过琼庆塔的设计。我导师作为他的得意门生,后来出师的时候,他老师把这个模型给了我导师,说做个纪念。"

"你的导师是王海正?"怀澈澈马上想到林妍的导师可能是谁。当年能参与琼庆塔设计的建筑师,在国内是业内顶尖的。顶尖建筑师的得意门生,自然也成了建筑系的学生都能叫得出名字的人。

"对对对!"林妍露出"就知道你懂"的笑容,给怀澈澈和霍修拉出两把椅子,自己就往茶水间里钻,"你们先坐,我去倒茶。"

霍修一低头,见椅子的滚轮险些压到一张从桌上垂下的长图纸，便伸手把图纸捞起来，看了一眼，很自然地问："'小坏'，这些标记是什么意思？"他记得之前怀澈澈画的图上也有这些字母样式的标记。

"哦，这个是梯梁，标注符号就是梯梁的拼音字母缩写，那个是钢筋型号。"怀澈澈顺手接过霍修手上的图纸，看着熟悉的建筑符号，心里生出无限眷恋。

怀澈澈仔仔细细地把这张尚未完成的图看了一遍，等林妍回来，兴致勃勃地问："这是你画的吗？你现在也太强了吧！"

"我也觉得这张挺好的，但是昨天这张图已经被导师'毙掉'了……"

"连这么好的图都'毙掉'？！"

"他说差了一点儿味道。"

搞设计的最怕两句话，一是"没有灵气"，二是"差了一点儿味道"。灵气可遇不可求，而至于差的那点儿味道，谁也不知道具体是什么味道。两个女孩儿对此都深有同感，你一言我一语地聊起来。

霍修一点儿不介意自己插不上话，就静静地在旁边作陪，看着怀澈澈眼睛里都是因热爱而迸发的光，一片流光溢彩。

就在霍修这次出发来江城的前几天，有一次从法院出来，和王瑞随便找了个地方吃饭。点完菜之后，王瑞开始与霍修聊天儿。

"老大，我有个问题一直想问你。你和嫂子真是相亲认识的吗？"那次相亲，王瑞有幸作为旁观者，看到了一个莫名其妙的结局。当时他想：这是什么人嘛，答应了相亲，又临时"放鸽子"，还从后门逃跑。还好老大和她没成，要不然老大真的和她结了婚，得有多难搞？王瑞当时还在心里为霍修感到庆幸，结果第二天再给霍修打电话，就听霍修说已经在民政局了。这太离谱儿了！王瑞一听到这个消息就傻了，寻思老大的眼光够独特的。

直到后来看了《哈特庄园》，王瑞才逐渐对怀澈澈改观，从而意识到霍修好像只是比他们这群庸俗之人更早一步地窥得了她的可爱。

"不是。"面对自己的"左膀右臂"，霍修也很坦诚，"我读研究生的时候就见过她，后来看她的探店视频，看着她的粉丝数量从两万涨到一百多万。"

"我就知道！"王瑞闻言，露出"果然如此"的表情，"所以嫂子在大学的时候很优秀吧？你是喜欢她做的探店vlog，还是喜欢她的'吃播'？或者……"

"我当时哪有那么多的想法？"霍修笑着打断王瑞，"我觉得喜欢一个人没那么多门道，也没必要去探究自己到底喜欢对方哪里。只是一想到她，我就很高兴。"

就像现在，他只是听着她兴致勃勃地聊自己的作业被老师吐槽，聊大一时把标记标错，把"梁梁"写成"基础梁"，被老师痛骂一顿……那些专业名词于霍修而言明明很陌生，他也并不懂她描述的事件里有趣的点在哪儿，却仍然被她的情绪感染。

旁边的林妍看着他们俩的状态，忽然想起一句诗："你站在桥上看风景，看风景的人在楼上看你。"什么叫真正的秀恩爱？就是两个人之间一句话也没有，只一个眼神，什么爱都被道尽。

在海城待了三天，怀澈澈几乎天天往林妍那里跑，还碰到了王海正本人。三个人吃了顿饭，又聊了很多与行业形势相关的话题。但毕竟假期有限，怀澈澈还是得准备往其他城市走。

在海城的最后一晚，怀澈澈接到了萧经瑜的电话。

"怀澈澈……"

就这么三个字，怀澈澈已经从他的声音中听出了醉意。她算了算时间，今天也是萧经瑜在江城的最后一晚，估计是因为明天没有行程安排，他能小休一天，所以端起了酒杯。

"'小鲸鱼'，你喝酒了？"

霍修在浴室洗澡，怀澈澈接起电话的时候，本能地往浴室的门口看了一眼。

"喝了一点儿。"

电话那边没有其他的声响，怀澈澈听得出他应该在安静、空旷的地方。他的声音好像来自云的另一端："怀澈澈，你在干吗？"

"我刚洗完澡，准备睡觉了。"怀澈澈说，"你怎么突然打电话给我？"

"什么叫突然打给你？"萧经瑜沉默了两秒，"是我之前给你打的次数太少了，对不对？"

这几天，萧经瑜除了工作之外，一直在想话题榜上那件事儿，在想为什么自己和怀澈澈越来越远，为什么霍修总是好像掌握天时、地利、人和？想着想着，思绪就飘回了过去，萧经瑜想起了自己刚认识她的时候。

"我以前一直在想，等我有钱了，等我做好准备了，才有资格和你谈恋爱……"

最早的时候，他穷到一角钱一条的短信费也得计算着。怀澈澈每天给他发来好多短信，他经常攒到晚上，再给她回两条很长的短信。

后来他有钱了，却没有了时间，在和她颠倒的时差里，每天都过得稀里糊涂。他在心里想着，等以后自己有了时间，再好好地陪她，到那个时候，自己的所有时间都是她的。

"但是我觉得，我现在是不是想错了？"

这些年里,他在追逐——追逐名,追逐利,追逐地位。他想等自己有钱了、有时间了、出人头地了,才能够光明正大地站到她的身边。

"每次我以为我快够到那个条件的时候,又会发现我还差得远。我现在才发现,好像自己想错了。澈澈,我在做本末倒置的事情……"

人好像永远也不会有准备好的那一天。因为永远都会有人比你准备得更好,永远都会有人一直蓄势待发,用积极而蓬勃的姿态去迎接你无法迎接的人、事、物,就像霍修那样,所以霍修总是能掌握天时、地利、人和。

"我只差一点点了,澈澈,你再等等我好不好?"

但是"开弓没有回头箭",萧经瑜知道对赌不只是自己一个人的事情,整个团队,尤其胡成已经陪着自己以高强度的工作状态熬了快五年,自己已经不能失败了。

"你再等我一下,走慢一点儿……"求你。

五月的时候,霍修决定离职,但真的等手头儿的案子至少都告一段落,带着王瑞离开律所,正式入职宋氏的时候,已经是九月初了。

在宋氏总部,霍修独立的办公室比在律所时的要大了一倍,大落地窗,采光极好,城市风光尽收眼底。王瑞虽然也有了自己的小办公室,但每次进霍修的办公室还是很眼馋。不过每到下班时间,就轮到其他同事眼馋王瑞了。

"'瑞瑞子',今天又和霍总监一起走?"

"你俩还真是蜜里调油、焦不离孟啊!"

王瑞瞅了一眼前台这两个不懂礼貌的小姑娘:"别乱说啊,霍总监有老婆。"

"啊？是吗？"其中一个小姑娘顿时露出失望的神色，小声嘀咕，"我们没见过他带老婆来公司啊，他的手上也没戴戒指，谁知道结婚了啊？"

听别人提起戒指，王瑞在与霍修碰面后看了一眼霍修的无名指，发现还真是这样。霍修转眼已经结婚一年半了，却连个戒指都没有。

上车后，王瑞迫不及待地揶揄道："老大，你这钱也挣了不少，怎么戒指都舍不得给嫂子买一个？"

话刚说完，王瑞就意识到，情况恐怕不是自己想的这样。他又赶紧接住自己的话："哦，我懂了，嫂子没空儿挑是吧？也是，我看嫂子天天忙呢，就是个大明星啊！"

确实，怀澈澈很忙。虽然一转眼又三四个月没与她相见了，但霍修经常能在广告里、视频里、别人的节目里见到她。

五月的时候，怀澈澈的假期最终结束于她的主动销假。那天接完萧经瑜的电话，怀澈澈就说，自己还是回去工作吧，早点儿把房子的钱给她爸，真正拥有那套房子的所有权。

霍修感觉可能是在自己洗澡的工夫里发生了一点儿什么，但怀澈澈不想说，他也没有问。能让她忽然变了想法的，还能是什么？捅破了那层窗户纸，难道还能扎到别人的心？

况且，自己那一刻产生的情绪早在这几个月的时间里被冲淡，在后续不算忙碌的生活中，霍修需要更费心地去隐忍的，是每天回家面对那套空房子，发给她的微信消息没有回复，打过去的电话没有被她接通。

每次听到电话里传来"您拨叫的用户暂时无人接听"的时候，霍修总会感到压抑难忍。他也只是个普通人，会有嫉妒和怨气。他竭尽全力，才终于把几乎不可能聚拢的沙慢慢地累聚成塔，然后萧经瑜抬手推过来一个浪,一切就又回到了原点。凭什么呢?这不公平。但让人无可奈何的是,爱情本就是不公平的。

"你说你这是搞什么呢?!"与此同时,就在距离霍修不到十公里的庆城市第一人民医院里,唐瑶正在朝病床上的怀澈澈发火,"你就是再想挣钱,也不能拿自己的身体去熬吧?你看看你,这次还好,只是熬出了急性阑尾炎,但下次要是再熬出点儿什么别的毛病……"

怀澈澈看着好友怒气冲冲的样子,想说"你个工作狂怎么好意思说我",但想了想,还是以柔和到有点儿发虚的语气说:"哎呀,我哪知道一下飞机就能突发急性阑尾炎啊?这不是刚做完手术就打电话给你了吗?现在我能依靠的也只有你了。"

"放你的屁!"唐瑶没好气地将她的屁话驳回去,"你老公呢?你的'小鲸鱼'呢?这两个大男人放在那儿你不去找,你找我?你实话和我说吧,到底是怎么回事儿?"

怀澈澈脸上讨好的笑顿时淡了下去,却还在找借口:"哎呀,我这不是……我怕自己和霍修说了,霍修告诉我爸啊。'小鲸鱼'不是忙着最后冲刺解决对赌的事儿吗?"

怀澈澈一边说,一边抬头,然后就看见唐瑶脸上"你继续编"的表情,顿时失了底气,只好老实交代:"好吧,其实我就是不想找他们。"

那天挂断萧经瑜的电话后,怀澈澈躺在床上辗转反侧,直到天光大亮,也没能入睡。她不知道萧经瑜说那些话是什么意思,什么叫让她走慢一点儿?

明明是她在原地等了他这么多年,不知道和他说过多少次"我喜欢你",却始终等不来他的一次回眸。怎么她刚一结婚,有了别人,他就开始对她穷追猛打、步步紧逼,甚至说出让她走慢一点儿这种话？她走过吗？她不是一直像个傻瓜似的在原地等他吗？

这次来江城也是，原本说好了萧经瑜和她说对赌的事情，结果两个人好不容易承受那么大的风险见了面，萧经瑜说不讲了就不讲了。怀澈澈当时坐在车里，真的有一种自己被耍了的感觉，以至于后来风波结束，萧经瑜发来微信消息向她道晚安，她也没有回复。

但同时，怀澈澈还在想另外一件事儿。她能感觉到自己对霍修的态度也在变化，但这种变化，让她感觉很陌生，很不习惯。

在追逐萧经瑜的这些年里，她好像已经习惯了只喜欢萧经瑜一个人，但现在忽然冒出另一个人，以水滴石穿的方式不知不觉地融入她的生活，等她发现，自然慌乱。

尤其霍修那么好，这种好不仅仅是在他们这段婚姻上的好，他是对身边的人都好。无论是从朋友、同学的视角，还是从父母的视角来看，他都是无可挑剔的。正因为他这么好，所以怀澈澈更不想稀里糊涂地就这么走下去。

她想搞清楚自己对萧经瑜到底是不是还像曾经那样非他不可，想搞清楚自己对霍修的情感到底是不是因为自己在萧经瑜那里碰了壁之后，把霍修当成了自己情感空虚的安慰剂。

现在已经是九月，眼看距离她和霍修约好的两年时限只剩下不到半年，她却早已没有像最初那样满脑子想着离婚的决绝了。

"那……这也不难。"听完怀澈澈的自我剖白，虽然作为局外人，唐瑶还是觉得霍修无论是作为恋人还是作为丈夫，都简直没得说，但同时也明白一个道理，就是人永远无法替别人做决定。唐瑶给出了一个简单粗暴的解决方式："你就先这么过着吧。等到了两周年的时候，你自然而然就知道想选谁了。"

怀澈澈没跟上唐瑶的思路："啊？"

"你知道抛硬币选择法吗？"唐瑶说着就想从自己的兜里找出硬币给怀澈澈演示，但一摸兜，里面空空如也，只得悻悻地收回手，接着说，"抛硬币不是真的让硬币来决定你自己的行为，而是只有当硬币抛起来的那一瞬间，你才会知道自己真正想要的是什么。"

是这样吗？怀澈澈刚做完手术，既不能吃饭，也不能喝水，想着唐瑶刚才说的硬币，躺在床上逐渐意识模糊。而唐瑶见怀澈澈睡着了，就出了病房，等到了把王瑞甩在半路上，掉转车头赶来医院的霍修。唐瑶拉开车门，上了霍修的车。

唐瑶和霍修是怎么加上微信的呢？说来也巧，宋氏之前准备挖霍修的时候，在去年的年前邀请霍修参加了一次宋氏的年会，简单地展示了一下企业的实力，而唐瑶作为宋持风的童年老友，自然也到场在行业大佬们的面前混个脸熟，试图窥得来年的风向。

霍修不认识唐瑶，可唐瑶听闻霍修的大名已久。她热情地向霍修表明自己的身份之后，一切都顺理成章。

"她不知道是我喊你来的，你就说你看了她的朋友圈吧。她朋友圈发了这事儿。"唐瑶说着还翻出朋友圈看了一眼，确认了一下，"我刚才问过医生了，阑尾炎说是最小的手术，她也得住十天院呢。她又不肯同家里的人说……"

霍修很客气："接下来交给我吧，麻烦你了。"

"小事儿。"唐瑶摆摆手，"你上去吧。趁现在主治医师还没下班，你可以问问术后恢复什么的。我刚才问了一下，但怕自己没记清楚。"

"好，谢谢。"

怀澈澈这一觉没睡太久，也就眯了半个多小时。睁眼的时候，她蒙眬地看见病床旁坐着个人，还以为唐瑶回来了，便喃喃道："瑶啊，我想喝水……"

"你暂时还喝不了水，忍一忍。"

回应自己的是一道沉稳的男声，怀澈澈一激灵，睡意立刻无影无踪。她睁大了眼睛看着眼前的人："你……"怎么会来？

"我看见你的朋友圈了。"霍修刚才坐在床边想事情，直到怀澈澈反应过来向他询问，他才给出刚才唐瑶帮他想的理由，而后立刻转移话题，"你的经纪人呢？"

朋友圈？怀澈澈愣了愣，才说："方姐现在带的艺人太多了。这次有几个通告的地点在庆城，她就让我自己来了。"

"嗯，所以你就悄悄地回来了。"

霍修这人，情绪是真的内敛到了极致。光听这句话，怀澈澈听不出有什么不对，直到看见他的表情，撞进他的眼底，怀澈澈才隐隐地品出了一点儿味儿。他好像是……生气了。

怀澈澈原本理直气壮，现在心忽然就虚了起来。但这事儿还真与霍修说的一模一样，怀澈澈也没什么好解释的，只能干巴巴地问："你生气了吗？"

"没有。"霍修答得很果断，又话锋一转，"我只是在想，如果我看不到你的朋友圈，要到什么时候才能知道你住院了，还是永远都不会知道。"

怀澈澈看着他仍旧温和的表情，咂了咂嘴："你肯定生气了。"

"没有。"霍修平静地说，"反正你也不回复我的微信消息。"

怀澈澈立刻小声辩驳："我回复了……"

"嗯，每一条都是五个字以内。"霍修说，"平均在我发到第五条的时候，才会有一条回复。"

你直接举个牌子，上面写四个加粗加红的大字"我生气了"，下面再把我这几个月来的罪状挨个儿列出来好不好？小姑娘的大眼睛眨巴眨巴，用很纯良的语气戳穿："'霍羞羞'，你这就叫生气。"

"那好，我生气了。"

见她这么执着地要自己承认情绪，霍修索性也就顺着她给的楼梯往下走。

他的神色一变未变，看着仍旧是那副心平气和的模样："'小坏'，你准备怎么哄我？"

第十九章
看他那副不值钱的样子

"哄"？在霍修这句话出现之前，怀潋潋很狭隘地认为这个字只适用于两类人：第一类，十岁以下的儿童；第二类，六十岁以上的老人。霍修三十岁，正好卡在二者中间，前不着村，后不着店。再者，哪有人这么光明正大地和别人说"你哄哄我"啊？看来这"霍羞羞"的名字是起对了，这人是真不知羞。

霍修就见小姑娘躺在床上，以好像睡蒙了的表情盯着他，偶尔缓慢地眨一眨眼，好像在想很严肃的问题，又好像什么都没想，只是在发呆。

他知道应该是自己刚才的那句话把她给堵住了。在理智上，他知道自己现在应该说"算了，我开玩笑的"，但这次霍修难得地不想让这一步。他真的很想看看大脑"死机"过后的怀潋潋会是什么样的反应。

于是就在这小小的单人病房里，两个人展开了安静的拉锯，视线在空中交错，避让，再交错，好像在玩某种需要默契的追逐游戏。

半晌，霍修看见怀澈澈抬起手来，有点儿僵硬地捋了捋鬓角被睡乱的碎发。

"那个……"她终于开口，但声音有点儿干，语速也慢。

霍修坐在医院的木质板凳上，没有靠背，但后脊不知不觉地微微收紧，绷得笔挺。

"疼……"

他的一切紧张和情绪，最终都止步于怀澈澈这简简单单的一个字。他提住的那一口气缓缓地被吐出去，吊着脊梁的那股力道荡然无存。面对她的小聪明，他感觉有点儿无奈，紧绷的神经松懈下去。

"哪里疼？"

谁会不知道阑尾炎手术是微创手术？谁会看不见怀澈澈说"疼"的时候只有眉头带着极重的表演痕迹皱了一下？但霍修还是心甘情愿地咬住了她拙劣的钩子，顺着她的意思把这个话题轻轻地带了过去。

"这里。"

"这里？"

"嗯。"

手术的创口已经缝合好了。刚才霍修问过主治医师，主治医师说怀澈澈采用的这种缝合线可以被身体吸收，后续不需要拆线。但毕竟是刚做完手术，霍修不敢动，就把她在那儿指来指去的手捞了过来："那我去喊医生过来看看？"

"也不是疼到不能忍受，"怀澈澈立刻改了说辞，"不要麻烦医生他们了。"

霍修见她躺在床上动弹不得，却仍旧无比生动的表情，有点儿好笑："又可以忍受了？"

怀澈澈还在嘴硬："本来我也没说不能忍受，只是有点儿疼而已。"

算了，至少她还好好地躺在这里。他暗自叹了一口气："你是怎么来医院的，自己来的？"

他不再提哄不哄的事儿，把她的手捧在了自己的双手里，像夹心饼干似的。看着自己的双手间，小姑娘那又细又白的手指尖冒出头来，像几块被捏得很精巧的年糕团似的，他真想低头咬上一口。

怀澈澈丝毫不知霍修当下"食欲"大作："我在飞机上的时候就已经开始肚子疼了，下飞机之后打了个车，在车上就觉得疼得不行了，然后是司机把我送到医院来的。"

当时那个司机可能以为她突发恶疾，生怕她死在他的车里，被吓得脸都白了，一路风驰电掣地到了医院，连拖带拽地给她弄进了急诊。还好最后她有惊无险，只是小小的阑尾炎。

"你是不是工作安排得太紧凑了？"霍修问。

"可能是吧……"

蘅舟传媒的工作安排从《哈特庄园》之后就一直很紧凑，怀澈澈已经习惯了。她从大学毕业就没有工作过，玩了半年就进了蘅舟传媒，也不知道外面的工作应该是什么样子，恰逢自己需要钱，也就一直咬着牙干到了现在。

只是很可惜的是，本来她想着能趁这几个月工作时好好思考一下关于这两个男人的事情，结果因为工作的强度太大，她就像一头驴，醒了就在拉磨，拉完就回去睡觉，所以根本没时间思考。

怀澈澈现在想想,这几个月来最轻松的时刻,居然是刚才和唐瑶说心里话的那十几分钟。说完之后,怀澈澈松快了不少,才会一闭眼就眯着了。

不过怀澈澈觉得阑尾炎和工作强度没什么直接联系,也没觉得蘅舟传媒应该为此负责,殊不知霍修已经想到更深的一层去了。

过了一会儿,差不多到了饭点儿。怀澈澈现在还没排气,吃不了饭,虽然输着液,感觉不到饿,但闻着隔壁病房的饭菜香味儿,馋得很。

"啊!我好想吃蛋糕、烧烤、羊肉串,还想吃水煮鱼、钵钵鸡、牛肉锅、韩式炸鸡配甜辣酱,可乐要放特别多的冰块!"

霍修边听边笑,起身把病房的门关上,才回头调侃她:"怎么还越说越具体了?"

怀澈澈咽了一口唾沫,委屈地说:"好馋。"

"那我们来商量个事情,"霍修转移话题的同时,也把怀澈澈的注意力转移开来,"你换一家公司,不要在蘅舟传媒继续做了,好不好?"

怀澈澈愣了一下:"为什么?"

霍修自从蘅舟传媒给怀澈澈安排一档主打亲密接触的恋综开始,就觉得这家公司不太行,后来在海城,怀澈澈因为他们的安排不当吐得很厉害,更是坐实了他的预感。但因为怀澈澈觉得没什么,他也选择尊重她的选择,想着大不了他多上点儿心,帮她兜着底。直到这一次……

他今天到了医院才发现她瘦了好多,原本就很细的手腕,现在上面连那点儿薄薄的肉都找不到了。她躺在那儿睡着的时候,脸色像纸一样白,只有胸口那一点儿起伏证明着她是有生命体征的。

怀澈澈突然住院，工作耽搁了一天，公司不可能不知情，但也没派个人过来照顾一下，就让她一个人孤零零地躺在这里。这一刻，霍修的情绪才终于出现一个裂口，他觉得自己有点儿忍不住了。

"我愿意看到你有自己的事业，能做你喜欢做的事情，但是我不喜欢看到MCN公司像水蛭一样趴在你的身上吸血。"霍修难得地在她的面前露出正经的神色，语气温和而坚定，"'小坏'，这次听我的，好不好？"

怀澈澈想了想，有些不确定地看了霍修一眼："我是不是被坑了？"

"不算，"霍修说，"比蘅舟传媒还坑的MCN公司比比皆是，只是这家公司不适合你。"

他这话是安慰，也不光是安慰。作为专门处理商业纠纷的律师，霍修不知道接到过多少自媒体人来找他们解决和MCN公司纠纷的咨询，看过无数MCN公司的合同。那些合同各有不同，千奇百怪，但统一的是，每一条都写着对这些自媒体人的约束，却丝毫不提自己的责任。

相比之下，蘅舟传媒已经算不上"吃人"，也确实给了怀澈澈很多流量扶持，与她制定了公平的分成制度。只是怀澈澈成长得确实太快，公司当然也就顺势依附其上，把所有的指望都压到了她瘦削的小肩膀上。

"可是我的合同还没到期，"怀澈澈也知道自己就是蘅舟传媒营收的指望，所以更知道蘅舟传媒不会那么爽快地放人，"要是解约的话……"

"这个交给我来，你不用操心。"霍修捏了捏她的手心，"你把蕤舟传媒的合同放在哪儿了？待会儿我回家收拾东西的时候找出来看看。"

怀澈澈回忆了一会儿，大概推测出了两个地方，报给霍修之后，心头又轻快了两分，整个人松弛下来，再次迷迷瞪瞪地睡了过去。怀澈澈再次醒来，外面的天已经彻底黑了。透过医院的窗，怀澈澈看见万点霓虹的庆城。她在昏暗中缓了几秒，才回神："我睡了多久？"

"一个多小时。"霍修趁这段时间已经回了一趟家，把怀澈澈的东西收拾了一些拿过来，也顺便把她的那份合同带了过来，"我把你的平板电脑带过来了，你要不要看？"

"要！要！"怀澈澈一听平板电脑被带过来了，顿时精神一振，扶着床想坐起来。

霍修把床旁的护栏放下，很自然地用手托住她的背，半扶半抱着帮她从床上坐起来。忽然肩头一沉，他侧眸，看到她的手很自然地搭在了他的肩膀上。动作很亲密，但两个人都不带有邪念，直到他垂眸看进她眼睛里的时候，暧昧的气息才从两个人肢体之间的接触中微妙地扩散开。

怀澈澈已经在床上坐了起来，霍修却一点儿也没有要松手的意思，而是低下头深深地看了她一眼。医院的夜晚，万籁俱寂。霍修始终保留着两个人之间的那点儿距离，生怕碰到她手术后的创口。听见她因吃痛"嘶"了一声，他只敢小心翼翼地吻，动作温柔、缱绻，却在不知不觉间将支撑在她背后的力量抽离，令她整个人靠在了他的怀里。

"'霍羞羞'，你还在生气吗？"

吻完，霍修也坐到了床上，揽着小姑娘的肩膀，半晌才听怀里的人问。她的声音有点儿沙哑，像是被压成了粉的蛋黄，被人在上面撒上了一层枫糖。霍修听见的那一瞬间，没忍住，闭了闭眼。他守了四个月的空房，想要她哄一句也要不来，现在只是被她问一句还有没有在生气，就已经美得冒泡，过去的那点儿苦都没了味道。

"你这几个月和萧经瑜见面了吗？"霍修感觉自己这辈子好像也就这样了，已经被她拿捏住了，也挣扎不出什么水花了。

"没有，真的。"

这几个月里，萧经瑜倒是给她打了不少电话，也发了微信消息，但怀澈澈自己还乱着，觉得接了电话也不知道说什么，就在微信上和萧经瑜说，两个人先各忙各的，忙完这阵子再说吧。

怀澈澈大概是知道自己之前偷偷背着霍修去见了萧经瑜不少次，怕自己成了《狼来了》那则故事里放羊的小孩儿，在回答完问题后，还没等霍修表态，就先心虚地抬起头观察霍修的神情。

霍修却避开了她的眼神，抬眸朝窗外看去。以怀澈澈的视角从下往上看，只能看见他下颌紧绷的线条和吞咽时上下一滚的喉结。

"那我也不生气了。"

得知霍修不生气了，怀澈澈当晚睡了个好觉。次日，霍修又回了一趟家，把和平板电脑配套的那支笔帮她拿到医院。自此，怀澈澈总算能在住院养病期间重新画起她的小房子。

她已排了气，可以开始喝点儿汤水。霍修就因为她坐在床上嘴皮子上下一动，就在家洗手做了一下午的羹汤。晚上，她心满意足地喝上了雪梨肉饼汤，一边喝，一边嘴里还嘟嘟囔囔的："也太小气了。我好不容易能吃点儿东西，还每次只能喝这么两口。"

"但是你可以吃好多次,对吧?"霍修把她喝完了的空碗接过来,放在保温桶旁边,"等你把你的屋顶画好,就又能开饭了。"

你哄三岁小孩儿呢?怀澈澈白了他一眼,提起笔又忽然想起:"你今天好像没去上班?"

"我请假了,"霍修说,"等你出院再说。"

之前霍修在律所的时候,说是自己做自己的事儿,很自由,实际上案子一多,基本不存在"请假"这个概念。委托人等不得,当律师的也不可能和法院说择日再判。

现在霍修进了企业,法务部这种部门往往是养兵千日,用兵一时。在养兵的日子里,他想请个假就很容易,尤其他还有一个月的年假可以随意支取。

怀澈澈这个时候才后知后觉,原来霍修已经悄无声息地从传奇律师变成了企业法务。她听完,很诚实地嘀咕了一句:"我感觉还是律师更帅一点儿。"

"那倒是,"霍修认可她的说法,"但是我已经结婚了,可以不用那么帅了。"

"哇,你居然认可自己很帅,好自恋!"

怀澈澈在彼此的笑声中重新低下头去,描绘尚未完成的屋顶。等画完了,她也不管霍修能不能听懂,叽里呱啦地给他讲解了一通设计思路。一讲完,她正好口渴,就再来一碗汤。

怀澈澈觉得霍修煲汤是真的有一手儿。不知道是雪梨选得好还是怎么的,汤体清澈又不寡淡,入口是梨的清甜,回味留有肉的香浓。即便是特地给病人定制的,避免油大,特地用了纯瘦肉剁的肉饼,这个汤也好喝到让她恨不得把碗底舔干净。可惜她现在只能喝汤,还不能吃肉,只能眼巴巴地看着霍修拿肉饼和汤拌米饭,把她剩下的那点儿东西全吃了。

吃饱了饭,怀澈澈心满意足地保存了自己的画,还没来得及放下平板电脑,就接到了怀建中的电话。

春节过后,怀建中估计是被她和霍修的一唱一和气得不轻,父女俩又回到了之前冷战的状态。怀澈澈都是和李月茹通电话,怀建中也没有联系过怀澈澈。

现在怀澈澈还坐在医院的病床上,怀建中的电话就这么打进来,简直巧得让她心虚。她犹豫着,手一抖,不小心点开了免提:"喂,爸?"

"怀澈澈,你现在是不是在一院住院?"

怀澈澈昨天一天卧床,今天排气后才去走廊溜达了一圈,一听怀建中这么问,心里"咯噔"一下,想着应该不至于这么巧:"没有啊……你看错了吧……"

"我看错了?你怎么不直接说是当年医院把你抱错了?!"怀建中的语气可以称得上气急败坏,"养女儿,养女儿!我养了二十多年,就养出你这么个白眼儿狼!要不是今天你刘叔叔说在一院住院部看见你了,我和你妈都还不知道。以后你是不是死在外面也不会和我们说一声?!"

这就是怀澈澈不想将自己的情况告诉怀建中的原因。他就算知道了,也肯定说不出什么好话来。到时候他跑来医院,站在床尾,高高在上地批判她一番,什么工作找得不好、专业选得不好,现在自食恶果,活该……怀澈澈想想就觉得窒息,所以宁可向朋友唐瑶求助,都没想过要给家里打个电话,请父母来照顾一下自己。

"你到底是怎么想的?你要和这个家断绝关系吗?我们给你吃、给你喝,什么都把最好的给你,你到底还有什么不满意的？！我们养你到底有什么用？一年到头没个电话，就知道在外面做自己的事情。我想问一下你的近况，都要给霍修打电话。你到底还算什么女儿啊？！"

缝合处还没愈合，怀澈澈的每一下呼吸都伴随着细微的疼痛，现在是真的听不得这种咄咄逼人的话。她红着眼眶挂了电话后，第一件事儿就是手忙脚乱地给手机关机。

而怀建中大概是打她的电话发现她关机了，扭头又开始给霍修打电话。一时之间，整个病房里手机振动声不绝于耳，叫她无可奈何，又几近崩溃。

怀澈澈正在气头上，不停地用手背擦眼泪，正想说"你要是接，别在我面前接"，霍修已经把自己的手机关闭了振动。安静下来的手机被他放到一旁的床头柜上，他不管屏幕上显示着的来电呼叫，声音轻柔地说："我也不接。"

怀澈澈是真的想不明白到底为什么会这样。俗话说"天下无不是的父母"，所以难道真的都是她的问题，是她的错，才令父女关系走到现在这一步？她原本只是迷茫和生气，在听到霍修的这句话之后，这种情绪猛然变成了类似不知所措的小孩子找到了依靠的那种委屈，她擦拭眼泪的频率骤然加快。

"你说，我是不是真的有点儿问题？"

"谁说的？我觉得我们'小坏'挺好的。"

霍修听完她呜呜咽咽的自言自语，只是很平静地一边给她擦眼泪，一边也用自言自语的方式接上了她的话。

"'天下无不是的父母'，那都是多少年之前的话了？父母当然会犯错，因为他们也是普通人，也是第一次当父母。"

上次怀澈澈从家里跑出去的时候就是这样，怀建中明明心里也着急，但还是要顾及自己的面子，就非要把霍修叫到家里来，在饭桌上营造出其乐融融的气氛,然后再不紧不慢地问,好像自己根本不急,根本不在意女儿。

这次也一样,怀建中明明因从朋友那里得知怀澈澈在医院,急得打电话来问情况,但真正呈现出来的效果是口不择言,从关心变成了质问。

霍修从来不否认怀建中是爱怀澈澈的,毕竟自己与怀澈澈结婚这两年来,怀建中联系不上怀澈澈的时候总会把电话打到自己这里问女儿的情况。面对霍修这个女婿,怀建中反倒比较坦诚。对春节那件事儿,怀建中也向霍修坦白,当时自己就是心疼她挣点儿钱不容易,她妈金银首饰多了去了,多一个翡翠镯子也戴不了几天。

"你爸爸肯定是爱你的。但爱一个人应该让对方感觉到自己被爱着,而不是仗着自己是以爱为出发点,要求对方无条件地接受自己的爱的方式,何况这些方式根本不对。"

霍修这么短短几句话,怀澈澈已经感觉到自己的情绪被很好地承接了下来,并且得到了回应,不再像横冲直撞的没头苍蝇。手里还攥着霍修递给她的纸巾,她抬头的时候,眼泪流下来的速度已经放缓:"我觉得你说的很有道理。"

"是这样吧?"霍修笑了笑,揩掉她脸上的残泪,又正经地说,"'小坏',反正你不管遇到什么,都要记住一点……"

"嗯?"

"我永远是站在你这边的。"

怀澈澈的身体忽然一僵,她慌张地别开眼,同时能感觉到霍修的目光一直落在她的身上。他的目光总是很有存在感,哪怕不锐利,也并没有夹杂着炽烈、滚烫的情欲,但无论她什么时候与他的目光相接,都能感觉到那里留有温度。不管他是不是在笑,心情是不是好,当他迎接她的眼神时,目光总是好像带着温暖,像是家门口玄关处那盏散发着暖意的灯,也像是这一刻帮她擦拭眼泪的指腹,让她看到、想到他的目光,就不自觉地浑身松弛下来,安心下来。

"哦……"她不知道要说点儿什么。在与家人的争吵中长大的孩子面对款款深情总是手足无措,只得不自在地别开头,将所有感动都埋藏在心底。

理智开始归位,怀澈澈用余光瞥着被他放在床头柜上的仍旧在不断地显示有电话打进来的手机,小声地说:"你接吧,不然他要被气死了。"

霍修把手机拿过来看了一眼,估计怀建中这次是真急了,就这么几分钟的时间里,打了快十个电话进来。

他抬眸,认真地看着她,向她确认:"那我接了?"

见怀澈澈点头,霍修才接起电话:"喂,爸?"

"霍修,你也在医院是不是?你们现在已经合起伙来瞒着我了?我当时希望你们能结婚,是想着你比她大几岁,稳重成熟一些,能够把她往好的方向带。我要是早知道你们结婚后会是这个样子,当初就不该让她与你相亲!不过我奉劝你一句,你可不能太惯着她,她是会蹬鼻子上脸的。到时候你们要是出现矛盾,可别回来找我们调和!"

怀建中已经被气到完全失去了理智,语气又急又冲,而霍修这一刻只庆幸这些话不会让怀澈澈听到。霍修感觉很不舒服,但仍旧礼貌地说:"爸,话不能这么说……"

怀建中却不领情:"那要怎么说?好话、赖话我已经说尽了。怎么了?别人都把家**当成**一个温馨的港湾,就你们特别,就你们特殊,喜欢像孤狼一样**在外面**闯。我真是没想到,你现在做事情怎么也和她一样拎不清！"

霍修也不想让自己的语气听起来太严肃，毕竟怀澈澈也聪明着呢，听他的语气不对，肯定就知道怀建中在电话里说的话有多么尖锐刻薄。可霍修听怀建中一口一个"蹬鼻子上脸""拎不清"，情绪也膨胀得特别快。

霍修小时候情根开得早，总去预判别人的喜恶，又因为注意力不集中经常闹出误会，理论上来说，已经被很多人误解过，因此对于别人对自己的看法早就已经不太在意了。如果现在怀建中的这些话针对的都是霍修本人，霍修可能还不会有这么大情绪。

"是啊，爸，您说得对。别人家的孩子都觉得家是温馨的港湾，不过我觉得更重要的问题可能是……"霍修仍旧保持着谦逊、温和的语气，不想被身边穿着病号服的人听出端倪，"为什么对她来说不是呢？"

"为什么对她来说不是呢？"

"那当然是因为她根本就不知好歹，不知道到底谁才是对她好的人！"怀建中万万没有想到，一向在长辈面前十分有礼数的霍修居然会在这个时候反问自己，挂了电话之后，被气得恨不得把手机直接扔出去砸了。

李月茹在厨房里听到丈夫一声比一声高的斥责声，先宽慰了两句帮厨的阿姨，表明他发脾气与阿姨没关系，让阿姨今天先回去，然后才摘了手套走出去。

"你看看，这就是咱们养的好女儿，生病住院了一声也不吭。我到现在都没听她说上一句到底是得了什么病，什么时候住的院！"等阿姨走后，怀建中才从沙发上站起来，心烦气躁地点了一支烟，"在她小时候，我就把最好的东西都给她，她到底还有什么不满意的？那时候，我一个月才挣多少钱？自己省吃俭用，也要满足她的吃穿需求。她真是没良心……"

"我觉得你刚才说的那些话也够难听的了。"这么多年来，李月茹也是看着这对父女的关系一路恶化过来的。她叹了一口气，继续说："霍修刚才到底是怎么说的？你怎么跟霍修还生上气了？"

"我说话难听，那不是因为她做错事在前吗？"怀建中一听老婆也开始说自己不对，被气得将刚点燃的烟直接摁进烟灰缸里，"刚才霍修反问我，为什么她不把家里当成温馨的港湾？我怎么知道为什么？怎么了，以前住那个小破出租屋，她天天屁颠儿屁颠儿地回家，现在家变得这么好了，反而天天想着往外跑是吧？！"

李月茹听出霍修的言外之意，给被气得不轻的丈夫倒了一杯水："我已经说了，我们的女儿长大了，可能只是不想让我们担心。你为什么总是曲解她的意思呢？"

李月茹记得，就在他们住在小破出租屋的时候，怀建中和怀澈澈的关系还是可以的。他们那时候卖了家里唯一的一套房，让怀建中去商海中折腾，因此怀建中一直觉得对不起她们娘儿俩。因为自己给予妻女的生活条件太差，所以他对女儿的态度也更温和，有空儿了会陪着怀澈澈玩一玩，被怀澈澈在头上扎个小鬏鬏也不生气。

后来生意做成了，他有钱了，家里先先后后换了好几次房子。从简单的二居室到大三居室，后来再搬到这里，房子在变大，物质条件也在变好，父女关系却不断地倒退。

他总和李月茹说，怀澈澈怎么越长大越不可爱了？明明自己给予女儿的比之前的好了那么多，为什么女儿反而没有小时候那么黏人、讨喜了，自己骂女儿两句，女儿还学会顶嘴了？

李月茹也是第一次为人妻、为人母，不知道该怎么劝这对父女重归于好，只能把问题都归咎于怀建中回家太少，与孩子已经生疏了。

怀建中听进去了，于是在女儿高二那年离开了一手创办的槟榔厂，退到了二线，回归了家庭，结果却落得个两败俱伤。怀澈澈高三那一整年，天天都在和怀建中斗智斗勇，而怀建中被怀澈澈偷偷地填报海城大学气得差点儿进医院。

"什么不想让我们担心啊？她就是根本心里没这个家。你还好，逢年过节还能接到她一个电话，收到她买的礼物，可我呢？生了这个女儿，就像没有似的，白养她这么大了！"

这些年，李月茹一直觉得怀澈澈只是贪玩，玩够了就会回来。但眼看着这对父女越来越疏离，自己在电话里也追问过怀澈澈好几次，到底是怎么了？对爸爸有什么不满？怀澈澈每次都避重就轻地打两句哈哈，糊弄过去。

今天听见丈夫复述霍修反问的问题，李月茹忽然有种茅塞顿开的感觉。看着像个小孩儿似的斤斤计较的丈夫，她忽然觉得有点儿好笑："你看看你这副样子。"

怀建中被气得满脸通红："我怎么了？"

"像只斗鸡似的。"

"什么？"

"你想想，她一回家就要和你吵架，当然不想回家了。"

李月茹摁着丈夫的肩膀让他坐下，觉得自己也真的是很笨，这么简单的道理，居然这么多年自己都没有想明白。

"'家是温馨的港湾'这话不假，但要让澈澈认识到这里是港湾，首先我们家得真的是个港湾。"

"我们家怎么不是了?你看看多宽敞……"

"不是这个问题。"李月茹语气温和地打断他,"现在她宁可自己在外面撞得头破血流都不回家,再这样下去,你真的要失去这个女儿了,你信不信?"

怀建中愤怒的表情缓缓地凝固在了脸上。

怀澈澈也不知道霍修到底在背后做了些什么,蘅舟传媒放人的速度堪比火箭发射。解约那天,怀澈澈在霍修的陪同下到了蘅舟传媒,本以为得闹出点儿不好看的事儿,结果从进去到出来,只感觉到了四个字——逆来顺受。这四个字说的可不是怀澈澈,而是蘅舟传媒的老总以及经纪人方红。

怀澈澈感觉到他们是不想放自己走的,好像是有那么点儿迫于无奈的意思。临走前,方红还特地送怀澈澈和霍修到电梯间,很委婉地向怀澈澈表示:"您要是还想回来的话,蘅舟传媒随时欢迎。"方红居然用了"您"这个字。

虽然怀澈澈对此很不解,但管他的呢,她一边向方红点头应着,一边因自己重获自由身,连脚步都轻快了许多。

回到家之后,怀澈澈悄悄地算了算自己现在手里的现金,虽然还不够全款买下这套房,但付个首付肯定不成问题,现在关键的问题就在于这笔钱要怎么交回去。

那天在医院挂断怀建中的电话,怀澈澈本来还以为以怀建中的脾气,肯定会立刻冲到医院来大发雷霆。但她惴惴不安地等了几天,只有唐瑶来了几次,再无其他访客。

怀澈澈怎么想怎么觉得她爸不会这样了结,现在只是暴风雨前的宁静,这次她爸可能是真的要与她断绝父女关系了。她也挺惆怅,就天天窝在家里画画,哪儿也不想去。

出院之后，怀澈澈把"米虫"两个字贯彻到底。偶尔有感兴趣的餐馆，她就过去拍一期探店vlog，把录像的工作交给手机支架，然后自己把拍好的视频粗剪几下就上传到网络平台上，完全回到了自己最早开始做自媒体时的状态。

怀澈澈就这么在家里蹲了两三个月，每天睡到自然醒，起来先把霍修给她留的早饭吃了，上午画画，中午点个外卖，下午要么剪视频，要么再画几笔，然后去超市买点儿自己想吃的菜，把菜洗好，等霍修晚上回来做。她很闲，但很爽。

快节奏的生活过久了，怀澈澈已经快忘了自己以前过的就是这样的悠闲生活。沉静下来之后，她也不想再出去蹦迪喝酒了。她抽空儿和霍修去了一趟花鸟市场，又给家里添了几盆绿植，每天就在家浇浇花、买买菜。唐瑶听说之后，直说怀澈澈已经提前过上了退休生活。

同时，怀澈澈也有了时间在网上冲浪。因为她之前经常刷萧经瑜微博超话的内容，大数据经常给她推送与萧经瑜相关的新闻，所以她只要打开微博，不用主动去搜也能刷到不少。在那些新闻里，怀澈澈看到他仍旧拼了命地活跃在一线，但已经有一些风言风语，说他的对赌协议时间截至一月底，他大概率是要赢了，所以，大家一定要看今年的春晚，这可能是他最后一次上春晚了。这些流言搞得超话里的粉丝们特别恐慌，每天都在问这不会是真的吧。

怀澈澈在连续刷到三个不同的营销号发的同样的文案时，退微博时看了一眼手机桌面上的日历——又一年春节快到了。

傍晚，霍修依照惯例把王瑞从宋氏总部园区捎到地铁站。自怀澈澈回家住以来，霍修就没再送王瑞回家过，每天归心似箭，是一刻也不想耽误。王瑞对此心知肚明，但乐见其成，挤地铁也挤得欢欣。

"老大，今年宋氏年会好像还能带家属，双倍抽奖机会。"路上，王瑞和霍修聊起宋氏丰厚的年终福利，自然而然就谈到了年会，"宋氏还是财大气粗啊，年会的活动礼品有那么多的东西，还请知名艺人。我听我的大学同学说，他们公司的年会好像只是公司内部表演节目。"

再过两天就是年会，王瑞今天收到了年会的礼品单和节目单，简直被宋氏的阔气惊掉了下巴。他知道霍修肯定没看，非常热心地补充说明："你知道吗？开场就是偶像团体TOMATO48的表演，还有萧经瑜。仅请他们几位，就不知道要烧掉多少钱了。"

听见熟悉的名字，霍修下意识地重复："萧经瑜？"

"对啊，你肯定听过他的歌。几年前特别火的那首《想你在无声的雪天》，就是'大雪纷扬的时节……'"

"可以了，王瑞，"霍修打断王瑞的激情演唱，"我想起来了。"

王瑞很兴奋："我就说你肯定听过！"

霍修没搭腔，王瑞想着老大可能对流行乐坛不太了解，又另起话题："那你这次不得带嫂子来啊？多一个人就多一个抽奖机会啊，而且还正好能让那帮小姑娘死心，别再拿我们俩开玩笑了。"

霍修的表情没变，语气略微淡了下来："你赶紧找个女朋友，她们不就不拿我们开玩笑了吗？"

王瑞没想到霍修居然扭头一句话把自己给顶回去了，咂了咂嘴："女朋友哪有那么好找啊？咱们公司那帮小女生，看都不带看我一眼的……"

眼看地铁站就在不远处，王瑞抱着包准备下车，临走前还不忘再叮嘱霍修一句："真的，你带嫂子来吧。虽然嫂子漂亮、可爱,你也不能总把她捂在家里啊!"

"你赶紧走吧,"霍修的情绪不高,"这里不好停车。"

年会、春节、元宵——这些原本象征着一年告一段落的时间节点,对现在的霍修来说,变成了既期许,又担忧,却又不得不面对的存在。他和怀澈澈的两年之约,在今年春节后就要迎来结局了。

第二十章
他的心

年会当天，宋氏分部的负责人和本部的高层管理者在会场的前排就座。霍修作为总部的法务部总监，坐在第三排的位置，旁边坐着市场部总监。

霍修对节目的兴趣不大，参加年会也就是走个过场。他在老总宋持风上台讲话的时候就已经开始走神，直到宋持风发言结束，才跟着大家鼓了鼓掌。

节目很快开始，女团 TOMATO48 的唱跳表演为这场年会做了漂亮的开幕。宋氏把"财大气粗"贯彻到年会的舞台上，声、光、表演堪比春晚。霍修邻座的那位市场部总监看得尖叫连连，丝毫不顾旁边的夫人已经黑了脸。

霍修却全程游离，想着今天出门前给怀澈澈做好了晚饭，她尝了一口，说他最近做的菜忽咸忽淡，问他是不是定量调味罐坏了。

他当时说有可能，感觉最近用着定量调味罐不太顺手，但心里知道不是调味罐坏了，只是他最近很容易走神。他不仅是在做饭的时候走神，在开部门例会的时候，偶尔也会需要手底下的人再说一次。

前两天他总结了一下自己当下情绪混乱的原因，最后得出结论，他可能陷入了一种焦虑。什么焦虑？分离焦虑。

和怀澈澈住在一起的日子实在是太过理想、太过幸福，他已经习惯怀澈澈在家等他回来，习惯每天回到家时，迎接自己的不再是漆黑、空荡的客厅，厨房里有洗好了等着切的菜，书房里有等着他一起吃饭的人。

"'小坏'，我回来了。"他回到家，有了可以说出这句话的对象，那个对象听见之后也会有所反馈。

"你回来了？我今天买了排骨，还有西葫芦。"

他好喜欢怀澈澈听见他的声音之后，像一只懒猫一样慢悠悠地从书房里出来时拖鞋的鞋底触碰地面发出的脚步声，也好喜欢她走出来迎接他，帮他把覆着寒气的外套拿去卧室挂好的背影。然后他进厨房做饭，怀澈澈继续画她的房子。等他做好了饭之后，两个人面对面，一起吃晚餐。怀澈澈会与他说，今天去买菜遇到了什么事儿，中午的外卖好不好吃，画图有没有进展，过两天请他陪她一起去探个店……

这就是霍修梦寐以求的生活。他不想失去这样的生活，也不想失去爱人。所以即便他已经在这两年的时间里做到了自己能做到的全部，却还是忍不住去想——这件事儿的结果到底会怎么样，他是不是还能再做点儿什么。

昨天坐在办公室里，霍修就想起高考前夕，很多同学非常焦虑。即便成绩已经得到了一次一次的验证，他们依旧觉得不够稳妥，只能夜以继日地刷题。

那时的霍修不理解他们的焦虑，觉得只要尽人事，听天命，就算失利也是体面的，而现在想来，这真是一句讨人嫌的风凉话。他凭什么松弛？只是因为他比其他人多些出路，没有其他同学那么在乎高考的结果。

而他现在真的有在乎的东西了，才发现所谓"尽力而为就不会遗憾"，都是失败者的自我宽慰。离别前夕，霍修远没有自己想象中的那么坦然。

"我相信在台下，肯定也有不少我们'小鲸鱼'的粉丝吧。那么我们先请'小鲸鱼'上来聊聊天儿，大家觉得怎么样？"

年会的主持人很专业，吐字清晰，节奏明快。台下的响应也很热烈，一群女职员尖叫着欢迎萧经瑜上台。霍修想起前几天王瑞说萧经瑜是最后出演的，意识到这场年会已经走向尾声，才堪堪回过神来。

台上，萧经瑜已经迎着掌声走到主持人的面前，微笑着和台下的观众打招呼："大家好，我是萧经瑜，很荣幸来到宋氏年会的舞台上。"

出道多年，萧经瑜已经能够完美地控制面部表情和眼神。他和台下的观众真诚地对视，却在猝不及防间对上了霍修的眼。两个男人的视线在空中交汇，彼此之间眼底的温度都冷上了三分。

"今天'鲸鱼'准备给我们带来什么歌曲呢？"

但萧经瑜身旁还有女主持人，他只能先收回目光，笑着看向旁人："因为是冬天嘛，所以……你们懂的。"

"哦，是《想你在无声的雪天》吗？我也很喜欢这首歌。"女主持人接话，"那我出于一个粉丝的心态，想问'鲸鱼'一个比较私人的问题。写这首歌的时候，你好像还在读大学。你就读的大学是海城大学。海城四季如春，冬天也不会下雪，所以你当时是怎么创作出这首歌的歌词来的呢？"

"啊？我忽然来到《宋氏有约》栏目了吗？"

萧经瑜笑着和大家开玩笑，台下的观众也跟着笑。萧经瑜笑完，表情忽然认真起来。他用余光瞥了一眼第三排正襟危坐的男人，说："这是我写给一个女生的歌。当时我看见她在朋友圈发了自己于旅行途中拍下的雪景，那一刻，我很希望自己在她的身边，就写了这首歌。"

那是怀潋潋向萧经瑜最后一次告白失败，心碎出国后过的事情。她没回国，拖着行李箱跑到别的国家看雪去了。那段时间，她在朋友圈里每天都发照片，或是雪景的照片，或是以雪为背景的自拍照。"无声的雪天"，大雪固然无声，但真正没有声音的——只有照片。

"哇——"

"那个女生是谁啊？'鲸鱼'，她是谁啊？"

"是你的初恋吗？"

看见在周围的人因自己忽然爆出私人往事而惊叹的时候，霍修脸上的表情格外淡漠，萧经瑜的心头与满足感一同袭来的是巨大的空虚感。

萧经瑜知道自己能与霍修一战的，只有自己和怀潋潋的过去。可即便是这段过去，自己和怀潋潋之间也并不圆满，并不甜蜜，甚至回首望去，都是自己在一意孤行，浪费彼此的青春，消磨对方的爱意。

看着面对自己的自白仍旧冷静的霍修，萧经瑜忽然感觉自己就像是一段外强中干的朽木，从外面似乎看不出端倪，内里却早已被蛀得千疮百孔。

"哇，没想到原来这首歌还有这么浪漫的过去。那这个女孩儿后来知道这首歌是为她写的吗？她应该会很感动吧？"

"没有。"萧经瑜收回目光，再不想往第三排的方向看，"我直到现在也没同她说，所以她一直不知道。"

萧经瑜以前总是有一种很愚蠢的想法，就是只要怀澈澈还爱着他，他也知道自己很爱怀澈澈，这样就够了。但这段时间，萧经瑜一边工作，一边抽空儿想，终于意识到有些话就是要说出来，而且就得是在某个时间节点上说。

就像萧经瑜上大学时如果没有人拍下他唱歌的视频并传到网上，他就不可能和千星娱乐签约，而在那一年之后，"网红"如雨后春笋般涌出。胡成刚接手培养萧经瑜的任务时也说，萧经瑜的运气很好，抓住了时机。而时机，有的时候比表达本身更加重要。

萧经瑜的演出，象征着年会上半部分结束，所有演出嘉宾也被留下来一起参与宋氏年会的抽奖活动。萧经瑜对奖品其实不太感冒，但后面还有一场酒会，他自然得在台下坐到最后一刻。

抽奖环节结束，萧经瑜和胡成跟着众人到了酒会会场。按照原定计划，萧经瑜陪着公司高层领导喝几杯酒就走，但刚喝完，就看到那边胡成架不住别人的劝，端着酒杯一饮而尽。

"哎呀！你怎么用这种眼神看着我？"对上萧经瑜无语的表情，胡成笑着走过来，"等会儿我们叫代驾就好了嘛，难道还能让你回不去啊？"

萧经瑜无奈地叹了一口气，行吧，无所谓。过了一会儿，萧经瑜和胡成准备离开。胡成在电梯里已经开始用手机叫代驾。来的时候，两个人没有把车停到地下停车场，只停在大门外。他们走出大门，萧经瑜刚想问代驾要多久过来，就见不远处走过来一个女生。女生有些怯懦地向他们点了点头，问："请问是你们叫的代驾吗?"

眼看代驾已经过来了,萧经瑜直接拉开后座的门就坐了进去。胡成也没多想,说着"是是是",就准备跟着上车。

"等一下。"

就在这个时候,一道男声从旁边横插进来。胡成回头,就见一个陌生男人走过来。陌生男人对胡成说:"你看一眼你的手机,看看她是不是真的代驾,核对一下她的接单号再说。"

胡成刚想说"没那么夸张吧",就见女代驾顿时变了脸色,一改方才怯懦的样子,朝着陌生男人骂了一句就转身走了。

胡成愣在那里:"这是什么情况?"

"哦,是这样的,刚才我们看见那个女的早就到了,在那边站了好一阵。然后她见你们出门,观察了一下,朝你们走过去。我估计她就是那种假代驾。"

大概是看到胡成一脸迷惑不解的样子,陌生男人忍不住多解释了两句:"我怕半路上她随便找个借口,比如说什么自己倒车不熟练,或者有急事儿,让你们自己开一段,然后抓着你们酒驾的把柄敲诈勒索。"

闻言,胡成才想起很多年前有个男演员就是这样被碰瓷,最后真的被判了酒驾。那时候这件事儿很轰动,男演员的事业也跟着沉寂多年。想到此,胡成顿时出了一身冷汗,刚刚那点儿醉意全被吓散了。胡成赶紧握住陌生男人的手连连道谢:"谢谢兄弟,多亏你提醒。你留个电话,我们过两天请你吃饭!"

"不用不用,这不就是两句话的事儿吗?"陌生男人很爽朗,"其实也不是我发现的,是我的上司发现的,也是他让我过来提醒你们一声。毕竟这里有位大明星嘛,肯定得比我们这些普通人多注意一些。"

"小兄弟，你的上司在哪儿呢？要不然叫他一起过来，这次我们一定要好好感谢你们啊！"

现在交警对酒驾查得很严。酒驾和黑料那可不是一码事。黑料还可以通过公关的手段解决，酒驾往重了说可能要承担刑事责任的。萧经瑜这里对赌协议即将到期，要是现在出现意外，后果真的是不堪设想。胡成在心里正唱着"人间有真情，人间有真爱"，就听那人笑着说："真不用谢。我们就是宋氏法务部的，肯定不能让你们在宋氏年会上出事儿啊！都是分内的事儿，分内的事儿！"

"宋氏法务部"——萧经瑜在车里听见这五个字的时候，想起年会上坐在第三排的男人的脸，酒劲儿瞬间消失了大半。萧经瑜咬着牙想："法务部"，刚才提到的"上司"是霍修？霍修这是什么意思，是已经觉得自己胜利了，所以站在高处施舍、同情我吗？

王瑞被胡成谢了足足五分钟，目送胡成和萧经瑜远去的时候，心里感觉格外舒坦。愉快地回到刚才霍修停车的地方，王瑞打开副驾驶位的门坐进去，就见霍修正在刷朋友圈。

手机的白光让霍修的侧脸上覆上一层冷光，但他的眼神是有温度的。哪怕他就这样一个人静静地坐在黑暗中，也能让人从他的身上感觉到深沉、柔和。

"我回来了。那个女的果然有问题，被我揭穿之后骂了一句就走了。"只是王瑞感到有些遗憾，这种代驾碰瓷不好抓，只能赶走一回算一回，"我还要了一个萧经瑜的签名呢，嘿嘿！"

霍修看着王瑞手上的签名纸，放下手机："那我们走吧。我今天只能送你去附近的地铁站，你自己看看转哪条线回去。"

"行。"王瑞收好萧经瑜的签名，又忍不住调侃，"你看你，三个小时不回家就归心似箭了,平时上班忍得很辛苦吧?"

"辛苦得很。"霍修被调侃也不介意,"我等下要找一家蛋糕店带个栗子蛋糕回去。你要是不介意,也可以跟着我转转。"

刚才王瑞过去提醒萧经瑜他们注意别受骗,霍修坐在车里也无聊,登录了小号"X"的微信,发现怀澈澈没有找自己,就刷了刷朋友圈。怀澈澈发朋友圈说想吃栗子蒙布朗,霍修当下就用网络地图找了一下附近的几家蛋糕店。

霍修拎着蛋糕回到家。怀澈澈正好洗完澡从浴室里出来,一下就发现了他手里拎着的蛋糕盒子,有些意外:"你看到我发的那条朋友圈了?"

"看到了。"

霍修想,她可能没想到自己也会刷朋友圈,现在眼睛瞪得好大,那样子好可爱。他笑着把蛋糕盒子递给她:"正好今天晚饭没做好,你再吃点儿蛋糕。"

怀澈澈走到他的面前时,不知道在想什么,半天才从他的手里接过蛋糕盒子,别别扭扭、慢吞吞地问:"那……你要不要一起吃?"

霍修本来想说,这蛋糕太小了,而且自己跑了三家店才买到仅剩的这么一个,还是都留给她吃吧,但他转念一想,她也不常邀请他一起吃东西,于是他又点头:"那我去洗个澡,出来我们一起吃。"

"嗯。"

霍修进了浴室,怀澈澈正坐在沙发上看着蛋糕盒子发呆,李月茹的电话就打了进来。去年李月茹没有和怀澈澈说"一定要回家"之类的,只是劝了几句,没劝动怀澈澈也就作罢了。但今年李月茹好像还挺坚持,怀澈澈说了好几次自己不想回去,还是没能回绝掉。

怀澈澈挂了电话之后，霍修也从浴室里出来了。她抬头看他："今年春节怎么安排？"

"看你。"霍修把蛋糕店送的叉子递给她，"我爸妈那边没事儿，主要是你想去哪边。"

其实那天怀建中打电话过来把怀澈澈气哭之后，霍修在当天晚上就接到了李月茹的电话。

当时李月茹的语气很温和。她问了一下怀澈澈到底是怎么回事儿，为什么住院，现在的情况如何？得知怀澈澈只是得了阑尾炎之后，李月茹也松了一口气，说自己要再和怀建中好好谈谈，先不去医院添乱了，麻烦霍修好好照顾怀澈澈。

过了半个月，霍修接到怀建中的电话，之后跑了一趟怀家，和老丈人喝了顿酒。两个男人借着醉意聊了一场，把很多事情聊开了。怀建中坦诚地说，虽然自己生气的时候是真生气，但冷静下来一想，觉得有霍修这样绵里藏针的人护着女儿也是一件好事儿。

"不知道为什么，我妈一直叫我回去。要不我们就回去一趟吧，正好我同我爸说，这套房子的首付我已经攒齐了，剩下的房款，我分期付款。"

怀澈澈宅在家里两三个月，也不是真就全靠霍修养着。她与蘅舟传媒解约后，几个平台的账号都回到了自己的手里，加起来几百万的粉丝。她每月接一条广告，收入就已不菲。

只是进蘅舟传媒之前，怀澈澈没接过广告，脸皮还很薄。所以每次接广告，她都觉得很不好意思，要在每个平台的评论区抽送一大堆的东西，搞得那群粉丝一看她接广告，比看她正常更新视频还高兴，评论区满是让她多接广告的呼声。

霍修看她捏着个塑料叉子却一直不动,干脆把蛋糕上面的那颗栗子送进她的嘴里:"好,那我们一起回去。"

大年三十那天,夫妻俩拎着礼物回到怀家。比起去年大包小裹地带一堆回来,怀潋潋今年已经算是没准备什么东西了。因为太久没了解怀建中的需求,怀潋潋只求无功无过,买了一个腰部按摩仪给他,当然也做好了被他说"这东西,我早八百年就买过了"这种不领情的话。

她做好了心理建设,勇敢地跟着霍修按响门铃,就见她爸过来打开门,仍旧是先招呼霍修:"来了,路上堵吗?"

"还好,爸,不怎么堵。"霍修把手上拎着的按摩仪递给老丈人,"这是我和潋潋的心意。我们希望您和妈妈新的一年身体健康。"

"哦,你们直接来就行了嘛,还带东西干什么?"怀建中嘴上这么说,实际上一接过东西便低头往袋子里看了一眼。

按摩仪的盒子上明明白白地写着"腰部按摩仪",怀潋潋心里"咯噔"一下,连换鞋的动作都跟着顿住。她想着万一情况不对,干脆连鞋子都别换了,自己扭头就跑。

怀建中也确实看着那个按摩仪的盒子沉默了下来,顿时整个气氛类似暴风雨前的宁静。怀潋潋下意识地抓住霍修的手,往后退了一步,就听怀建中僵硬地说:"哦,是按摩仪啊。正好,家里原来的那个前几天坏了。"

怀潋潋:"……"

虽然这不过是再正常不过的捧场话,但因为是从怀建中的嘴里说出来的,就让怀潋潋觉得特别不安。

我爸不会是年终体检的时候检查出什么毛病来了吧?——怀潋潋心里的第一反应就是这个。她忐忑地看了一眼旁边的霍修,整个手就被霍修笑着反握住了。

"澈澈挑了很久,生怕您不喜欢。"霍修感觉当下的怀澈澈就像一只受惊的土拨鼠一样,不趁着现在她愣神的时候把她抓住,可能自己一回头,她已经没影了。

怀建中看见怀澈澈这副反应,也没说什么,拎着东西说了一句"先进来再说吧",扭头就往客厅走。

半老的男人这辈子为了生意说过无数低三下四的话,这么多年来却是第一次捧女儿的场。刚才就那么两句话,他憋得背后都冒汗了,可想而知有多努力。

怀澈澈被霍修牵着,将信将疑地进了家门。好在之后一切正常,怀建中也没再和她说什么话,就同霍修聊之前宋氏对泛切电子的收购,说3C行业可能要变天了。

吃饭的时候,李月茹一如既往地给怀澈澈夹菜盛汤,怀建中也没像之前似的说什么"她又不是自己没手"这种扫兴的话,只是开了一瓶酒,和霍修小酌了起来。

李月茹问起怀澈澈离开蘅舟传媒也休息几个月了,来年有什么打算。问问题的明明是妈妈,怀澈澈却下意识地看了怀建中一眼,那忐忑又不安的小眼神把怀建中看得有点儿尴尬。

怀建中有些不自在地道:"你妈问你问题,你看我干吗?"

你说我看你干吗?怀澈澈先在心里对她爸吐槽了一句,然后小心又老实地回答妈妈的问题:"我还是想回去做建筑设计,正在考虑是找一家工作室还是再读个研究生。"

"一个女孩子家家的,天天下工地……"怀建中的这句话一出来,饭桌上的气氛顿时往下跌了三分。他抬头正好对上霍修的目光,到嗓子眼儿的话硬是转了个弯:"多辛苦。"

怀澈澈:"……"

估计怀建中也觉得自己的这个弯拐得太生硬，直接转移话题说："对了，这个年过完，你们结婚也要两年了吧？"

一旁的李月茹生怕他又说出点儿什么难听的，赶紧把话接上："这结婚两周年，你们不打算稍微庆祝一下？你们结婚那会儿，我们本来说要给你们办个盛大的婚礼，可你们说工作忙，硬是拖到了现在。年轻人还是要有点儿仪式感的，要不然先办个结婚两周年酒会怎么样？到时候把亲家公、亲家母也接过来，大家一起庆祝一下，就当给婚宴预演一下。"

怀澈澈听到怀建中不是向自己催生，先松了一口气，再一听李月茹的措辞，觉得这所谓的小型酒会就是类似于两家人聚到一起，喝点儿酒、吃顿饭。怀澈澈侧头与霍修对了个眼神，见他也不反对，便爽快地点头："好啊，你们安排就好。"

时间渐晚，怀澈澈和霍修还在客厅里看春晚，李月茹已经跟着怀建中回到了卧室。

"我今天说话够好听了吧？"这一晚上可给老男人憋坏了，"唉，真不适应。"

"好听好听！"李月茹笑着把卧室的门关上，"你看，你这不是表现得挺好的吗，不比之前和女儿一见面就吵强多了？"

怀建中没说话，算是默认。他往床的方向走了两步，又回过头："对了，那个酒会我来准备吧。到时候我打个电话给老贺，我们去他家的酒店办酒会好了。"

"老贺家的酒店？"李月茹的脑海中浮现出那家五星级酒店的模样，"这又不是婚宴，不用弄那么隆重吧？"

"我就是想隆重一点儿。你看看他俩，戒指没有，房子没有，婚礼也不办。"怀建中满脸不高兴的样子，"她前阵子还和姓萧的那小子闹绯闻，哪有一点儿结了婚的样子？"

李月茹知道怀建中看重霍修，却还是觉得怀建中替霍修生气的样子很好笑："'清官难断家务事'，霍修都没说什么，你倒是挺着急。而且我看他俩相处得挺好的，还用咱俩操心？"

　　"要的就是他俩相处得好，"老男人"哼"了一声，"到时候让那个姓萧的小子过来看看，叫他知难而退。"

　　怀建中和李月茹回卧室之后，客厅里又只剩下怀澈澈和霍修。

　　此时，霍修很自然地想起去年春节，怀澈澈跟着他回了霍家，到最后也像今天这样，沙发上只剩下他们两个人。当时他嫌那个房子冷，现在想想，其实冷点儿也没什么不好，至少房里一冷，她循着暖源就朝自己靠过来，而不像现在，新风送来源源不断的暖意，她穿着一身珊瑚绒的家居服，恨不得离他八百米远，抱着个抱枕缩在沙发的角落里。

　　两个人，一人坐在沙发的一边。霍修面朝电视，实际上余光和注意力都在沙发那头儿的怀澈澈的身上。

　　怀澈澈最近明显也有了心事，没有之前那么爱说爱笑了。有的时候一对上他的眼神，她还会逃开，而且还经常发呆。

　　就像现在，她以一只手托着下巴，手肘撑在沙发的扶手上。她看着好像在看电视，实际上瞳孔的焦距是散开的。

　　她在想什么呢？霍修很想知道，但又不知道怎么开口去问，只能偶尔往她那边看上一眼，看看她有没有回过神来。

　　而怀澈澈也确实好像感觉到他的目光，侧头往他那边看了一眼："怎么了？"

　　霍修轻不可闻地叹了一口气，朝她微微张开双臂："'小坏'，这个沙发太大了，你能不能靠过来一点儿？"

　　怀澈澈不知道是没把前后两句话的逻辑捋顺，还是头一回听见有人嫌她家的沙发大，呆呆地眨了眨眼，半晌才抱着抱枕好像有那么点儿不情不愿地往霍修的方向挪。霍修揽着她的肩把她往自己的方向又带了带,才终于如愿以偿地将她抱进怀里,然后低头就在她的眉心处先啄了一口:"今年的春晚好像不怎么好看。"

"是吗?"怀澈澈根本没看,只含糊地附和,"嗯,我感觉每年的都不怎么好看。"

"去年的挺好。"霍修说。去年的这个时候,怀澈澈蜷在他的怀里,两只脚就放在他的腿上,整个人瑟瑟缩缩的,好像一只小鹌鹑,可爱得不得了。

怀澈澈没听出他的言外之意,回想了一下,发现自己已经完全不记得去年春晚播了什么内容了,正蒙着,霍修已经低下头来,从她的眉心一点儿一点儿地往下吻。

"嗯……'霍羞羞'……"

小姑娘怕被父母听到,叫他的声音格外轻,轻到霍修不得不把耳朵凑过去,如情人般与她厮磨,才捕捉到她的这声"羞羞"。

一开始,他听到这个称呼会觉得很不自在,而现在,他只要听她这么一叫,整个心都要化了。他难耐地将她拥得更紧:"'小坏',是要拥抱还是要亲吻?"

怀澈澈本来想说,这可是在客厅,待会儿她妈要是下来倒个水,自己和霍修一起尴尬死。一扭头,怀澈澈又忽然想起海城时他用棉花糖给自己挖坑,然后喜提"羞羞"美名的小插曲。

"我都!不!要!"怀澈澈觉得自己长进不少,得意地朝霍修吐了吐舌头,"'霍羞羞',你的套路过时了。"

霍修一边用鼻尖蹭着她的脸颊,一边笑,用余光看到电视上的画面一切……

"接下来,让我们有请萧经瑜为我们带来……"

怀家父母回卧室之后,电视的声音被关得很小。"萧经瑜"这三个字一出来，怀澈澈还没注意到，霍修的动作就先顿了一下，而后霍修伸出手去，拿起茶几上的遥控器。

等怀澈澈注意到电视的时候，屏幕已经暗了下去。霍修一把将她从沙发上抱起，往楼梯口走："不看了，回房间吧。"

"哎哎！你这个人……"怀澈澈以为他真的要再拽着她回去"服务"一次，连耳根都涨红了，"大过年的，我过两天还要和我爸妈回老家呢，你让我睡个好觉行不行？！"

因为怕惊扰到父母，她质问的时候声音压得很低，话却说得快，咬字格外模糊，乍一听就像是小猫佯装发怒时的呼噜声。

脚下的步速不变，霍修稍稍清了清嗓子："我觉得以你的速度……应该不会占用睡眠时间。"

怀澈澈："……"这个"霍羞羞"真的！很！过！分！

"你你你！"怀澈澈想说"你也没多厉害"，但仔细一想，自己手头儿根本没有数据支撑这一论点，只能撒泼耍赖，"你嫌我快！"

霍修听见她说这句话的时候，有种他们俩好像拿错了剧本的感觉。他忍着嘴角上扬的冲动，重新俯下身去吻她："没有，不论你怎样，我都喜欢。"

怀澈澈刚想说"你现在是真不要脸了"，但这带着羞怯的气还没支撑到一分钟，就完全在霍修的深吻中融化了。她感觉自己像一只由生迅速转熟的虾，再使不出一点儿力气来反抗。

"'羞羞'……"

零点的那一刻来得猝不及防，怀澈澈几乎无法分辨远处的烟花声与手边手机的振动声哪一个先来。她愣了一下，没从快意中回过神来。霍修却抬眸，先捕捉到了她的手机屏幕上那条蓝色鲸鱼的踪影。

霍修知道,如果说刚才在客厅里,算是和萧经瑜巧遇,自己尚有回避的余地,那么现在这个掐准了跨年时间打来的电话,就如同在逼仄小巷中萧经瑜迎面而来,自己避无可避地与其正面碰撞。

换做平时,霍修会让怀澈澈接电话,就像之前的无数次一样。

只是两年时间,他那源于理性的克制无时无刻不像紧绷的缰绳一般,死死地牵制着那几分属于人类的感性和冲动。他以为自己可以完美地撑到两年期限的最后一天,直到现在才发现,其实自己早已精疲力竭。现在属于他的倒计时已高悬于顶,每一秒钟都弥足珍贵,他再也没有了假装大度的余地。

而怀澈澈已经被撩拨得不知东南西北,过了好几秒才勉强反应过来,房间里的手机在振动。

她的手机刚刚是被她拿在手上的,霍修把她抱上床的时候,手机也一起被带过来了。她在躺下的时候没注意手机被自己随手放在哪里了,现在也不知道手机去哪儿了。她想循着振动的声音把手机拿过来,奈何直不起身,只得伸出手去探。

"是……是我的手机在振动还是你的?"

看着怀澈澈伸出手去找手机,霍修有一瞬间的恍惚。

"'小坏',现在是我们的时间……"电光石火间,霍修听见那条缰绳勉强地维系着两端的最后一缕丝线终于因支撑不住而断裂的声音。他伸出手,将怀澈澈伸出去的手拦截在半路上,手指从她的指缝间滑入,以十指相扣的姿态将她的手压回床上:"不要分给别人,好不好?"

第二十一章
我不喜欢你了

萧经瑜从最后一次春晚的舞台上下来,给怀澈澈打电话的时候正好是零点。对,是"最后一次"。年前对上一年的第四季度核算业绩,他甚至是超额完成了对赌协议上的要求。之后的一些行程,只是因为这些工作是之前早已安排好,他不得不去完成罢了。

萧经瑜赢了,终于如愿以偿地得到了千星娱乐的股份,马上就可以告别舞台。包括胡成在内的团队成员因为有高额分红,最近都是满脸喜气洋洋的,回公司见人就祝新年好。公司那边也很高兴。毕竟在这五年里,萧经瑜给公司创造了一个业绩奇迹,相比之下,那点儿股份已经算是以小换大了。

萧经瑜感觉整个世界就好像只剩下他自己笑不出来。他听说怀澈澈离开了蘅舟传媒,又过上了随缘拍视频的日子。

萧经瑜还记得他们刚和好的那一阵,她已经开始拍视频了。

那时候的怀澈澈每天既要上课，又要做作业，还要剪辑视频，非常忙碌，却仍然好像与他有说不完的话。有的时候他录完一个节目下来，微信里已经堆了几十条怀澈澈发来的消息。

按理来说，她现在应该比留学的时候要更有空儿，却已经不知多久没有主动给他发过一条微信消息，打过一个电话了。他假装不在意，偶尔问她在忙什么，得到的答复也是"没忙什么"。

她不想说，萧经瑜也不擅长缠着问，日子这么一天天糊涂地过。直到前几天，他才想起，去年的除夕夜，他们第一次没有打着电话一起跨年，所以今年提早几天，他就开始惦记着这件事儿了。

萧经瑜有很多想同怀澈澈说的话，譬如想告诉她，自己对赌赢了，有时间陪她到处走一走、玩一玩了；想告诉她，自己再也不走了，有时间好好地陪在她的身边。

这些话，他早就不用临时酝酿，已经在心里翻来覆去装了好多年。他一直期待着能同怀澈澈说出这些话的那一天，也在脑海中无数次预演过那一刻的画面和怀澈澈的反应。

"'鲸鱼'！"胡成不知道萧经瑜推了春晚倒计时的环节，刚才还准备上台去找萧经瑜，找了一圈才知道这个"祖宗"已经回休息室了。但想到马上要从这个朝夕相处的伙伴的身边卸任，胡成还挺唏嘘，对萧经瑜也没了脾气。

推门进休息室，胡成看见萧经瑜在打电话，但脸色并不怎么好看。胡成自觉地没说话，却见萧经瑜抬眼朝自己看了过来。

萧经瑜问："要走了吗？"

"啊，还不急，我就是先过来提醒你一声。你再打电话的话，就先打吧。"

这次的春晚，萧经瑜在快结束的时候才上台，胡成所订机票的出发时间自然也晚。

"胡哥……"

胡成准备转身往外走的时候，又被萧经瑜的这一声给拦了下来。胡成回过头来。萧经瑜已经把手机收起，站起身来，看着胡成的眼神有些迷茫："你说，除夕夜的零点，她不接电话，是为什么？"是因为去年除夕夜自己没打电话给她，所以她忘记了以前的除夕夜两个人都会通电话吗？还是因为有别的什么事儿，比如在陪父母看春晚不方便接电话？

胡成原本要走过去，一听这话，脚步停在了原地。他总算知道萧经瑜为什么推掉了春晚最后倒计时的环节。只是萧经瑜所问的这个问题的答案确实残忍，残忍到胡成能完全理解萧经瑜不想去面对的原因。

怀澈澈的手机还在不断地振动，从响起的那一刻开始，就一直持续不断。怀家这一片区域有爆竹限放规定，刚刚在跨年的瞬间，附近有人冒着风险偷放了几串爆竹，现在外面的声音落下，室内、室外陷入一片死寂，也让房间里手机的振动声显得越发清晰，越发急促。

她的触觉被霍修"占领"，整个人好像泡在温热的池水里，而在沉沉浮浮之间，她的听觉也变得时灵时不灵。手机的振动还在持续，嗡鸣一声接着一声，如同完全失去了耐心的人在狂按门铃。

此时，萧经瑜到达机场快一个小时了。飞机因为大雪晚点，而他坐在候机室里做的唯一一件事儿，就是不断地给怀澈澈打电话。别说旁边的胡成没眼看，萧经瑜自己也觉得自己此时此刻真的像个疯子，但就是忍不住。

从零点的那个电话无人接听开始，萧经瑜就已经忍不住去想：

怀澈澈到底在做什么？是不是和霍修在一起？她是不是忘了今天是什么日子？明明以前不管多忙，自己和她都会在跨年的时候通电话，她现在到底是怎么想的？……

手机的等待音还在持续，就在萧经瑜以为这个电话也会无人接听的时候，手机那边终于传来了他熟悉的声音。

"'鲸鱼'……"

"怀澈澈，你到底在干吗？一个小时了，不接电话，你睡着了吗？！"萧经瑜的情绪一下子如同火山喷发般爆发出来，"还是你和霍修在一起呢？我是不是打扰到你们浓情蜜意了？"

这话一说出来，萧经瑜就已经做好怀澈澈骂自己有病，两个人又会吵架的心理准备，但他听到的不是怀澈澈的怒吼，而是一阵沉默。

萧经瑜打破沉寂："你怎么了？"为什么不说话？为什么不骂我？像以前一样骂我有病啊，解释啊……

"'鲸鱼'，抱歉啊，我没接你的电话。"好半响，怀澈澈才重新开口，语气中听不出丝毫不快，甚至比平时还要柔和两分，"那个……我想和你说件事儿。"

萧经瑜坐在暖意融融的候机室内，却感到一股凉意忽然从脚底升起，将他牢牢地缠住，定在椅子上。他所有的情绪顿时扑了个空，像人快速下楼时忽然踩空。一瞬间，他的怒气没了立足之地，取而代之的是忽然袭来的巨大而猛烈的不安感。

"我……"

"澈澈，"萧经瑜本能地快速打断她，"你先别说好吗？你先别说……"

这些年，他一直只顾着往前跑、往高探，现在猛地回头一看，才发现自己早就站在了悬崖边。不见底的深渊与黑暗，早已不知窥视了他多久。

他的声音，再也无法像刚才那样高昂、激烈，好像被抽空了气的气球，落回了地面上，在寒风中微微颤抖："你等我回去！我马上就回去了。你再等我一下，我们见一面……澈澈……"

怀澈澈认识萧经瑜这么多年，还没听到过他以这种语气说话。他是真的慌了。

也是，她有多了解萧经瑜，萧经瑜就有多了解她。估计她一张口，他就知道她想说什么了。虽然她觉得，见不见面不太重要，但萧经瑜既然想见面再说，那见一面也行。

"好，那你回来再说吧。"

放下电话，怀澈澈抬头就对上霍修的目光。他看起来已经从浴室里出来了一会儿，就站在浴室的门口，头发湿漉漉的，正往下滴着水。

可能是看她在打电话，他没有说话，也没有上前。直到她开玩笑地问他是不是洗澡洗傻了，他才拿起挂在脖子上的毛巾开始擦头发。

"对了，"怀澈澈走到衣柜前拿自己的换洗衣服，忽然想起什么，回头道，"我过两天可能要和萧经瑜见一面，说点儿事情。"

她是在报备。换作往常，霍修同意了之后也就没下文了，但是今晚，他忽然有点儿得寸进尺："要说什么？"

怀澈澈愣了一下，好像没想到他会这么问似的，定定地盯着他看了一会儿，才扭回头去："不告诉你。"

只是萧经瑜说是过两天回来，却在整个春节假期都没有联系过怀澈澈。不仅如此，怀澈澈主动给他发微信消息问他什么时候回来，也没有收到他的回复；给他打电话过去，也没有人接听。

二月底,萧经瑜要开告别舞台演唱会的消息一出,微博上吵炸了锅。萧经瑜的粉丝哭的哭、气的气,超话的帖子刷得快到来不及看。就这样闹腾到三月初,粉丝才总算将将消停,抹着眼泪说买票来支持他的最后一场演唱会。

"演唱会我们定在六月底吧,正好暑假,大学生有空儿来。"

"好。"

"你最后一首新歌的 demo(录音样带)已经出来了,是找人填词,还是你自己来?"

"我自己来。"

千星娱乐总部的会议室里,胡成和萧经瑜在商量最后一场演唱会的事宜。胡成点了点头,低头整理了一下凌乱的文件,才开口:"你还是多注意身体吧……"

萧经瑜身上的那股酒气,胡成隔了两个座位还闻得到。再看萧经瑜的黑眼圈,像这个人长期作息失常,已经昼夜颠倒了似的。

"爱情诚可贵,健康价更高啊。"胡成苦口婆心地劝,"你不睡觉、光喝酒买醉有什么用?"

"我知道,"这些道理,萧经瑜都明白,"但我怕我不喝酒,就直接疯了。"

他最近的焦虑情绪已经快要拉到顶了,尤其在空闲的时间骤然增多之后。突如其来的大量空闲时间,他不知道要如何去填充。在没有工作的日子里,他的身体放松下来了,大脑就在不断地循环播放跨年夜的那个电话。

怀澈澈在电话里向他说抱歉。她的语气让他想起大一那年,她留学前说与他最后一次告白,所以他急急忙忙地打断了她,拖延到之后见面再说。虽然谁都清楚,拖延时间毫无意义。

"唉……你想开点儿吧。"胡成看着萧经瑜的样子,也有些于心不忍,但说真的,除夕夜打了一个小时才被接通的那个电话,其实已经足够说明一切了。胡成觉得,如果自己是萧经瑜,可能根本不用怀澈澈说出那句话,就已经自觉地选择黯然退场了。

萧经瑜没说话。胡成又从旁边的文件夹里抽出一个东西放在萧经瑜的面前:"对了,我这里有个……呃,说是给你的。"

萧经瑜抬头,就见那是一个粉红色的信封。信封很漂亮,上面的烫金的玫瑰花纹经过精心设计。在这样的颜色搭配下,这个信封也一点儿不显俗,只让人觉得贵气逼人。

萧经瑜拆开信封,看了一眼,发现里面是一张邀请函。邀请函上写着:怀澈澈与霍修结婚两周年纪念酒会。

怀澈澈从她爸让她选一件小礼服的时候,就开始感觉到有点儿不对劲儿。两家人一起聚一聚、吃个饭,需要这么隆重吗?事实证明,她的预感没错。

五星级酒店,巨大的会场,甜点、糖果和其他美食摆满整个西式长桌,会场中间高高叠起的香槟塔与棚顶的水晶吊灯"势均力敌"。

怀澈澈穿着一件粉红色的露肩小礼裙,下部层层叠叠的纱形呈蓬松的裙摆,设计得像玫瑰花苞。

年前怀澈澈剪了头发,现在头发刚好及肩。她的头发本来就多,剪短后更显得蓬松,刚才发型师帮她抓了半天,好容易才编出一个发型来,然后用两只白蝴蝶发夹往上夹好。

她整个人看起来就像一朵行走的粉玫瑰,又甜又嫩——如果她不说话的话。

"我爸到底想干吗?怎么不干脆搞几个热气球满城撒传单呢?!烦死了,待会儿我要说错了话,他又要回去骂我!"

怀澈澈是真没想到，这场庆祝结婚两周年的酒会会搞得这么大，估计她爸是把自己所有的亲朋都给惊动了。她刚进门的时候，看到张跃跟在他父亲的身边，一见她进来，像只大马猴似的就冲过来了。

怀建中怎么这么高调啊？她不就是结个婚吗？不就是两周年吗？当时她和霍修没办婚礼，看来是真把这老头儿憋坏了！

"没关系，我来。"霍修今天为了与她搭配，穿了一套浅灰色的西装，布料挺括，剪裁合身。里面的马甲上牛角材质的扣子经过打磨，散发出类琥珀的色泽。除此之外，他的领带上还夹了一个粉色的领带夹。这一身明明应该是略显浮夸的打扮，偏偏被他整个人的气质压得很好，给人一种春水般的温润感。

霍修也不知道老丈人到底想干什么，毕竟怀建中没提前和自己通过气儿。霍修只能以一只手牵着怀澈澈的手，将不愿意应付这种场合的小姑娘护在身后，以另一只手拿着酒杯，与主动走过来向两个人道贺的宾客客套寒暄。

但很显然，怀建中的野心远不止于此。怀澈澈这边跟着霍修，招呼都应不过来，一侧头，就见门口的方向不知何时出现了一个熟悉的身影——萧经瑜。

失联了一个多月的萧经瑜总算现了身。他一身白衬衫、黑西装，眼底的黑眼圈比起他在去年五月开演唱会时的要更深，那面无表情的样子，好像他对这个世界上的万事万物都不感兴趣，就连眼角的弧度都显得犹如死水般寡淡。

霍修循着怀澈澈的目光看去，顿时也感到有些意外。他大概明白怀建中的用意，却又因为老丈人太瞧得起自己而感到有些难堪。

在场的很多与怀澈澈平辈的亲友知道她和萧经瑜之间的关系。

当萧经瑜出现的时候,喧闹的大厅里罕见地静了静。唐瑶赶紧循着味儿就来了,与怀澈澈咬耳朵:"我的天!萧经瑜怎么来了?!是你把他请来的?"

"怎么可能?!"

恰逢此刻,霍修松开她的手去旁边的长桌上拿酒。怀澈澈摇头,一边用余光看着萧经瑜往另一个方向走去,一边和唐瑶说:"他应该是我爸请来的吧。"

唐瑶非常震惊:"你爸这真是看热闹不嫌事儿大。怎么了,近距离三角恋、狗血爱情连续剧,主演是亲女儿?"

"你嘴上积点儿德吧。"怀澈澈清了清嗓子,在这生死关头,看着却有几分轻松,"祝我好运,唐小瑶。"

唐瑶:"啊?"

之后,来小两口儿面前祝他们恩恩爱爱、长长久久的宾客络绎不绝。怀澈澈偶尔往角落里看上一眼,就能看见萧经瑜一直坐在那儿,好像来的不是酒会,而是酒吧。谁与他搭话他都不理,也不主动和别人说话,只是一杯接着一杯地往嘴里灌酒。

好不容易和在场的来宾都简单地说过了话,社交部分总算告一段落,怀澈澈悄悄地松了一口气,侧过头和霍修说:"我去换一下平底鞋。"

她平时本来就很少穿高跟鞋,今天为了整体搭配好看,穿了一双跟高十厘米的"恨天高"。这双鞋空有一副美丽的皮囊,却没有舒适的内核,而她穿着它还得全程站着同客人微笑、打招呼。

霍修牵着她的手的那只手紧了紧,半晌才无比眷恋地松开:"好,你去吧。"

但怀澈澈并没有回两个人在一楼的休息室去换鞋。从霍修这边离开之后,她直接穿过人群走向二楼。

二楼的休息室外有一条很宽的走廊，萧经瑜就按照刚才她通过微信发给他的位置，坐在走廊的沙发上。怀澈澈走过去，在他的面前站定："'鲸鱼'，我们谈谈。"

"谈谈……行啊，谈什么？"

怀澈澈从他抬头那一下，就能明显地看出他的醉态。他放下酒杯，抬起手想牵怀澈澈的手，奈何醉眼看人，距离估算出现大偏差，他的手只抓了一把空气，便颓然落下。

他有些口齿不清，像是在和怀澈澈说，又像是在自言自语："谈从你离开江城开始，你就没有再主动给我打过一个电话、发过一条微信吗？"

萧经瑜坐在沙发上，将整个后背连带脖颈都向后靠在靠背上，眼睛里映着水晶吊灯支离的光，本来应该有焦距的瞳光却是涣散的，仿佛已经被风化，濒临破碎。

"你生我的气了对不对？因为我让你等太久了，因为我让你受伤了。对不起……"

那天收到怀澈澈和霍修结婚两周年酒会的邀请函，萧经瑜的第一反应是不去，但后来回到家，萧经瑜又改了主意，觉得自己这样逃下去毫无意义。

萧经瑜已经好久没有和怀澈澈见面了。他想她，想见她，想得要死，想得发疯。

"澈澈，我一直没有和你说过，其实我们第一次相遇的时候，在海城的酒吧里，我就已经很喜欢你了。只是我觉得我和你之间差距太大了，觉得我凭什么……"

萧经瑜觉得自己的眼睛有点儿花，把怀澈澈粉玫瑰样式的裙摆都切割成了好多片，好像整个人坠入了万花筒中光怪陆离的世界。

"我知道我错了。我让你受了很多委屈,让你等了我太久,对不起。澈澈,对不起。现在对赌已经赢了,我有时间了,可以好好陪你了。你再给我一次机会好不好?求你……"

"都过去了,'鲸鱼'。"

看着眼前的人狼狈的模样,怀澈澈心里的感觉很复杂。毕竟从怀澈澈见到萧经瑜的第一眼就被他所吸引。他虽然只是在一个小酒吧的舞台上卖唱,但他的那双眼睛里透出来的是宁折不弯的傲气,令他整个人坐在灯光暗淡的酒吧里仍然发着光。

那时的怀澈澈还没见过这种人,连打工都打得这么趾高气扬。她自然而然地对他产生些许好奇,向旁边的酒保打听,得到一句"他可傲了"的评价。

后来在她与萧经瑜的相处中,这句评价得到了无数次印证。她知道他很穷,但他从来没有在她的面前表现出贫穷所带来的畏缩与吃力。哪怕是在"小四川"做服务员的时候,他也总是云淡风轻。有时候她请室友去"小四川"吃饭,顺便看看他,他总说这家店的客人不多,自己干得很轻松。

"过去了?"萧经瑜看着眼前的人,好像没听明白她的意思,"什么叫过去了?你是说我们过去了吗?"

"难道没有吗?"怀澈澈也看着他,平静地反问。

那些年,他们都是情窦初开。怀澈澈从小到大经常被男生追着跑,却没喜欢过谁,第一次爱上一个男人,就是萧经瑜。

她喜欢萧经瑜身上的那种人穷志坚的骨气,觉得他和所有人都不一样。他清高、脱俗,不是池中物,遇到坎坷仍不坠青云之志。

她觉得自己这辈子都不会面对另一个人像面对萧经瑜时这样心动了。所以明明他们不是恋人关系,明明萧经瑜从来没有给过她一个正面的回应，她嘴上也说两个人不是男女朋友，自己随时可以去找其他男生，实际上却是被自己禁锢，是在画地为牢，把自己圈在这段只有自己在付出的感情中。

那时候，她觉得这就是爱，爱就是隐忍不发、关心则乱的。她觉得这就是爱唯一的模样，就像是她爸对她一样。可能男人都是这样吧，不善于表达——那个时候的怀澈澈这么想。

直至两年前她和霍修结了婚。另一个男人强行地打开她封闭的自我，走了进来，用他所有的隐忍、耐心和爱告诉她，爱不是那样的。他不怕疼地把她这个浑身是刺的"仙人掌"高高地捧起，放到了凌驾于自己之上的位置，甚至不舍得对她说"不要"，就这样一点儿一点儿地用时间和心血将她所有的刺软化。他好到有时候她都想良心发现地劝他一句：你太辛苦了，不用这么完美也可以。

终于，在那个万籁俱寂的除夕夜，他向她说出了第一句"不"。当时，他凝视着她，等待着她，顶灯的光落不进他的眼底，令他的神色看起来无比落寞。他的样子，就好像他知道自己说了一句让别人为难的话，做了一件不可为之的事儿，但情绪使然，他不得不说，不得不做。

怀澈澈终于感觉到霍修那完美的表壳下汹涌的血液、鲜活的灵魂与她的碰撞到一起。她不知道当时他的内心有多么煎熬才使得情绪终于外露出来，只知道他即便在情绪的支配下，仍旧温和谦卑，仍旧把选择权交到她的手上，就像是他们相处的所有时光中的那样。

一字不提爱，无处不是爱。爱也许确实不用说，但一定是可以让对方感觉得到的。如果一个人的爱根本让你感觉不到，甚至让你经常会在心里说出"他没有喜欢过我"这种丧气话，让你的心永远不安,让你变得胆小怯懦……那么,这样的爱,不如不要。

这是霍修花了两年时间,用他的爱一点儿一点儿地教会她的。

"我喜欢你的时候才十八岁,"怀澈澈说,"但是'鲸鱼',人不可能永远都是十八岁。"

她的语气、神态都很平和、冷静,没有泄愤的意思,更多的是在陈述一个事实,但在萧经瑜听来,她的每一个字都透露着想要与他再无瓜葛的冷酷。

他的喉头一紧,上眼皮微微发抖,连带着睫毛开始不住地轻颤,而他仍旧死死地盯着怀澈澈,想要看清楚这一刻她的眼神和表情中是不是有那么一丝伪装的痕迹。

但是没有,怀澈澈的眼底没有任何伪装的神色,甚至那几分陌生的从容与坦然,让他在恍惚间,看见了另外一个男人的影子。

"是因为霍修吗?"借着酒精的力量,情绪卷土重来,巨大的无力感令萧经瑜开始变得急切,"你是不是爱上霍修了?所以你明明之前几个月不给我打一个电话,现在急着要我出局了就一个接一个地打给我,问我回来了没有……"

"萧经瑜,你有点儿良心吗?"

怀澈澈的情绪终于出现一丝波动。她深吸一口气:"我和谁结婚,我和谁过日子,按理来说不用通知你吧,毕竟咱们只是'普通朋友'。我只是觉得这件事儿应该与你说一声,才一直问你的。"

"不是……"萧经瑜知道她介意他们的关系被定性为普通朋友这件事儿。他想解释,说两个人是普通朋友有很多方面的因素,比如他作为艺人在羽翼未丰之前,公开恋情可能会让她遭受舆论的冲击;比如他只是想等到自己有足够的实力之后,再光明正大地宣布他们的关系。

"可是你不是和我说好等两年的吗?"在急迫与无措间,他脱口而出的却是另一个问题,"我好不容易才赢了对赌。澈澈,你不要这样好不好?"

长久以来支撑自己前进的支柱开始出现裂痕,萧经瑜犹如置身于马上就要塌陷的空中楼阁中,恐惧、慌乱、懊悔……所有的情绪涌上脑海。

"对不起……我不是真的拿你当普通朋友。我以为你知道……"他的眼变得比刚才还要模糊,酒杯被他捏在颤抖着的手里,指关节因他太过用力而泛白,眼神中带着悲恸和祈求,"澈澈,对不起,对不起……你不要喜欢他好不好?对赌已经赢了,我不会再害怕承认自己喜欢你了。你再给我一次机会……"

怀澈澈不是不知道他的苦衷,要不然也不可能像个傻子一样等了他这么多年,但现在她更清楚的是,无论多么冠冕堂皇的理由,那些被蹉跎的岁月都已经过去,被消耗的感情再也回不来。过去的终究都已经过去了,"对不起"是换不回"我爱你"的。

"你和我说好了的。你不能这样对我……你不要这样对我好不好?"

曾经铁骨铮铮的男人的眼眶仿佛被火灼烧般通红。他努力地伸手往前够了一下,终于将怀澈澈垂在身体两侧的手抓住,紧紧地攥进自己的手里。

他的掌心全是汗,一片湿热。他说话时咬字极为艰难,有时只剩气声:"我知道错了,我会改的。我不会再忽略你了,不会再让你等我了。这次换我等你好不好?我也等你七年,七年之后你回到我的身边好不好?"

那些嵌入皮肉、打进骨血里的自尊和骄傲,伴随着他的溃败散落一地,如同从鱼身上被拔下的鳞片,每一片的根部都残连着血与肉。从他口中说出的话,字字句句,痛彻心扉。但等待他的,是怀澈澈一声短促的叹息。

这毕竟是自己结婚两周年的会场,她把声音压得很低,话说得又轻又快,就像一柄小小的匕首,在手起刀落间快刀斩乱麻:"有必要吗?'鲸鱼',我已经不喜欢你了。"

茫然间,萧经瑜又想起了他们的曾经。大一那年,怀澈澈想尽了办法与他套近乎,去他从图书馆回寝室的必经之路上堵他,或者翘课来看他上体育课,就为了给他送一瓶水。

当时萧经瑜的班里有一个男同学也很喜欢她。那个男同学每次看见怀澈澈来找萧经瑜,都会酸溜溜地说上一句:"怀澈澈,你还真是喜欢萧经瑜啊。"

"喜欢啊!"怀澈澈每回听到有人这么说,都会光明正大地承认,顺便送上一个白眼,"我就是喜欢萧经瑜啊,要不然我来干什么?总不能是来看你的吧?!"

是啊,她一直是这样,清明澄澈,敢爱敢恨,喜不喜欢从不遮掩,所有情绪都光明正大。她给人的感觉,是清澈而又热烈。

但现在她说不喜欢他了,没有转圜的余地了。他再也不会听到她说喜欢他了。萧经瑜身上最后的一丝力气也被这句话抽空,他只能任由她把手从他的手中抽了出去,自己却好像断了线、失去控制的木偶人,手仍旧保持握着什么东西的姿势,收不回来。

他这七年来,到底都在做些什么呢?金钱、名气、地位——他追逐了这么久,而直到失去她的这一刻,他才后知后觉地意识到,被她喜欢才是他这辈子能遇到的最好的事情。

"那……我走了。你好好保重,祝你前途无量。"怀澈澈就这么一直看着萧经瑜掉眼泪也挺不自在的,毕竟她不会哄人,也没必要哄他。

怀澈澈想着刚才自己可是骗了"霍羞羞"才溜过来的,得赶紧回休息室换鞋了。刚转身,她就看见霍修拿着一杯酒,站在正对着这一小块休息区的楼梯口。他的身体犹如被冻在原地般僵硬。他神色落寞地望着她,手一动未动,酒杯中金色的液体却不住地泛起涟漪。

第二十二章
他终于爱上一个人

霍修怎么会过来？之前她观察了好久，半小时都没一个人往这犄角旮旯走啊！怀澈澈的心里"咯噔"一下，坏了，骗人被发现了。

而霍修对上怀澈澈心虚的目光，就连想露出以往面对她时脸上习惯性地挂起的笑容，此时都变得艰难。他其实是知道的，怀澈澈每次说谎的时候他都知道。

有的时候霍修都搞不清到底是因为自己太关注她，还是她太不擅长隐藏自己的情绪。她的喜怒哀乐总是写在脸上，就连那一点儿心虚也是藏头露尾的。

但是他能怎么办呢？他没得选。就像刚才怀澈澈同他说去换鞋的时候，他不可能握着她的手不松开，告诉她别去。即便他知道她是要去与萧经瑜见面，也总想留住彼此最后的体面。

"霍修，你这么快就下来了？澈澈不在上面啊？"

霍修走下楼梯的时候，脑海中几乎是一片空白的，但当他迎上到处找不到女儿的李月茹时，仍旧本能地选择帮怀澈澈隐瞒："嗯，您别急，我再去其他地方找找。"

霍修不觉得不公，也不觉得委屈。这一切本来就是他强求来的，本就是一场赌，输赢自负。他宽慰自己说，既然愿赌，就要服输。

等怀澈澈追到楼梯口的时候，霍修已经往另外一边的休息室的方向去了。她是真的恨啊，恨这该死的"恨天高"。刚才在一楼地砖路面上走动时她就已经觉得够难受的了，现在到了二楼，走廊上的地毯特别厚，她连穿着高跟鞋站着都特别累，而且估计是把脚磨破了，现在她每走一步都感觉钻心地疼。

李月茹看着女儿一瘸一拐地从二楼下来，联想到刚才霍修的话，顿时有点儿蒙："刚才你在二楼啊。我让霍修找找你，他说没找到……"

"我在厕所，他没看见吧。"怀澈澈抿了抿唇，躲开妈妈疑惑的眼神，"我和霍修刚才都喝了好多酒，我们现在去休息一下。待会儿爸如果找我们俩，你和他说一声。"

李月茹似懂非懂："好，你们去吧。我刚才看霍修的脸色是挺不好看的，你好好照顾他。"

"好。"

怀澈澈咬着牙、忍着疼走到刚才霍修进入的那间休息室。她推门进去的时候，霍修正背对着门口看着窗外，手边的实木小茶几上放着已经空了的酒杯。

窗外火树星桥，流光溢彩，那是属于城市独有的无声的喧闹。房间里的顶灯亮着，原本温馨的暖黄色却将窗前的男人衬出一种别样的孤独感。

怀澈澈愣了一下,房门自动闭合,发出一声轻响。这声响惊动了霍修。他回过头来,看见来者是怀澈澈的时候,先是意外,后又了然:"来换鞋?"

她这才想起自己的脚还在疼,走进去在床边坐下,含糊地"嗯"了一声:"'霍羞羞'……"

你能不能别这么叫我了?——霍修真的很想这么说。他真的很擅长自作多情,所以不要再让他误会了,不要给他这点儿好脸色,不要再让他觉得自己有希望。

但明知是饮鸩止渴,霍修还是忍不住想要再多看她一眼。怀澈澈坐在床边,微微地仰起脖子,睁着一双大眼睛,好像知道自己很可爱一样,对着他眨了好几下眼睛,才慢吞吞地说:"我的脚好疼。"

"是不是脚被磨破皮了?把鞋子脱掉看看。"他将手插在西装裤的口袋里,已经在她看不见的地方握成了拳,"洗手间里有一次性拖鞋。"

"哦……"

怀澈澈俯下身,非常敷衍地拨弄了几下鞋扣的位置,又抬起头来看他:"我解不开。"

她又在说谎。霍修一眼就看穿了她拙劣的小谎言,却还是在看见她通红的小脚趾时,在她面前蹲下身来。

他脱掉外套,但没脱马甲,尺寸合适的浅灰色马甲无比精准地勾勒出男人腰部微微内收的线条。在他蹲下的那一瞬间,雪白的衬衣仿佛也一下有了灵魂,被他那副饱满而精壮的身体严丝合缝地填满。

怀澈澈配合地把脚抬起来,看着霍修轻易地把她的鞋扣解开。这双鞋看来确实非常不好穿,不光是小脚趾通红,她的大脚趾上也有一道明显的勒痕，趾端甚至已经泛起了白，那是血液流通不畅造成的。

如果是之前，霍修肯定会帮她消毒、上药，贴上创可贴，然后把这双金玉其外、败絮其中的破鞋子扔掉，但毕竟此时两个人的关系变得有点儿尴尬，他把她脚上的两只鞋都解开扣子脱下来之后，只把鞋子整齐地摆到一旁，就再没了动作。

怀澈澈知道自己理亏，声音又轻又软："你别生气……"

"我没生气。"霍修的声音也很轻。他说话的时候好像才刚刚回过神来，站起身从洗手间里拿出拖鞋放到她的面前。

"没生气？"怀澈澈重复他的话，又微微地噘了噘嘴。

"我只是不甘心。"不知道是因为清楚两个人以后再也不可能像今天这样在一个房间里独处交谈，还是眼看着事情到了自己预期中最坏的结局，霍修此时好像对什么都意兴阑珊。

他记不起上一次自己的情绪像这一刻一样低迷已经是多少年前，但此刻这种负面情绪让他已经没有余力去控制自己的理智，控制自己说出得体的话。

"我已经使尽浑身解数了，但还是没能改变结局。"他看着怀澈澈穿上拖鞋之后，才起身往后退了一步，垂眸看她，"前天晚上我做梦，梦到我自己变成萧经瑜了，是不是很可笑？其实我自己都已经在潜意识里觉得你最后选择的不会是我。"

这是霍修第一次在怀澈澈面前坦然地说出这些话，袒露自己的负面情绪。他的不甘、不服、嫉妒，还有被捂了太久已经开始溃烂的不安，就像是一团在空中酝酿了许久的积雨云，终于向大地降下狂风暴雨。

而面对突然降落的又急又密的雨点，怀澈澈在第一时间的选择却不是躲起来或撑起伞，而是站在地面上，替这雨、这云觉得痛快。

她知道自己没资格和霍修说什么"这种话你应该早点儿说"，毕竟他的这番话，但凡在她还没有真的喜欢上他的时候说出来，在她听起来肯定不是现在的味道。她还没有那么不知好歹。

但当霍修说梦到自己变成萧经瑜的时候，怀澈澈才是真的感觉一直悬浮在空中高高在上的大佛落回了地面。他不再具有无喜无悲的佛性，变回了有血有肉、会悲伤、愤怒、遗憾、痛苦的普通人。这样就很好啊，一直把想说的话憋在心里很累吧。

大概是感觉到怀澈澈目光的变化，霍修意识到自己失态了。他深吸了一口气，缓缓地从她的身上移开目光，侧头看向窗外，试图让外面的黑夜帮助自己找回冷静。

沉默在房间里发酵，空气仿佛凝固了，霍修于不自在间，忽然很想抽烟。他知道怀澈澈不喜欢烟味儿，所以烟已经抽得越来越少。现在他差不多没有烟瘾了，再不会随身带着烟和打火机，虽然此刻很想找一支烟来，但又不想主动离开，只能干忍着。

半响，怀澈澈才撇着嘴说："还好你没变成萧经瑜……"

她不会哄人，是真的不会哄。她和怀建中不愧是一脉相承，骂人的时候伶俐得很，到了哄人的时候就变得笨嘴拙舌。

以前萧经瑜心情不好的时候，她也不知道该说点儿什么，要么一声不吭地跟在他的身边，要么买几包她最近喜欢的小零食给他——为了不伤到他的自尊心，她基本不敢在他的身上花什么钱，即便知道他有需求，也在他的面前绝口不提。

霍修就不一样了。怀澈澈刚才在走过来的路上绞尽了脑汁，也没想出他会有什么物质上的需求。走到休息室的门口时，她犹豫了两分钟，没想好要说什么，最终还是决定想不出就不想，进去再说。

老实说，刚才她在拨弄鞋扣的时候，脑袋里还没什么思路，但到了这一刻，她好像来了一点儿感觉。她伸出手去抓住了霍修的手，接上自己刚才没说完的话："要不然我就不喜欢你了。"

这话说出口后，好像没有对手拦截的乒乓球，可能是没人接，也可能是没人接得住，直直地掉在地上，自嗨似的蹦了两下，最后一切归于沉寂。

"'霍羞羞'，我说你迟钝吧，你总能看出我在说谎；我说你敏锐吧，你就真的察觉不到我对你越来越好吗？你不要说我没有对你越来越好，我不听！我要是不喜欢你，能让你亲我、抱我？想都不要想好不好？！我不喜欢的人，看他一眼我都嫌脏。"

几句话下来，霍修还是没什么反应。怀澈澈即便已经羞到想夺门而逃，也还是硬着头皮走到他的面前继续说："'霍羞羞'，你现在不行了啊，怎么让女生一个人说这么多肉麻话啊？你给个准话，你到底爱不爱我？我不擅长玩这些弯弯绕绕。你要是不爱我，我们就离婚，我找个更好的去。"

直到最后她说出这段话，霍修才好像猛然回神，反握住她的手，已满是汗的掌心带着一股潮热，将她的手紧紧地包住。

"爱！我爱……你都想象不到，我有多爱你！"

他刚才不是不想说话，而是说不出话。从怀澈澈的那句"要不然我就不喜欢你了"开始，他的心跳就已脱离了正常的频率，只有身体保留着本能。他迫不及待地低头与她拥吻在一起。

霍修的手在发抖，嘴唇和舌尖也是。怀澈澈在闭上眼之前，看见霍修的耳根处的红晕缓缓地蔓延到了他的脖颈处。

她忽然想到她向他求婚的那天。那天停车场的光线昏暗，她又醉醺醺的，根本看不清他的神情，见他半天没有反应，还当是他被自己吓着了。还有在江城那次，她给他按摩完，他从床上爬起来时从脸红到脖子,当时她也没将此当回事儿,毕竟房间里真的有点儿闷热。

但是当下,霍修明显失了分寸,像个毛头小子一样横冲直撞,比往日更加灼热的吐息仿佛火山的呼吸。

之前霍修和她说,他没有谈过女朋友。当时她虽然没有反驳,也没有追问,却悄悄地在心里给这件事儿打上了一个问号。毕竟他的年龄和条件摆在那里,她那时候觉得他又不像她一样,心里装着个人,总不可能追他的女生里没有一个合他的眼缘的吧。再者,就拿唐瑶来说,虽然一直没谈过恋爱,但那生活过得比有男朋友的精彩多了。

"'霍羞羞',你不会……其实很容易害羞……嗯……"直到当下,怀澈澈才像突然开了窍似的,把之前的蛛丝马迹都串联了起来。

但不等她追问,甚至没有给她把最后的那个"吧"字完全说出来的机会,霍修极快地说了一句"没有",便更加用力地与她吻到了一起,有几分欲盖弥彰的味道。

现在,怀澈澈真的有点儿信了。没想到"霍羞羞"的"羞",居然是害羞的"羞"!得出这一结论,她正准备好好地笑话这个"霍羞羞"一通,整个人就被霍修抱了起来。

"那么'小坏',你能不能给我解释一下,刚刚你们牵着手在那儿,是在做什么?"

怀澈澈一听,那点儿好胜心"嗷"地就起来了,心道:好家伙,我这问你是不是害羞,你嘴硬,要不今天咱俩就比比谁的嘴更硬!

"你先说,你是不是害羞了,我向你求婚那次,还有海城按摩那次……"

"不是。"

"你骗人!"

霍修被气得一边笑,一边亲她的脖子,真恨不得再多咬她几口:"我说了你又不信,还喜欢问。"

"你连脸都红了!"怀澈澈想躲,奈何整个人都被霍修结结实实地搂在身下,只能不断地把脖子往外伸,同时把脚上的拖鞋蹬掉,"你的脸、耳朵和脖子都红了!"

这间休息室里的东西挺齐全,有床、单人沙发,还有一个梳妆台。

霍修对她又亲又咬,怀澈澈为了躲闪,吱哇乱叫地笑着把头探出去,就看见化妆镜里,男人的背高高隆起,像是一张被拉满的蓄势待发的弓。随着他的背肌绷紧,原本合身的马甲好像变小了,后腰的线条显露出来,哪怕隔着一层白衬衣,她也能隐隐窥见那勃发的力量感。

霍修不想再在脸不脸红这个话题上继续下去了。他是真的很在意刚才怀澈澈和萧经瑜手牵手在那儿说话,而且故意把声音压得很低,自己什么也听不清楚。当时霍修以为怀澈澈选择了萧经瑜,而现在在狂喜褪去后,自己回想起那一幕,整个胸腔都是酸的。

"'小坏',不要转移话题。"霍修浑身上下都保持着蓄势待发的状态,"你们说了什么?"

当时萧经瑜和怀澈澈,一个人坐着,一个人站着。两个人的距离看着很远,相牵的手却将他们连在一起。怀澈澈面朝着萧经瑜。霍修看不清她的神色,又无心把注意力放到萧经瑜的身上,只扫了萧经瑜一眼,见萧经瑜已经激动得红了眼眶,当下心头一颤,没再多看。

"还能说什么啊？你是不是笨猪啊，霍羞羞？"怀澈澈简直要烦死了，用脚后跟抵着床单踢蹭了几下，余光中能看见化妆镜里那一抹高山白雪，索性用脚攀上霍修的腰，"我之前都向你报备过，说了要同他见一面的！"

"嗯，报备过。"她不提这回事儿霍修还忘了。他用手托着怀澈澈的腿往上扶了扶："但是我问你为什么要见他，你说不告诉我。"

"你看你看，我说你害羞，你就转移话题，"她的声音又软又糯，嘴还是硬的，"你承认吧，'霍羞羞'！"

"真的没有。"霍修确实不认同她所说的他是一个很容易害羞的人。

做律师这个职业，无论面对委托人、法官，还是面对对方律师，都必须给人以强大可靠的形象，要是容易脸红、害羞，会给人一种稚嫩感，从而无法获得信赖。魏隆杉之前还特地说过，霍修的心理素质很不错，泰山崩于前而色不变。

霍修只是对怀澈澈很特殊。不管是她向他求婚的那天在停车场里她望向他的直勾勾的目光，还是在海城她给他按摩时两个人长时间的肌肤接触，都让他很难控制住自己的心跳。更别提现在她红着眼眶，泪眼汪汪，眼角眉梢尽是柔情，就连嘴硬也和撒娇无异，无论在精神上还是在肉体上，他都无法自制。这是只属于他的玫瑰，而他则毫无保留地在这朵玫瑰的面前以臣服的姿态虔诚地侍奉，很快让玫瑰绽放、摇曳，将自己甘甜的花蜜馈赠给他。

一切恢复平静，霍修意犹未尽地用鼻尖轻触她的脸颊："'小坏'，困了吗？"

"有点儿。"怀澈澈在他的怀里眯着，用手去推他的脸，"你别蹭，烦人。"

霍修："……"他老婆过河拆桥，好像有点儿无情。

霍修本来不想再同她纠结之前的那个问题，但被她这么往外一推，突然又有点儿不想放过她，便低下头去磨她："先别困，问题还没交代完。"

被霍修这么一提，怀澈澈也想起来，自己还没让他承认脸红、害羞的事情来着。主要是后面的事情发生得太顺其自然，谁还注意得到那个啊？

哼，醋精。小姑娘小小地翻了个白眼，决定再吊他一会儿，不轻不重地点了一句："怎么了，'霍羞羞'？难道你就没有瞒着我的事儿吗？"

他瞒着怀澈澈的事儿？如果这个"事儿"的范围稍微大点儿，那么这样的事儿可真是数不胜数。

比如刚才，他就没承认她对自己而言有多特殊，哪怕刚刚两个人那般亲密无间，他也还在说"没有"。再往前数一下，他没告诉怀澈澈在她患阑尾炎住院的那天，其实是唐瑶向他通的风、报的信。要是再再往前呢？他还利用人脉，找关系，陪她上了那档名叫《哈特庄园》的恋综。

除去这些，还有一些她在国外留学的时候他所做的事情。比如有一年她被骗了稿，霍修直接找朋友联系到了那家杂志社上级公司的高层。后来那位朋友调侃说："'杀鸡焉用牛刀'，你现在还喜欢上拿大炮轰蚊子了？"霍修只是笑笑，说自己就是想尽快把这件事儿解决掉。可等怀澈澈问他是怎么把这件事儿办好的时候，霍修又觉得如果自己实话实说，反而会让她觉得自己过于殷勤，于是只说自己发了律师函过去。

还有在怀澈澈和他说她要回国却没了消息之后，从读书到工作从来没向家人求助过什么的霍修第一次开了口，让霍永德安排

428

自己一家和怀家夫妇一起吃了顿饭，最后促成了怀澈澈视角中属于"初遇"的那场相亲。

这样的事情太多太多。虽然霍修不觉得为自己争取机会是什么错，但也确实没想过要和怀澈澈说这些事情。可能就像她说的那样，他确实是容易害羞的人。

霍修垂眸，看着小姑娘审视的眼神，在这一刻深切地体会到了什么叫"若要人不知，除非己莫为"。而他，"为"的事儿太多，在被她问到他有什么事儿瞒着她的时候，甚至不知道她具体指的是哪件事儿。或者，其实没有那么一件事儿，这"小坏"只是因为不想回答他的问题而在诈他，试图转移话题。

思忖片刻，霍修捏了捏小姑娘的脸："你指的是什么事儿？"

怀澈澈装模作样地"哼"了一声，把他的手撇开："你心里有数！"

那意思是坦白从宽，不过她没说抗拒从严。法律人总是本能地找文字里的漏洞。霍修想了想，准备迂回一下："那我好好想想。来，咱们先洗澡。"

毕竟两个人是酒会上的主角，消失的时间太长肯定不行。还好怀建中在准备酒会的时候，怕怀澈澈毛手毛脚把礼服裙弄脏了，叫人拿了两套其他款式的放在这儿给她备着。

洗完澡，夫妻俩回到场内。怀澈澈通过唐瑶的口得知萧经瑜已经走了，而且走的时候脸色特别难看。唐瑶问怀澈澈："这到底是什么情况？这个婚，你是不是不想离了？"

怀澈澈看唐瑶还有闲工夫"八卦"，推测萧经瑜应该走得很安静，没闹出什么大的动静来。

唐瑶瞥了一眼怀澈澈那副松了一口气的样子，准备帮不远处那位正在和几个家长说话的律师同志说两句："那你既然已经决定不离婚了，有些事儿是不是就得被提上日程了？"

"是啊！"怀澈澈深以为然，"我准备考研。我上次去我大学同学的工作室，发现她进步真的好大啊。我也要迎头……"

"我不是说这个！"唐瑶打断道，"戒指啊，婚礼啊，蜜月啊，你不会就让霍修这么无名无分地和你过着吧？"

这话说出来，唐瑶自己都觉得怪怪的。她清了清嗓子："我可和你说，宋氏内部都开始有传闻了，说是霍修结婚的事儿，就是他为了挡'桃花'才编出来的。你不得过两天去一趟宋氏，给你老公正正名？"

"……"

怀澈澈心想，这些人也太无聊了吧。但她仔细想了想，觉得好像也确实是这么回事儿。哪儿有人结婚连个戒指都没有，也从来没见过所谓的"老婆"露面？

她侧过头，往旁边不远处看了一眼。霍修正一脸谦逊地和其他人说话。他的个子高，身材又挺拔，换上和她身上的这条白裙子搭配的白色西装之后，真是鹤立鸡群。

怀澈澈听见有人问霍修，他们小两口儿刚才去哪儿了，那么久不见人影。霍修很熟练地包庇她说："我刚才头有点儿疼，去休息室休息了一下。她不放心我，一直陪在我的身边。"

怀澈澈忽然意识到，自己好像确实委屈霍修很久了，让他在父母、亲朋、同事间说了很多本不需要说的谎话。她走过去，牵起霍修的手，在掌心被填满的同时，内心也充盈起来。她笑着同那个人说："怎么了，陪你们聊了那么久，还不让我们俩浓情蜜意一下啊？"

旁边听到这话的人立刻都笑了起来。那个人笑着继续说："我就知道没那么简单……就你这样儿，你俩结婚啊，霍修可真是被你吃得死死的了。"

怀澈澈将手指插入霍修的指缝间与他十指相扣，得意地"哼"了一声："那当然了。"

晚宴结束后，在回去的路上，霍修开着车找了一家便利店，让怀澈澈在车里等，自己进去买东西。家里的牛奶喝完了需要补充，还有怀澈澈的零食架上昨天空出了两包薯片的位置，冰箱里五颜六色的饮料"队列"也有好几个空位，都需要尽快填满。

时间已经是晚上九点多，便利店里的人还不少，霍修拎着购物篮去排队结账的时候，口袋里手机一振。他看了一眼，是小号微信收到新消息。

CHECHE："我好不好看？"

怀澈澈先发来几张自拍照，然后问他她好不好看。

这些照片应该就是他在便利店买东西的时候她在车里拍的。照片里，她的脸上仍旧保留着参加酒会时特意化的宴会妆，而且之前他在休息室里亲眼看着她补妆。她的妆容十分精致，眼线往上挑起，显得明艳、张扬；嘴唇上涂着漂亮的唇膏，好像散发着果香味的软糖。

好看，当然好看，他的"小坏"是最好看的。霍修刚想回复，又意识到不对，这是他的小号。换句话说，她是给X发的微信消息，而不是给霍修发的。

将近晚上十点的时间，她给一个陌生的男网友发自拍照，还问好不好看？她刚才在休息室补完妆都没有问自己一句。收银台前，霍修把篮子交给店员，往外面看了一眼。

车里的灯确实被怀澈澈打开了，但隔着一段距离，加上车玻璃上贴着防窥膜，他只能看见车里的小姑娘的一个剪影。

"您好，一共六十七元。"

"好。"

霍修调出微信二维码让店员扫描，余光瞥见柜台旁的货架上摆着的计生用品，便随手抽了两盒超薄款的递给店员："一起结，谢谢。"

怀澈澈完全不知道自己刚才的那番操作是在危险的边缘反复横跳，霍修拉开车门进来的时候，她还哼着歌儿呢。结果两个人刚回到家，她就被醋意大发不知羞的"霍羞羞"本人压床上了。

"你干吗？"怀澈澈的精力可没么旺盛，刚才在休息室里缠绵一番已经有些疲惫了，很自然地以为霍修也是这样，但现在看来，人与人之间的差距好像还挺大。

"看你的唇膏好看。"而霍修因为还想看看"小坏"到底想使什么坏，硬是憋着一腔酸劲儿，低下头把小姑娘的"果味软糖"给吃进了嘴里，"刚才在休息室里你怕把妆弄花，不让我亲，现在已经回家了……"

"嗯……我没……这么说……嗯……"

"你也没说不能。"惯于玩文字游戏的大律师如是说道，之后又是一阵天雷勾地火……

浴室里，怀澈澈草草地冲了一下，就泡进了浴缸里，嘴里抱怨："我这一天已经洗几次澡了？迟早洗脱皮。"

"哪里脱皮了，我看看？"

"我是说'迟早'。'迟早'，你懂不懂？这是个假设性的问题。"怀澈澈很自然地往后靠，躺进霍修的怀里，"要是现在脱皮，那你岂不是罪过了？"

霍修把下巴搁在她的肩上，没接她的话，而是沉吟片刻，转移了话题："对了'小坏'，你说你和一个粉丝有很长时间的联系？"

"你说 X 吗？是啊。"怀澈澈很自然地回答，"怎么了？"

"你对那个粉丝有什么了解吗？"霍修说完，又觉得有点儿不妥，补充说，"我感觉你好像很信任他，但是他毕竟是网上的人。"

"网上的人怎么了？网上也有很好的人啊。"怀澈澈转过身，瞪大眼睛盯着霍修，一本正经地说，"他喜欢我好多年了。一开始经常鼓励我，说我做的视频很好，希望我能坚持，后来还帮了我很多忙。他怎么能和其他网友一样呢？"

霍修听她这么说，心里真是又甜又酸。他感觉甜，当然是因为他所做的一切其实都被她看在了眼里、记在了心上，而且在他不知道的时候，已经成了对她而言与其他人不一样的那个人；他感觉酸，是因为他现在作为怀澈澈名正言顺的丈夫，好不容易打败了她的"白月光"，怎么又冒出来一个他自己？

霍修的心情有点儿复杂。霍修已经开始向她表达情绪，就很难再回到之前那种隐忍的状态中去。他深吸了一口气，认真地对上她的目光："那在你心里，他和我，谁更重要？"

怀澈澈看着霍修那醋坛子已经翻了一地的表情，顿时觉得这一浴缸的水不是洗澡水，而是她满肚子的坏水。

"嗯……差不多吧？"

话音刚落，怀澈澈就见霍修的脸色一下沉了下去。她快要忍不住笑意了。眼珠子一转，她索性在浴缸里就扑上去抱住他："毕竟你们是同一个人，要是还能分出高下，就太离谱儿了，不是吗？！"

霍修完全没有她会突然抱上来的准备，被她扑得整个人往后一仰，才稳稳地将她接住。他顾不上去计较她笑得有多可恶，也没时间去想她刚才有多坏，故意在撩动他的情绪，只想知道她是怎么知道 X 是他的。

433

他这个人平时做事,长辈们经常会赞他一声"稳妥"。更何况怀澈澈并不是天天都会找 X 聊天儿,霍修在她提起之前,完全不知道自己已经露出过马脚了。

"你是怎么知道的?"

"你求我,我就告诉你啊!"

小姑娘眉飞色舞,看得出她此时相当得意,甚至还伸出手来戳他的脸颊,开始拔高这唯一的"观众"的期待:"你绝对想不到!绝对值回票价!"

霍修的脸颊被她戳出一个大酒窝。他被她夸张的语气逗笑:"好,求你。"

"就这样?"怀澈澈还不满意,"不得再来点儿好听的?"

"求求美丽又可爱的'小坏',"霍修的手捧起她的手,放到嘴边咬了一口,"指点指点愚笨的我吧。"

"哈哈!好好好!"

怀澈澈占到了霍修的便宜,那简直像过年了一样,在他的怀里笑了足足三分钟,才勉强能开口说话:"我第一次对你起疑心,是我住院那次。"

当时怀澈澈毕竟还在躲着霍修和萧经瑜,将住院的事儿发朋友圈时,怎么可能不屏蔽他们两个?所以霍修说自己是看她发的朋友圈才得知消息的时候,她就已经知道霍修在说谎了。

只是那时候唐瑶的嫌疑也很大。怀澈澈觉得不能排除霍修是被唐瑶叫过来的可能性,于是当时没立刻问他,就留下了一颗怀疑的种子。

"原来如此。"

霍修在两年之约的第二年的下半年,情绪随着怀澈澈四个月的冷淡而变得很混乱。他坐在怀澈澈的病床边,确实没什么精神去想一个好的理由，唐瑶让他这么说，他就顺从地这么说了。现在他再去回想，这个理由确实很不合理。

"然后我想起那天我们在江城，我给 X 发微信消息的时候，你的手机也振了好几下。虽然我当时还没有这个意识，没去看我发了几条消息、你的手机振了几次，但是我记得很清楚，你当时神秘兮兮地捂着手机不让我看，所以我就更加怀疑了。"

"后来，我试着发了一条只有 X 能看到的朋友圈……"

就在霍修参加年会那天，怀潋潋一个人窝在家里，决定证实一下这件事情。所以她发了一条只对 X 可见的朋友圈，说自己很想吃栗子蒙布朗。

这其实也是霍修的习惯。他出去的时候，不管是部门团建也好，还是和朋友小聚也罢，回家时都会给她带点儿吃的——可能是吃饭的那家店里的，也可能是路上看见觉得她会喜欢的。所以她笃定，霍修看到这条朋友圈，一定会去帮她买栗子蒙布朗。

即便她根本不能确定霍修参加年会时是否有闲工夫看手机，但发个朋友圈只要一分钟不到，以小博大，为什么不呢？所以当霍修真的拎着栗子蒙布朗回来的时候，怀潋潋很震惊——说好的大姐姐，怎么忽然变成了个臭男人？

她直接被惊到了，连带着后续很多天陷入这种情绪中回不过神来，不停地在想，这到底是自己的问题，还是霍修装女人装得太像了？但更令她感到震惊的，当然还是霍修居然从那么早就已经注意到了她。

后来她抽空儿翻了一下自己和 X 的聊天儿记录，才发现在她第一次回复之前，X 已经通过私信给她留言，说过不少话。

那时候怀潋潋拍探店视频，仗着网上没多少人看，喜欢碎碎念。所以她在视频里会说一些没什么营养的话，什么自己被老师夸了啊，最近自己的肠胃不好啊，昨天的饭简直不是人吃的啊……总之屁大点儿事儿，她都喜欢搬到台面上来说。

事实上，网上也确实没什么人理她，就算有人理她，留的言也都是"哈哈哈"。只有霍修，每一次都很认真地回应她对鸡毛蒜皮的小事儿的唠叨。哪怕她只是说了一句感觉自己最近画图很有手感，他也会很真诚地恭喜她找到感觉。

为什么怀澈澈会觉得霍修是女的呢？大概是因为他真的太温柔了吧。她从来没见过男人可以那么细腻，偶尔在留言的文字后面加一个平台自带的表情，都显得可爱不少。后来怀澈澈被他的毅力打动，开始与他聊天儿。

她记得之前两个人之间有时差这道鸿沟，把天儿聊得跟飞鸽传书似的，那天一翻聊天儿记录，她才意识到他们真的聊了好多年，聊了好多内容。

其实 X 早就很诚实地告诉她，自己是海城大学法学系的学生，正在跟导师做事儿。只是这些信息真的太细了，怀澈澈到最后只记得 X 是法学系的研究生。

"'霍羞羞'，你居然这么多年前就开始喜欢我了。"怀澈澈用手指捏住霍修的脸，咧着嘴开他的玩笑，"看不出来，你的品位够独特的啊——看着我早年的那些'黑历史'你都能喜欢上我，我自己都不敢回头看那些视频。"

霍修也在笑，笑着把她的手从自己的脸上拉下来，顺着她的杆子爬上去："那看在我喜欢你这么多年的分儿上，咱们的婚戒和婚礼是不是要提上日程了？"

怀澈澈："……"好家伙！她忘了这个家伙特别会这一套了。

怀澈澈这一天下来是真累了，洗完澡很快躺到床上就睡着了。霍修则是先拿着吹风机帮她吹头发，伺候她睡下，才顾得上给自己吹头发。

看着床上迅速陷入熟睡的人,霍修想起,其实最早的时候,自己并不觉得自己是喜欢怀潵潵的。他这个人从小就对自己的感情理得很清楚。那时候他清楚地知道自己只是在精神上有一点儿依赖她。因为他背负着学业和工作的双重压力,即便是休息的时候,神经也还是紧绷的,唯一能够让他放松下来、暂时忘记现实的渠道,就是怀潵潵的视频,所以他很担心她会因为欠缺鼓励而放弃,于是丝毫不吝啬于向她表达赞美与关心。

但是到了后来,霍修意识到,怀潵潵对他而言变得越来越特殊了。对他来说,怀潵潵不需要为他做任何事。她不需要优秀,不需要殷勤,不需要温柔,只需要是她自己,只需要继续存在着,就足以让他对着屏幕露出心满意足的笑容。

当霍修意识到这一点时,也明白了——他终于爱上了一个人。

准备好继续走建筑设计这条路,怀潵潵就开始找以前的老师、同学了解国内的相关行业现状,最后决定还是先读研。

估计怀建中也是想通了,认命了,准备以后给她去工地送饭了,所以找了一个庆城大学的研究生导师给她一对一辅导。

毕竟在荷兰读了四年书,怀潵潵的英语算是强项,然后报个政治的课程学习班,就这么开始在家开始了自己的考研生活。

虽然比起其他同学来说,她已经耽误了至少两年的时间,但她的心态还是挺好的。她觉得考不上也无所谓,还是可以继续画小房子,等以后攒够了钱,找个山沟沟,把画的小房子变为现实,过把瘾,也未尝不可。

林妍听说怀潵潵有这个打算的时候,足足沉默了一分钟,才感叹说:"果然学建筑的前提是家里有矿。"

所以怀潵潵决定考研之后的生活,和之前的生活的区别也不大，顶多就是多了个一对一的老师。之前画什么、怎么画，自己自由发挥，现在变成了命题作文。

就这么过了一阵，时间到了4月。有一天晚上，怀澈澈忽然和霍修说："'羞羞'，明天中午我去给你送饭吧？"

宋氏工作园区的福利非常好，食堂、健身房、咖啡吧应有尽有，而且食堂里的菜品很丰富，囊括国内外大部分菜肴。自从进了宋氏，霍修和王瑞都没再点过外卖。

霍修和怀澈澈说过宋氏的食堂。当时她还羡慕地说，等下次有机会，自己也要去尝尝。所以现在听到她这么说，他更是感到好奇："你怎么忽然想到给我送饭了？"

"怎么了？"怀澈澈噘起嘴，"我一时兴起，给我老公送个饭，不行啊，违法啊？省得你们公司的那些小姑娘都不信你结婚了呗。"

之前唐瑶说宋氏内部有流言，说霍修其实没结婚。当时怀澈澈还觉得这种流言挺离谱儿的，明明之前自己在微博上公开发过结婚证了。

但她后来一想，觉得出现这种流言也不是完全不能理解，因为她发出的结婚证的照片，只拍了个封面，又没拍里面的具体信息，再加上很多人可能压根儿不知道热门微博上的事儿，或者知道了也不信。

"我们'小坏'现在考虑得这么周到了……"

霍修笑到一半，才忽然意识到什么，眼睛微微亮起。他拉住她的手，问道："你刚才叫我什么？"

怀澈澈刚才就是顺口叫的，现在她被霍修抓着，哪还说得出口？她把他的手一甩："我叫你'霍羞羞'啊！"

"不是。"

她的反应更加印证了她的确说了那两个字,那不是他的错觉。他看着她,双眸又明亮了两分:"再叫一次,'小坏'。"

"我不要……你干吗?!"

怀澈澈的话音未落,已经被霍修压在了床上。迎着他直勾勾的目光,怀澈澈更不好意思开口了:"'霍羞羞',你懂不懂得适可而止、见好就收啊?"

"今天不想懂。"

霍修低下头去吻她,厮磨间又哄她开口:"再叫一次。"

"不要!"

"就一次。"

"我不要,你……唔……"

"一次就好了。"

次日,怀澈澈起床的时候,已经快中午十二点了。过了一夜,她已经完全把送饭这档子事儿给忘了。

从卧室里出来,她懒洋洋地洗了一把脸,就开始一边玩手机,一边吃霍修留下来的早饭。看见他在微信上问她几点到宋氏,他好下去接她,她才如梦初醒。

此时,宋氏法务部内,王瑞来找霍修。

"老大,吃饭去吗?"王瑞已经习惯每天中午十二点左右推开霍修办公室的门,与霍修一同奔赴园区食堂。

但今天王瑞推门进去,立刻嗅到一丝不一样的味道——虽然霍修的办公室一向整洁,可今天明显比平时更干净、敞亮。

霍修做了简单的扫除,桌子上的文件都被锁进文件柜里,实木桌面被擦得锃光瓦亮,沙发前的茶几上也已经提前摆好了两瓶可乐。

王瑞一看见那成双成对的可乐,马上就懂了:"嫂子今天终于要过来了？！"

霍修点头："嗯，她说要来给我送饭。"昨天她还叫他"老公"来着，虽然只有一次。

王瑞心想，这俩人结婚两年零一个月，在后面的这一个月里，霍修的脸上露出幸福的笑容的次数，比之前两年的加起来都多。王瑞也忍不住跟着笑："看不出来啊，我还以为嫂子十指不沾阳春水呢。"

"她确实是那样。"所以霍修才好奇，她说要给他送饭，会送什么过来。

怀澈澈来得很晚，霍修在办公室里坐了好像一个世纪，才终于接到她的电话。

霍修下了楼。怀澈澈果然已经在门口，手上拎着一个黄澄澄的袋子。他仔细一看，那袋子好像是她昨天中午点外卖商家送的保温袋，上面还印着那家店的LOGO。

一见他出来，小姑娘生怕自己没有被他看到，在伸缩门外原地蹦跳了两下，努力地朝他招手。霍修接上她，带她乘电梯上了楼。

法务部里的大部分同事已经吃完饭回来了。大家见霍修带了个女人进来，再看他俩十指相扣，一副亲昵非凡的模样，无不惊讶。

霍修迎上他们的目光，在他们发问之前，大大方方地朝他们介绍道："这是我老婆，怀澈澈。"

"哇！原来当时《哈特庄园》里你们这对搭档是真的！"

"嫂子的脸好小啊，好漂亮。难怪总监都不舍得把嫂子带来给我们看……"

"我说总监今天怎么没跟'瑞瑞子'去吃饭呢，原来是在等嫂子的爱心午餐啊！"

霍修和他的同事虽然是上下级关系，但有些人已经在宋氏干了很多年，年纪比霍修还大上一些，已经熬成了老油条。一群"人精"很会做人。怀澈澈被夸得还挺高兴，自然也没注意到角落里几个小年轻的互相交换了一个迷惑的眼神。

怀澈澈起得晚，刚吃完早饭又想起要给霍修送午饭，现在也吃不下什么，就捧着可乐，叼着吸管不停地吸。

霍修见她一副还没吃就酒足饭饱的模样，好笑地问："你今天几点起来的？"

"十二点。"面对"罪魁祸首"，怀澈澈丝毫不觉得自己有什么问题，"我本来还在吃你早上留下来的烧麦，啃了一半儿才想起来给你送饭的事儿。"

"那你给我打个电话说下次来也可以。"霍修说，"我又不是马上要辞职了，之后的日子还长着呢。"

理是这么个理，但是……怀澈澈咽下嘴里的可乐："但以后还会有以后的事情啊。昨天我已经说好今天要来，那就来嘛，反正我现在挺闲的。"

"我去给你倒一杯水，"霍修听到她手里的易拉罐发出"呼噜呼噜"的空响，无奈地道，"平时让你喝水，一天喝不了一杯，喝可乐倒是喝得挺快。"

"嘿嘿，我不是故意的，只是每次喝可乐的时候都碰巧有点儿口渴而已！"

"嗯嗯嗯，是是是。"

总监办公室旁边就是茶水间。霍修端着自己的杯子走近茶水间，便听虚掩着的门里传来议论的声音：

"天啊，是真的吗？她就随便在便利店买了一点儿鸡肉串、关东煮，就打包成便当带来给霍总监吃？"

"怀澈澈根本不会做饭。我追《哈特庄园》的时候看到过，她连煎个荷包蛋都能煎煳，还嘴硬说'没有煎煳'。当时我超讨厌她。谁知道后来投资方就喜欢推她，真是无语。"

"就是啊，我看综艺的时候就怀疑有剧本。现在连饭都不会做的女人也嫁得出去？连我都会做。"

"啊……那霍总监每天在家吃的都是什么啊？我原本对他没什么感觉，现在忽然有点儿开始怜爱他了。做个便当有什么难的啊，她就从便利店买饭还要这么晚才过来，还不如不来……"

听这些声音，茶水间里应该有男有女。即便他们说话的声音被刻意压低，也遮不住其早已散发出的滔天恶意。

至于这些声音的主人，霍修差不多都知道是谁。他们都是在去年的秋季招聘会上那一批招进来的实习生。因为他们是同期，虽然本质上是竞争关系，但表面功夫做得还挺好，几个人经常同进同出。

那时候霍修刚进宋氏，忙着工作对接等事务，没有亲自去做最终的面试。此刻站在茶水间的门口，霍修的心里只有一个想法——果然下属还是自己亲自招的好。

几个年轻人装好水，嬉笑着打开茶水间的门，在看见门口的霍修时，齐刷刷地僵住。

霍修虽然是靠口才和脑子吃饭的，但不喜欢和小年轻打嘴仗，看见他们已经尴尬得不知所措，只是冷淡地笑笑，而后朝刚才说"现在连饭都不会做的女人也嫁得出去"的那个男生微微颔首："恭喜你，能嫁出去了。"

那个男生顿时从脸到耳朵红成一片。他低着头，半晌没说出一句话来。霍修懒得与他们争论，只再道了一声"借过"，就进到茶水间给怀澈澈接水去了。

月底，实习生评定成绩出来后，宋氏法务部整个办公楼层一下空出了好几个工位，只有一个一向沉默寡言、独来独往的女生通过了评定考核，转为了正式员工。

宋氏法务部的员工都在惊叹：这看着好说话的温柔的总监，在实习生去留的问题上居然这么严格，着实是面红手黑。而王瑞作为霍修带过来的心腹，当然也比其他人的胆子大点儿，趁吃午饭的时候问了一句："老大，这次的实习生你只留了一个，会不会给其他人的压力太大了？我感觉王轩和李佳的能力也还行啊。"

"能力上来说，他们确实还行，"霍修说，"但学法的，除了能力，更重要的是人品。"

因为经历过系统的学习，法学从业者想要知法犯法，门槛显然比门外汉要低得多。像这种还没正式录用就开始抱团取暖、党同伐异，一堆臭味相投的人在茶水间交头接耳的画面，霍修确实不想再看到第二次。

王瑞不知道这个插曲，只为霍修担心："我听说王轩和市场部的那位是有点儿关系的。"

"那让市场部的那位来找我，"霍修哼笑一声，"或者直接去找宋总也可以。"

在被霍修于茶水间逮个正着之后，那几个实习生其实都来找过霍修，解释说自己的本意不是那样的，只是气氛使然，而后表示歉意，希望霍修手下留情。霍修也仍旧不为所动。

他们今天能聚在一起说总监夫人的坏话，难保以后不会在另一个"气氛使然"的时刻把公司的重大机密顺口泄露出去。于公于私，霍修都占理，就算天王老子来了，霍修也没有退让的道理。

而比起这些，霍修更庆幸的是那天没有让怀澈澈自己去接水。她早就习惯了这些恶意的声音，未必会把它当回事儿，可能连提都不会同他提。但她不委屈，不代表霍修不会替她感到委屈。

　　他很理性，即便面对自己的感情，也分得清爱情与其他感情之间的区别。而他的感性，几乎是被用到对怀澈澈的一切感同身受上了，只剩很少的一点儿留给了自己。他替她开心，替她发愁，替她生气，替她难过。她高兴的时候，他比她还高兴；她落泪的时候，他亦喘不上气来。

　　傍晚，霍修回到家，抱住了过来迎接他的怀澈澈，在她的嘴唇上结结实实地亲了一口。

　　怀澈澈被这突如其来的亲吻亲蒙了，眨巴眨巴眼睛，刚想说是不是体检结果出来了，整个人就被霍修紧紧地抱住。

　　他略微俯身，把下巴搁在她的肩膀上。随即，怀澈澈听到他以好商好量又有点儿可怜巴巴的语气说："老婆，真的不能再叫我一次'老公'吗？"他留给自己的那一点儿感性，就是放任自己对怀澈澈得寸进尺。

番外一

"鲸鱼"

萧经瑜出生在一个小村子里。父母去城里务工,他成了留守儿童,跟着爷爷、奶奶生活。没过几年,城里传来消息,说萧经瑜的父母一起出了意外,去世了。奶奶当即病倒,住进了镇上的医院,把父母去世得到的赔偿金花了个七七八八,最后还是走了。那一年,萧经瑜三岁。

奶奶走后,爷爷就开始经常发呆,在院子里,拿着还没掰完的苞米,看着远处的云。而萧经瑜看着爷爷的背影,自己也在快速地长大。

过了几天,村支书过来找到爷孙俩,说会帮他们申请政府的最低保障,还可以让萧经瑜去镇上读小学,现在国家有义务教育,学费、书费都免了。这时爷爷眉眼间的惆怅才总算淡去一些。

但萧经瑜的童年过得也仍不顺遂。萧经瑜生得瘦小,体力很差。村里的小孩儿很会看人下菜碟,知道萧经瑜家里只有个爷爷,就算招惹了萧经瑜，自己也不会受到惩罚。所以每次大家做游戏，说是轮流"骑大马"，可每次轮到萧经瑜骑别人的时候，那些小孩儿就一哄而散，说不玩了。

有一次萧经瑜实在气不过，抓着他们想要个说法，却恰好碰到那个小孩儿的爸爸沿着田埂走过来，问是怎么回事儿。知道前因后果后，那个男人一把把自家孩子护到身后，说："就你还想骑在别人身上呢，去去去，回家去吧。"

后来爷爷知道了这件事儿，被气得胡子都飞起来了，却也只能叹一口气，让萧经瑜以后别跟他们玩了。

说起来，"萧经瑜"这个名字也是爷爷起的。村子里大部分人姓萧。萧经瑜的爷爷叫萧正直，爸爸叫萧诚信。到了萧经瑜这一辈，爷爷想给孙儿起个一听就有文化、有气势的名字，就找村支书借了一本成语词典，与儿子、儿媳商量了半天，最终选了"经""瑜"两个字——经天纬地，怀瑾握瑜。

只可惜村子里的人大部分文化不高，听着有个"瑜"字，就自然而然地联想到村头那条河里的白条鱼，管萧经瑜叫"游刁子"。爷爷每次听到别人这样唤萧经瑜，都不高兴地反驳："什么游刁子？那么小一条河。我们经瑜可是以后要在外面闯出一番天地的！"

村子里的人每次听萧经瑜的爷爷这么说，都会哄堂大笑，用懒得同一个老糊涂计较的口吻随口应"是"。

萧经瑜不喜欢被人唤作"游刁子"，觉得这个绰号很刺耳。爷爷看出萧经瑜脸上的难堪之色，又不能和偶尔还能帮衬他们爷孙俩一把的乡亲闹翻，只得悻悻地牵着萧经瑜回家。

在回家的路上，萧经瑜问爷爷："爷爷，外面是什么样的？"

"外面啊……"小老头儿想了想，"外面的医院，墙都特别白。

医院门口就有卖水果的，到处都是人，可热闹了……我们经瑜以后当医生好不好？听说当医生可挣钱了。"

萧经瑜皱皱眉："不要，我喜欢唱歌。"

"唱歌能有什么出息啊？你这孩子……"

那时候不光村子里的人不相信，就连萧经瑜自己也没想过，有朝一日自己真的会游进"大海"。

读初中时，萧经瑜因为成绩拔尖，在学校里颇为耀眼，经常有镇上的女生给他递字条。有一次，一个女生递字条给萧经瑜，被学校里的那群不学无术的男生看见，把萧经瑜拉到学校的一角打了一顿。

他们的拳脚很硬，萧经瑜双拳难敌四手，被打得无法招架。那群人很得意，嘲讽地说："就你也配。"萧经瑜当然知道自己不配，他本来也没想理会那个女生。

那时候学校还没有校医室。等那群人走后，萧经瑜在原地躺了好久才勉强能站起来。他一瘸一拐地往校外走时，被他的班主任发现了。班主任就住在镇上，把萧经瑜带回自己的家里包扎好伤处。可能因为萧经瑜一路上没说话，班主任以为萧经瑜的情绪很低落。为了鼓励自己班上最优秀的学生，班主任把自己年轻时弹过的吉他拿了出来，笨拙地表演了一段和弦全错的弹唱。

那是萧经瑜第一次见到吉他这种乐器，一下子就被吸引了。但他本能地觉得这么好的东西，自己肯定买不起，所以就连价格都没问，只是朝用心良苦的班主任挤出个感激的笑容，说："老师，你唱得真好。"

班主任还没见过这小子两眼放光的样子，恰好他也好久没弹过这把吉他了，一直搁在家里落灰，就承诺说，如果中考的时候萧经瑜能考上市里的重点高中，自己就把这把吉他送给萧经瑜。

结果毫无悬念，中考结束后，班主任把吉他装进吉他箱，给萧经瑜准备好，还找出了自己以前用过的很多旧吉他谱，对萧经瑜说："其实我也没学过，吉他课太贵了。但是我上学时的室友学过一点儿，就教我认了一下谱……"

萧经瑜在班主任的家里学了一下午，在班主任稀里糊涂、颠三倒四的教学中，大概学会了看谱，万分爱惜地收起东西，千恩万谢后离开班主任的家。

义务教育只管到初三毕业，萧经瑜觉得自己一个小村子里出来的穷孩子，能读完初中也差不多了，想尽快找个地方打工赚钱。但爷爷听完萧经瑜的想法，气得把萧经瑜骂了一顿，说："村子里的人说你是个'游刁子'，你还真想当个'游刁子'啊？！"

好在萧经瑜因成绩优异，市里的高中为了重点本科录取率，对他不光不收取学费、住宿费，还承诺若他在大考中取得名次，还给他发奖学金。爷爷一听，不由分说地把萧经瑜推上了去市里的小巴士。

就这样，萧经瑜开始读高中了。高中生虽然不怎么上音乐课，但市里的高中还是配了音乐老师的。

整个高中生涯里，他一边稳稳地坐在年级成绩第一的位置上，一边自学吉他。学吉他时遇到不会的地方，他就跑去音乐老师那儿缠着问，把几个音乐老师烦得见了他就跑，见到他们班的班主任还告状，让班主任赶紧管一管。

奈何萧经瑜的自学行为完全不影响学习成绩，班主任不光没将音乐老师的诉苦听进去，反而苦口婆心地和音乐老师说："你们就教一教他吧。这孩子是从山村里来的，喜欢音乐不容易啊。"

音乐老师更无奈："我是学钢琴的，哪里看得懂吉他谱啊？！"

高中那段时间，萧经瑜真的很快乐。他有吉他，有成绩，足以让所有人都不会再去在意他的出身，没有人会说他是"游刁子"，大家都对他崇拜而友善。

萧经瑜的自尊心在这三年里飞速地被拔高，他总算有了这个年纪的少年应有的意气风发的样子。但与此同时，和一群在城市里成长的父母双全、家境殷实的同龄人待在一起，萧经瑜每天都在听自己从没听说过的事情，见自己从没见过的东西，内心的自卑感也从没有一刻消失过。

其实他那时候是有点儿钱的。因为萧经瑜的分数一直相当理想，老师越来越重视萧经瑜，学校的奖学金也一直是按照最高规格发给萧经瑜的。

萧经瑜的生活很简单，他对吃穿用度都没什么要求，经常还能省下钱寄回给爷爷。只是每当有人想邀萧经瑜在周末、节假日出去玩时，不管是去同学家里还是去逛街了，萧经瑜都没答应过。他知道有些东西他都不懂，也没那个条件接触，不想在同龄人面前露怯。

有一次，萧经瑜前座的男生胆大包天地偷偷带了一台索尼掌上游戏机到学校来，引发全班的狂欢。大家很默契地瞒着老师在午休的时间轮流玩，一个人玩五分钟。男生们都在排队，只有萧经瑜坐在座位上。

等午休快结束的时候，带游戏机来的那个男生大概是以为萧经瑜不好意思，主动转身把游戏机放在萧经瑜的桌上："'鲸鱼'，玩吗？昨天快递刚送到的，我连夜下载了几个游戏就拿来了！"

那男生没吹牛，这个游戏机真的很新，在教室里的白炽灯的照射下，像一辆气派的黑色汽车停在萧经瑜的面前。

萧经瑜拿着笔，就连碰都不敢碰一下游戏机，生硬、木讷地摇了摇头："不了，我还没做完卷子。"

比没有更可怕的，是瞻前顾后的胆怯。萧经瑜怕自己一不小心把游戏机弄坏了；或被它吸引，沉迷其中，却又不得不与它分开。他赔不起，也买不起。他还不配拥有这些东西。即便他后来拿了省状元，"我不配"三个字仍旧清晰地刻在他的骨血里，洗不净，甩不开。

"'鲸鱼''鲸鱼'……萧经瑜！"

耳畔传来熟悉的男声，呼唤声一声比一声大，萧经瑜被吵醒，皱着眉睁开眼，一时之间反应不过来今夕是何年。

"你可算醒了，你到底在搞什么啊？！"胡成站在病床旁是真的怒其不争，"让你休假，你就在家喝到酒精中毒。你到底还要不要命了，想死是不是？我让你别喝那么多，你是一点儿也没听进去是吧？！"

天花板雪白，空气中有消毒水的味道，再结合胡成的话，萧经瑜意识到，自己是在家喝酒喝得酒精中毒，被送到了医院。

"你有没有想过，如果我没发现你，你是不是就死家里了？是不是要等到自己的尸体发臭了被邻居发现，然后次日话题榜上出现'萧经瑜酒精中毒猝死家中'，你才满意是吧？！你对得起你爷爷吗？你对得起那些因为你要退出演艺圈哭了好几天的粉丝吗？你对得起我跟了你这么多年吗？你没有心是吧，萧经瑜？！"

胡成是真生气了，噼里啪啦一股脑儿说了好多。胡成的声音太大，萧经瑜被震得头疼，有气无力地朝胡成说："我知道错了，对不起。"

胡成和萧经瑜一起工作也这么多年了，头一回听见萧经瑜这么简单、干脆地说"对不起"，一时之间蒙了，火气和语气一块儿降回地上："你这是什么……你不会还想不开吧？不是，你说你至于吗？一个女人，她就是再好，没了她，你还能不活了啊？"

"我没想不开。"萧经瑜听胡成用了"还"这个字，觉得头更疼了，"我只是……"

"只是什么？"

"疼。"

从怀澈澈和霍修结婚两周年的酒会回来之后，萧经瑜又立刻回到了之前那种人不像人、鬼不像鬼的生活中去。萧经瑜自己也知道这样下去不行，但真的不知道该怎么办。其实那天刚进到酒会会场时，萧经瑜就已经知道结果了，因为她曾经用来看自己的眼神，现在投射到了另一个男人的身上。

但萧经瑜还是想赌一赌，赌怀澈澈还有一部分感情残留在自己这里。所以当怀澈澈说出那句"我不喜欢你了"，他的眼泪流出来的时候，他心痛，怅然若失，但没有感到意外。不用怀澈澈说，他自己也觉得自己活该。他痛彻肺腑，像有一把刀扎进了胸口。

萧经瑜以为已经不能更痛了，但等回到家，生活开始以他无法抗拒的方式拔那把刀的时候，他发现，这才是真正的铺天盖地、毫无死角的疼。

他在这几年间想好的所有要去和她做的事情，在这一刻全部化为泡影，变成大块、大块不知如何处理的空白，变成一根根细小又密匝的针，从他的皮肤，顺着他的呼吸，无孔不入地刺激他的痛觉神经，令他每一天从睁眼开始，就连呼吸都是刺痛的。

萧经瑜刚说两句，眼眶就又红起来了。胡成看着这样的萧经瑜，刚才的那点儿火气也消了。胡成在床边坐下，给萧经瑜出主意："这样吧，你好好养身体。等你出院之后，我们俩一起旅游去吧，正好我也好多年没旅游了。前几年我跟着你豁出去了，现在闲下来了，一时之间还有点儿不知所措了。"

"我也是，"萧经瑜有气无力地挤出笑容，"我觉得，要不我就别搞什么退出演艺圈了，接着干吧。忙起来的时候，我没力气去想那么多，可能还不会这么难受。"

"哎……你这……就你那忙的……你年轻受得住，我已经老了好不好？"胡成叹了一口气，"要不然这样，我给怀澈澈打个电话，就说你住院了。就算是普通朋友，于情于理，她也该过来看看吧。到时候你们见了面，你再求求她，没准他就心软了。"

"不用了，胡哥。"

萧经瑜知道，自己之前所有的幼稚和愚蠢，都是建立在怀澈澈喜欢自己，愿意一次次地包容自己的基础上。这种喜欢持续了太久，给他一种好像它永远也不会消失的自信和错觉，肆意地用自己的沉默去消磨她的感情和心意。

"我也该真的对她好一次了。"

自己用错误的沉默伤害了她无数次。而这一次，萧经瑜总算可以用沉默做一件对的事情，就是不再打扰她。

番外二
女主茶话会

事情的起因，是怀澈澈刷微博的时候在粉丝界面的"最近有这些大 V 博主也关注了你"的分区中看见了池清雾。

池清雾是一个"网红"乐队的主唱。他们乐队这两年在网上红得发紫，已经从线上走到了线下，属于很会抓住自身特点、发展得很好的那一类"网红"。

怀澈澈去年就在颤音上关注了池清雾，现在在微博上见池清雾来关注自己，马上点击了"关注"。之后怀澈澈再去颤音一看，果然在那边两个人也已经变成了互相关注的状态。

怀澈澈立刻兴奋地给池清雾发私信，用一个热情的表情包为两个人的聊天儿做了个开头。

聊天儿中，怀澈澈得知池清雾在大年初五会到庆城参加一个乐队综艺的录制，立刻意识到自己尽地主之谊的机会来了，便热情地邀请乐队四人组一起吃个饭，到时候双方还可以做联动视频。

"麓城 F4 的老四鸡仔"："哈哈哈！你请客，我们说好了啊。"

这条消息发过来还没过两秒，池清霁又好像想起了什么。

"麓城 F4 的老四鸡仔"："啊啊！不对！"

"澈仔面"："怎么了？"

"麓城 F4 的老四鸡仔"："呃，也不是不对！到时候我不带乐队里的那三个男的了，只带个女生可以吗？一个特别漂亮的女神！"

"澈仔面"："谁啊谁啊？！"

确认好会面的地点和时间之后，怀澈澈放下手机，打开了百度。

不知道是不是因为在高中学的是理科，怀澈澈一直对历史方面的东西兴趣不大。不管是中国的古典文化还是外国的古典文化，她对其中的各种信息都不怎么关注，只关心人家的房子是怎么盖的。

不搜不知道，这一搜，怀澈澈才晓得，最近国内的古典舞行业终于有一个女舞者突破行业圈层，进入大众视野。而这位女舞者的名字，就是池清霁刚才提到的宁馥。

宁馥是在去年十二月办的婚礼，她的丈夫宋持风带着她度了整整一个月的蜜月。最近因为过年，两个人刚回庆城，所以宁馥那边还没安排巡演，要不然怀澈澈想见宁馥还得跑一趟外地。

理论上来说，怀家和宋家，在资产体量上不可同日而语，但两家的交往圈子有很大一部分是重叠的。比如怀澈澈最好的朋友唐瑶与宋持风打小就认识，林静姝、张跃他们家也都一直和宋家来往密切。

但因为怀家不是从祖上累积下来的基业，全靠怀建中白手起家，所以怀澈澈在童年时没机会接触到这群家境富裕的人，认识唐瑶的时候已经是高中时期。那时候宋持风已经读大学去了，宋持风的弟弟宋薄言又是个不好接近的人，怀澈澈也就没怎么同宋家的人来往，对他们的了解全靠"八卦"。

"在看什么，这么专心？"霍修洗完澡，在外面叫了好几声，见怀澈澈没反应，这才推门进来看看，"刚才你不是还抢着要先洗澡吗？"

"'羞羞'，宋持风是不是就是现在你们宋氏的老大啊？"怀澈澈盯着手机屏幕上宋持风和宁馥前阵子在斐济群岛办婚礼时拍的照片，感觉"宋持风"这个名字越看越眼熟，"宋氏的老大之前是他爸，前几年换成他了，对吧？"

"是啊。"见怀澈澈不动，霍修也凑过去，看了一眼她的手机屏幕，"哦，这是他去年 12 月在斐济结婚的时候拍的照片。当时我不是还问你想不想去来着吗？"

结果这位"小坏"一听是要去参加领导的婚礼就连连摇头，说她最受不了那种虚与委蛇的场合了。与领导不联络还好，万一联络了，她说错了话，把人家给得罪了，她爸得骂爆她的头。而且当时她还没画完作业，实在没精力倒时差，霍修就带着王瑞去了。

到了婚礼现场之后，因为看见别人都是出双入对的，再看自己身旁只知道傻乐的王瑞，霍修酸得不行，于是给怀澈澈拍了好多张那边碧海蓝天的照片，而且在把照片发给她时，后面还不忘加上一句："可惜，'小坏'看不见。"

"这个世界也太小了吧。我刚才和一个同行朋友说一起约个饭，我们顺便拍个视频搞梦幻联动。她说要带个女生过来，居然就是宋持风的老婆！"怀澈澈的眼睛睁得圆溜溜的，满脸惊叹。

霍修的重点却不在这里。他问："同行朋友？"

"啊，对啊，就是那个 ID 为'麓城 F4 的老四鸡仔'的池清霁。"

怀澈澈说着还准备把视频拿出来给霍修看，就见他快要憋不住笑了，顿时更惊讶："你又认识？！"

"只能算知道。你好奇吗？"霍修已经勾起了怀澈澈的好奇心，顺势把她抱住，"你叫一声'老公'我就告诉你。"

又来了又来了！自从那次她不小心叫了一声"老公"，霍修整个人的形象就开始变了，以前是大度温柔的贤夫，现在成了奸商。陪她逛街，他要她叫一声；陪她逛超市，他要她叫一声；让他学新菜谱，他要她叫两声……怎么现在她向他问一件事儿，他也要她叫一声？这玩意儿也有"通货膨胀"是吧？

怀澈澈觉得不能助长这种歪风邪气，立马义正词严地拒绝道："'霍羞羞'同志，你怎么变得这么功利啊？我只是问一句话而已。"

"嗯，'小坏'同志说得对。"霍修也一本正经地说，"但是你应该也知道，天底下没有白吃的午餐。"

"你以前不是这样的。你追我的时候对我千依百顺，怎么现在我向你问个问题都这么难了？！"小姑娘立刻耍无赖，"果然男人都是骗子。"

"'小坏'，严格来说我没有追过你。"霍修笑着在她的脸上亲了一下，"毕竟认识的第一天我们就领结婚证了，我没来得及追你。"

"……"所以她说什么来着？不要和律师结婚！你吵架肯定吵不过人家！

最后，这个话题还是在怀澈澈不情不愿但又娇声软语地叫了一声"老公"后暂时画上了一个逗号。

"你还记得2020年年底，我出差去了一趟麓城吗？"霍修收了好处，立刻办事儿。他心满意足地把老婆搂过来，帮她回忆："就是因为宋总的弟弟宋薄言在那里遇到了敲诈勒索。"

当"宋薄言"的名字出现的时候，怀澈澈才隐约想起，宋薄言和女朋友在高三暑假期间分手，他的女朋友好像就叫什么"霁"。

这个世界也太小了吧？怀澈澈顿时冒出一身鸡皮疙瘩："你是不是在骗我？他俩不是早就分手了吗？"

"他俩是早就分手了，"霍修接住她的话，不紧不慢地说道："但是宋薄言好像一直放不下池清霁，找了很多年，可能终于她被他找到了吧。"

怀澈澈简直惊呆了："那次我打电话问你什么时候回来，你怎么不和我说？"

"嗯？"霍修犹记得当时自己归心似箭，只想早点儿回去再说，哪里还记得交代这么多？但想归想，说归说，他时时刻刻不忘为自己争取作为丈夫的"权益"，于是在老婆的脸上又亲了一口："可能是因为你那次没喊'老公'吧，我是投币式的。"

怀澈澈："……"投币式老公是吧？真有你的。

转眼间，到了三个女生碰面的当天。因为要见两个美女，怀澈澈也化了个妆。她本来想玩一手"要风度不要温度"，被霍修严令禁止后，只得选了一件奶白色的羽绒服，踩了一双长靴出了门。

一月底，天气正冷，怀澈澈把招待的地点选在了一家和牛寿喜烧餐厅。她进餐厅等了没一会儿，池清霁和宁馥就来了。池清霁和宁馥不愧是妯娌，看起来关系很好，手挽着手，有说有笑地被侍者领进了榻榻米包间。

怀澈澈要录联动视频的事儿，之前就同另两位姑娘打过招呼。三个人录制完一个开头之后，怀澈澈给摄像机换了一个位置，就正式宣布开饭。

虽然三个人是第一次聚在一起吃饭，但以怀澈澈这直爽洒脱的性格，她很快就融入进去，气氛好得不行。三个姑娘一会儿聊之前怀澈澈参加的那恋综，一会儿聊宁馥拍的那个纪录片，整个用餐过程中一直是欢声笑语的。

吃完饭,她们还觉得不够尽兴,准备再找一家KTV,一起喝两杯,听听池清霁唱歌。

怀澈澈去结账。在结完账回包间的路上,她就看到池清霁在楼梯间接电话,嘴上一直说"知道了,你好烦啊",但嘴角和双眸含着笑意。

怀澈澈没去打扰,悄悄地回到包间,与捧着大麦茶的宁馥相视一笑。

"'鸡仔'的男朋友来电话了?"怀澈澈问。

"嗯,我们出来的时候,他睡午觉还没醒。估计是他一觉醒来找不到清清,就打来电话。"宁馥说,"昨天晚上他们好像也睡得挺晚的。"

"啊?"怀澈澈心道,这是自己可以听的话题吗?

"啊,不是。"察觉到自己的表述有歧义,宁馥解释说,"最近清清买了一台游戏机。好像是她觉得薄言没什么人味儿,每天打游戏到很晚,说要给他增加一点儿人类的气息。"

说是这么说,实际上是池清霁打游戏的技术有限,心理素质更有限。她既不许宋薄言放水,心态崩塌得又快。输了几次,她就揿着宋薄言决战到天亮,想赢回来。

宋薄言他爸见儿子累得看电视都能睡着,苦口婆心地劝:"年轻人,不能太纵欲了,得张弛有度才能长久。"

把宋薄言气的,直接和他爸说:"你劝池清霁去。"

最近宋持风看着弟弟的眼神中也多出了几分怜悯。

"原来如此。"怀澈澈为自己的龌龊掬了一把泪,"我还以为是那个啥呢……"

宁馥忍不住笑,拿起茶壶帮怀澈澈把茶杯加满:"那肯定也要给一点儿好处的嘛。"

怀澈澈顿时想起自己家里的那位深谙"通货膨胀"之道的"霍羞羞":"你们家的,只要给他一点儿好处就行了吗?我家的那位,我感觉婚后越来越奸了。"

"什么'一'点儿好处啊,是'亿'点儿!"恰逢此刻,池清霁打完电话回来,立刻忍不住向宁馥和怀澈澈抱怨,"宋薄言真是够了,到底要不安到什么时候啊?我和他在一起已经多少年了,他一觉醒来看不到我,还是会以为我跑了,非要在电话里问清楚我待会儿要去干什么、几点结束,要到门口等我。"

这是什么荒诞中又带着点儿可怜的想法啊?怀澈澈和宁馥笑得不行。笑完,宁馥才说:"他一直向你求婚,你一直不答应,他肯定害怕啊。"

"我就是不想结婚嘛。干吗非要结婚?现在这样生活不也挺好的吗?"池清霁理直气壮,"万一哪天他又像高三那次一样'犯病',我还可以直接提着箱子走,让他彻底沦为'弃夫'!"

怀澈澈又开始笑:"你看,宋薄言一睁眼就以为你跑了的原因,这不就找到了吗?"

吃完甜点,收拾好拍摄器材,三个姑娘到了附近的KTV,开始了整晚的嗨唱。

宁馥是艺术生,虽然主攻舞蹈,但视唱练耳也是必修课。池清霁就更不必说,真是"一曲清歌声绕梁"。怀澈澈不甘示弱,毫不吝啬地用自己不全的五音以及混乱的节奏,让整个包间充满了快活的空气。

晚上十点多,**宋薄言第一个到达这家KTV门口**。比他慢一步的是负责开车,还需要**找一下停车位的宋持风**。兄弟俩到了门口,却没有直接进去,如同**两棵劲松一般伫立在寒风中**。

459

风很猛，吹得他们大衣的衣摆"猎猎"作响，令宋持风点烟都不得不背过身去，用手护着打火机。他吸一口烟，从唇角呼出的烟气在风中被迅速拉长、揉碎。

当火星燃至烟的三分之一处时，霍修的车从远处驶来，在宋家兄弟面前放缓速度。宋持风以夹着烟的手简单地给指了一下空车位的方向，开车的人就心领神会地顺着他指的方向过去了。

宋薄言侧头："霍修？"

"嗯，"宋持风又抽了一口，把烟掐灭，"不等他来，我们也不好进去。"

毕竟是三个姑娘一起喝了个烂醉。他们两个人进去若是仅把自家媳妇带走，把霍修的媳妇一个人留在那儿，太不像话；若是把霍修的媳妇也一起带走，且不说实不实际，就论宋持风这个当上司的把下属喝醉的妻子接回家，就更不合适了。

霍修当然明白上司的苦心，停好车便急步走来，和宋持风对了个眼神："谢谢宋总。"

宋持风颔首："客气，应该的。"

来的路上，霍修以为怀澈澈今天只是因为高兴喝多了一点儿，但真的推门进去的时候，才发现她已经彻底喝成一摊烂泥了。烂到什么程度呢？烂到比他相亲那天去酒吧接她的时候还要烂。她的眼睛半睁不睁，眼神完全没有焦距。连被他扛起来的时候，她都没什么反应，只剩下嘴里还在喃喃："我还要喝……"

好家伙，都这样了，她还要喝。霍修都记不清她有多久没碰酒了，好不容易碰一次酒，她就喝成了这样。一时之间，他觉得又好气，又好笑。他把她背到背上，又朝宋家兄弟道了一声谢，便背着她往停车的地方走。

霍修来得迟，车停得有点儿远，外面风又冷，他背上的人很快缩成了一团，两条腿也在空中踢腾，嘴里还念叨着："你是谁啊？你干吗？"

小姑娘醉得连人都认不清了。霍修想想，就凭她的这点儿酒量，她还敢喝这么多，万一出去被有心人缠上，同行的也是两个醉醺醺的女孩儿，这有多危险？

"你说我是谁？"他有点儿生气，语气也比平时少了几分柔和，"等回家我陪你喝一次，到时候你记清楚自己的酒量到底是多少。一个人出来还敢喝得烂醉。"

"你凶我！"怀澈澈一听，那股委屈劲儿立刻上来了，"你居然敢凶我！我和你说，我是有老公的。到时候我告诉他，让他……嗝……揍你！"

虽然霍修不想承认，但确实自己一听到怀澈澈那声娇嗲的"老公"，一肚子气就消下去一大半。他清了清嗓子，明知故问："你老公是谁？"

"他啊，他叫霍修，全名'霍羞羞'。他三米五的大个儿，二百斤的块头，你可小心点儿！"

三米五的大个儿，两百斤的块头？他怎么不知道自己是这么个体形？霍修强忍着想要把她"爆炒"一顿的念头。就在他暗自叹气的时候，又听身后的人以软糯的声音说："老公，我好爱你……"

得，看来是冷风吹了一路，她被吹得有点儿清醒了。霍修的手托着她的腰，往上掂了掂，嘴上还逗她："谁是你老公？我可没有三米五的大个儿。"

"虽然你没有三米五的大个儿……"小姑娘从他的身后将他的脖颈抱得更紧，"但是你有别的啊，对不对，老公？"

霍修的身形一顿。他用一只手托着她，以另一手拉开车门，直接将她放进后座，欺身而上，整套动作行云流水。眨眼之间，车内就变成了一个密闭的空间，被男人举手投足间每一个动作散发出来的危险气息填满。

"你从哪里学来这套东西的？"霍修万万没想到，她仅用一句话就已经能轻而易举地牵动他的感觉，"'小坏'，坦白从宽。"

怀澈澈终于捂着脸破了功："就是……刚才啊，'鸡仔'说她每次喝醉，宋薄言来接她的时候都很生气，所以她就想出来这么一招儿，将六分醉装成八分醉，借着酒劲儿说好话呗。"

"你的好话就是问我是谁？"霍修感觉怀澈澈学了一点儿套路，但不多，"是池清雾告诉你这是好话的吗？"

"我这不是……"怀澈澈迟钝地嗅到危险的气息，这才开始求饶，"我这不是知道我老公深明大义，肯定会原谅我，而且回家以后肯定不会碰我，会给我洗澡、卸妆、换衣服，把我抱到床上盖好被子，让我好好睡一觉吗？！"

"你老公会的可真多。"霍修哼笑一声，手已经拉开她羽绒服的拉链，伸了进去，"不过，他有没有告诉你，他刚才也学会了一招儿。"

"什么？"

她的话音未落，霍修便又将头凑到她的耳边，一字一顿地说："就、地、正、法。"

出版番外

爱情结晶

怀澈澈从学建筑的时候开始,就一直有一个愿望——自己从零开始,亲手设计出一套带院子的小独栋,然后亲自监工,看着它一点点完成。

后来做了自媒体,这个愿望也变得更加立体,怀澈澈觉得她还可以拍系列 vlog,连名字都想好了,就叫:从零开始建我的梦想小屋!

只是后来回国,从被催婚的现实击垮,到后来又决定考研,事情是一串接着一串,再加上她觉得怀建中肯定会反对,就一直没敢提,只跟霍修说过一嘴。

结果不知怎么回事,过了一阵子,怀建中忽然给她打电话说,在老家给她弄了块地皮,让她着劲儿去造,造好了以后回老家就有新房子住了。

只是不等怀澈澈感动,怀建中就先说出自己的道理:"你先自己造个房子试试,你就知道建筑没那么好搞了,假如你真的有天赋,再入行也不迟!"

换句话说,就是他觉得怀澈澈需要亲自尝试,才能更好地认清现实。

怀澈澈这辈子最受不了的就是激将法,挂了电话回到家里就开始看各种乡村独栋的照片,力图找到灵感。

霍修回到家的时候,怀澈澈已经画出一个草稿来了,当然,不是剖面图的草稿,而是外观草稿。

"你说我们是要三层呢还是四层?"怀澈澈一边画,一边嘴里还嘟嘟囔囔的,"三层的构造可能比较精致,就是那种乡村田园的感觉更浓;四层的话呢,外观上就要简洁一点儿了。"

霍修觉得她这个设计顺序好像有点儿不对,便忍着笑提出自己的意见:"一般不都是先确认需求,画好剖面图,最后再确定外观吗,你怎么先做最后一步?"

"嘿,不懂了吧!"小姑娘握着笔志得意满地说:"先画外观,我会比较有动力,而且之后这些都还能再调呀。"

当时霍修听见她说有动力,以为可能就是会比正常流程快一点点,但总也得要两三个月。结果没想到,两个月不到,怀澈澈就已经把从内到外的设计图全部都弄好了。

"你看,这里入户,左边右边,各一个花园,这里是花园休息区。"

怀澈澈的设计图完成的当天晚上,霍修就被摁在沙发上,重回了学生时代的课堂,看着她用画架夹起自己的图纸,拿着纸笔一边比画一边介绍,"这里进门,玄关,客厅,一楼开放式厨房。"

她最终还是决定要建四层,说是到时候可以把霍修的父母也一起接过来住,这样房间还是多一点儿好。

"然后一楼因为东西比较多,我只安排了一个卧室,在靠南的这边,不过没关系,我已经给电梯井留了地方,这样我们的爸妈就不用上下楼梯……"

转眼距离他们的结婚两周年酒会又过去了两年,在这两年时间里,怀澈澈考上了青城大学建筑系的研究生,天天看拜占庭、巴洛克看得头晕,偶尔还跟导师一起下个工地。

而怀建中那边呢,仍然不太希望怀澈澈搞建筑,虽然之前松了口,但心里还是希望怀澈澈能留在大学任教,做一份干净体面的工作。

"最顶上我准备再弄一个玻璃花房,但是玻璃这玩意儿其实不怎么方便,而且一到夏天容易爆,所以还在考虑中,然后差不多就没了。"

汇报完自己引以为傲的作品,怀澈澈非常满意地叉着腰:"怎么样霍羞羞,刮目相看了吧!"

"刮目相看倒不至于,因为在我心里你本来就能很好地完成这份设计图。"闻言,霍修笑了笑,"不过我有个问题——"

他站起身走到怀澈澈的画架前,分别指了指第三层的两个房间,"这个和这个房间是干吗的,你刚才是不是没讲,还是我听漏了?"

怀澈澈觉得他总是把一些赞美变得很真诚,就是因为他总是很认真地听她说话。

不管多么无厘头的想法,霍修都会很认真地倾听,再给出反馈,在这样的基础上,他说的每一个字都显得无比真心实意。

"嗯……这个……"

怀澈澈背后刚刚还燃烧着的火焰顿时熄灭了下去,就好像被戳到了什么心虚处似的,稍微抿了抿嘴唇:"就是……我想着……"

霍修很有耐心："嗯？"

"万一……要生宝宝呢？"

怀澈澈睁圆了眼睛，虽然他们的实质婚姻都已经快走到第三个年头，早已知根知底，但谈到生孩子，仍然会感到些许压力。

因为，那不是日常的生活和亲热，而是要生出另外一个人。

对于生孩子这件事，怀澈澈总是很忐忑的。

首先她怕疼；其次怕身体变得不好看，苗条的小身段再也回不来了；最后还有那么点儿怕出意外，直接快进到下辈子。

她这辈子多好啊，现在多幸福啊，怀澈澈一点儿也不想快进。

然后还有，她一点儿也不觉得自己能照顾好一个孩子。

毕竟怀建中直到现在都还在把她当个小孩儿看，怀澈澈完全无法想象自己要怎么再去照顾另一个小孩儿。

闻言，霍修低下头去沉沉地笑了一声，忍不住伸出手把她抱进怀里，在她的脸颊上亲了一下，"怎么突然想到生宝宝的事情了，是爸妈跟你说了什么吗？"

"不是……"霍修应该是早就跟他父母打过招呼，说过不要催生，因为怀澈澈从来没听他们俩问过孩子的事情，倒是怀建中问过两次，劝她抓点儿紧。

"那是？"霍修带着人坐回沙发上，比起对家庭新成员的期许，更多的是对怀澈澈想法的好奇。

"就是……虽然我暂时还不想生孩子，但是我觉得，如果真的能跟你生一个孩子，好像也没什么不好的。"

怀澈澈的眼睛一眨一眨的，看起来真诚又坦荡，"如果是男孩子，性格像你，那得是多可靠的一个小男生；如果是女孩子，性格像你，那估计会很温柔、很乖巧。"

"……嗯？"

霍修顿了两秒，有点儿好笑，"怎么都是像我，莫非'小坏'不打算参加这个'造人'项目，希望我无性繁殖？"

"因为我感觉男孩子要像我，那就会变成一个皮猴；女孩子要像我……也是一个皮猴。"怀澈澈愁眉苦脸地说，"你是不知道我小时候……"

"怎么会不知道？"霍修笑得更开，将她抱紧，"去年过年回你家的时候，不是看过你小时候的照片了吗？"

怀澈澈小的时候，除去面对怀建中时畏畏缩缩的一面，整个童年还算是尽兴且热闹的。

去一趟动物园，追孔雀，喂猴子，写明了不能干的事儿，除了摸老虎屁股之外几乎干了个遍，最后回去被揍了一顿，留下一张哭得一把鼻涕一把眼泪的照片。

去海洋馆吧，就跟鳐鱼比赛做鬼脸，被海豚表演选上台互动，差点儿激动得掉进水池子里，把旁边的饲养员脸都给吓白了，回家当然又免不了一顿好打。

当时和霍修一起翻自己小时候的照片，怀澈澈满脑子只有四个字：罪有应得。

也难怪怀建中一直觉得她就是个长不大的小孩儿，一点儿都不靠谱儿。

所以平心而论，要真的自己生小孩儿，怀澈澈才不想要一个小时候的自己呢！

"别说了，往事不要再提。"怀澈澈回想起那些照片都觉得羞耻，一个劲儿地用脑袋往霍修的怀里钻，"还是先不生了，万一又生出来一个我就完蛋了！"

"怎么就完蛋了，不是挺好的吗？"

霍修顺着她的意思往沙发上倒下去，充当了怀澈澈的人肉垫子，让她趴在自己身上，手有一下没一下地帮怀澈澈梳理着头发："吱哇乱叫的，多可爱。"

怀澈澈在霍修身上趴了一会儿，咂摸咂摸回过味儿来了，抬起头看他："我说不生，你怎么好像还挺高兴的样子？"

"很明显吗？"既然被发现了，霍修也不掩饰，直白地将自己的想法剖析给她听，"我确实很高兴，不过我高兴跟孩子没有关系，你生不生我都接受，我只是觉得，你对我的信任，好像已经做到了和你自己的抵触不冲突了。"

一个人的情绪不可能像蛋糕一样切成一块一块互不干扰，一旦对某种事物产生抵触，就很容易会产生出关联情绪，像自己本身比较抵触怀孕的，很容易就会发展成对伴侣的不信任，觉得生了孩子之后自己不会得到很好的照顾之类的。

但怀澈澈不是这样。

她有自己的顾虑，有自己的担忧，但同时，她相信他。

这种情绪不是用"不矛盾"三个字就能轻而易举概括的，这背后根深蒂固的，是怀澈澈对他绝对的信赖。

"而且，"霍修抱着趴在他身上的怀澈澈，看了一眼那边的画架，"我们虽然没有孩子，但不也马上要拥有共同的结晶了吗？"

怀澈澈愣了一下，没反应过来："嗯？"

霍修捋着她的长发，眸色温润柔和：

"谁说爱情的结晶，就一定要是个人呢？"

之后没过两天，霍修就郑重其事地把怀澈澈的图纸带回了怀家，给老丈人自豪地展示了一遍。

在怀家，霍修都没让怀澈澈出马再解说一遍，而是以一副小助理的姿态帮怀澈澈完整复述出来，其中不乏用自己的理解，把怀澈澈一笔带过的地方进行补充说明,把李月茹都给惊呆了,直呼不知道到底谁才是学建筑的。

怀建中大概也觉得霍修这女婿当得确实是不容易,没多问就通过了怀澈澈的设计方案,使得项目很快进入到落地阶段。

只是老家确实远,怀澈澈这边还要读书,那边找好工人之后,除去不时周末过去一趟之外,就只能靠霍修一次一次消耗积攒下来的年假,跑过去看看情况,再以照片或视频的形式发给她看,再由她反馈一些需要改进的地方,去和工人沟通。

这种感觉真的很奇妙,怀澈澈看着自己心目中的小楼一点点拔地而起,粗具规模,真的有一种看着它一点点长大的感觉。

到最后,房子竣工那天,怀澈澈跟霍修手牵手站在入户门前,抬头往里看的时候,才发现这栋房子在两个人不断商量改进意见的过程中,距离她最早的设计稿,早已有了肉眼可见的出入。

这栋房子,虽然最早的设计图是由怀澈澈一个人完成的,但在之后的落地过程中,霍修的参与感从来都没有欠缺过。

这是真真正正由他们两个人一起参与、一起努力,最终孕育出来的结晶。

入住当天,怀澈澈把唐瑶、池清霁还有宁馥、安小淳这帮朋友全都叫过来暖房。

池清霁、宁馥和安小淳都很给面子,听说怀澈澈主要是想热闹热闹,就把自家的男性亲属也带上,宁馥还带上了自己的女儿,小姑娘粉雕玉琢、古灵精怪,讨喜得不得了,当场就多了几位干妈。

"所以你是之前没住这里,等答辩结束了才过来准备住一段时间的是吧?"一片其乐融融中,只有唐瑶仍旧是孑然一身,但她本人倒是完全不在乎，"难怪我看门口那个土里连点儿杂草都没有，你为什么非要从种子养起，不能移栽吗？"

"啊，不是，那个是要留着拍 vlog 的，现在这个房子还没彻底进化到完全体，等我把外面的花草全部都弄好，才算彻底完事儿。"

提起这件事，怀澈澈可是干劲儿十足，要不是霍修拦着，估计她能一天浇八遍水："之前霍修过来的时候给我拍了好多素材，我刚整理好，之后 vlog 要上了的话，你们记得来给我'一键三连'。"

池清霁觉得这人就是在凡尔赛，一针见血地拆穿道："你还缺我们这几个一键三连？你要不要先看看你有多少粉丝了？"

"有多少粉丝也差你们这几个'一键三连'！"怀澈澈朝池清霁努了努嘴，"是不是姐们儿了鸡仔，你就这样对我是吧！"

"她就是嘴硬，之前你的视频她全都悄悄补完了，还拉着我看了好多。"宁馥盘腿坐在旁边，搂着自家小姑娘笑得开心，"你这个 vlog 到时候准备叫什么名字？"

得知池清霁心里有她，怀澈澈顿时得意地翘起尾巴："要么就叫，'婚后三年，我和我的爱人终于共同孕育出了第一个结晶？'"

"第一个？"

闻言，唐瑶开始好奇："那第二个结晶呢？"

"那我能告诉你？"怀澈澈皮了一下之后立刻笑嘻嘻地说："其实，我也还不知道啦。"

怀澈澈经过这次房子事件，对婚姻这件事好像又多了点儿新的感悟。

她意识到，其实无论男孩儿还是女孩儿，一开始像她还是像霍修，都无所谓。

在这个过程中，期待着小朋友一点儿一点儿成长和变化，才应该是最有趣也最重要的部分吧。

就像在这套房子落地的过程中，她种下种子，霍修悉心照料，一起期待发芽，期待生长，期待开花，期待结果。

比起真的一下子就看到成品，这长达一年多的期待，反而带给怀澈澈更深的印象。

她永远都不会忘记，每一次回到这里的路上有多兴奋，收到霍修传回来的照片和视频有多快乐，在那段时间里，她一点儿也没有关于"万一最后的结果不好应该怎么办"的忧虑，而是非常笃定和确信一点——结果一定会是好的。

就算房子落成后有一些不满意，霍修也一定会跟她一起去修缮，所以结果一定会是好的。

意识到这一点的时候，怀澈澈觉得，好像差不多了。

她在当下的这个人生阶段里，不再那么犹豫和踌躇了，所以，可以再往前迈一步了。

入夜，招待好所有来访的宾客们休息，夫妻俩收拾好院子里的烤炉烤架，回到主卧。

怀澈澈是真的玩累了，趴在床上一动不动，看着霍修把房间整理干净，再拿出两个人接下来要换的家居服在旁边放好，突然开口说："'羞羞'，你来一下。"

霍修进浴室给浴缸放水，才回到床边在她的身旁坐下："来了。"

"我们……"怀澈澈静静地眨了眨眼，双眸微亮："从今天开始不做措施了吧？"

霍修愣了一下，怀疑自己没听清楚："什么？"

"我说，我们不特地备孕，但也不避孕了。"怀澈澈挣扎着从床上坐起来，认真地说，"如果真的怀孕了，就生下来。"

霍修因为太过惊讶，甚至忘了伸手去抱她，直到浴缸里的水溢了出来，才回过神，进浴室关水。

怀澈澈难得看见他这么后知后觉的呆滞样子，在床上笑得整个身体都歪了过去，等到霍修回过神从浴室里走出来，她第一时间冲上去抱住他。

"接下来，就让天意决定我们的儿童房到底能不能用上吧，'霍羞羞'！"